大沢在昌

Osawa Arimasa

鮫言《さめごと》

集英社

目次

鮫言 ―まえがき― 4

陽のあたるオヤジ 一九九三年～一九九五年 7

はじめに／六本木と出会って、小説家になった／黒乳首のN君／大阪／旅先での重版／ライター新人賞／才能と金／自作の映像化／早大祭にて／小説家の取材／直木賞を受賞した／作家のポーズ／仕事場を引っ越す／インタビュー／二、三行を同時に読むのが私の癖／読んで涙したイギリス冒険小説／同世代英国人作家フィリップ・カー／なぜ仕事が減らないか？／担当者／作家と編集者／鮫サイン／私を支えてくれた読者／夜遊び／台風と税金／オヤジに踏みだした夏／ログハウスを作る人／六十五歳のこだわり／写真／年の瀬／お洒落／二十代よ、スタートは今すぐ切ろう／新入社員／プータローだった／六本木ホステス　二十三歳／東京タワー／ギャンブル・ゴルフ・女／拳銃／釣り・その始まり／初秋のユーウツ／ヌカミソを漬けていた／陽のあたるジジイに脱帽／

野沢菜がバクハツした／自動車事故と自動車学校／人間・大沢在昌／釣り・謎の大物／旅にいきたい、沖縄の商店街へ／海ごもり／筆談でアタック／八年ぶりの沖縄／ユーミンと自分の関係を考えた／新たな哲人との出会い／坊主頭の中坊時代／日本映画とハリウッドの差／酒飲みの書／故郷の風景と食べ物／人生は「いつも目一杯」

一九九四年～二〇一五年　305

推理小説家の仕事／第一回小説推理新人賞／ふたつの問い／永久初版作家／『氷の森』17年後のあとがき――六本木と出会って／人生がかわる／さらば「台」の日々／作家志望に大反対／遠さの正体、近さの正体／私の青春文学、この一冊――『眠狂四郎無頼控』／推理作家協会六十周年／幸福な作家人生／幸福な十代／楽しみが減ったわけ／未来／古いですか／作文能力／深夜の手紙／修業の場／三十年後の開眼／銭かかんねん／名古屋人のＤＮＡ／筍の素揚げ／好きなもの／海からの戦利品――子供時代篇／海からの戦利品――大人篇／孤独な勝者／二人でゴルフを／一年に一度の――／夏の夢

鮫言　——まえがき——

この本は、かつて『週刊プレイボーイ』誌上に百回、二年にわたって連載したエッセイを土台に、それ以降あちこちに書き散らしたものを集めて作られている。

一度書籍化された『陽のあたるオヤジ』は、このうちの七十回をまとめたもので、宙に浮いていた三十回分をこれで〝成仏〟させられる。

週刊誌におけるエッセイ連載というのは、小説家にとってはけっこうしんどい仕事である。小説とネタがかぶるのは避けたいが、身辺の雑記だけだとあっという間にいき詰まってしまう。

『陽のあたるオヤジ』では、読者の想定が十代から二十代の男性だったこともあり、自分が経験した遊びの話が中心になっている。一種、兄貴の立場から、ちらちらとウンチクをたれているわけだ。

これを書いていた当時、私は四十になろうというときだったから、二十年がたったことになる。だが読み返してみると、今の自分とほとんどちがいは感じられない。いや、むしろ、今よりしっかりしとるじゃないか、と我が身をほめたいくらいだ。

六十になろうというのに、なんと自分はアホで、刹那的に生きているのだろうと反省しきりの今日この頃なのである。いったいこの二十年、何をしておったのかと思い返すと、恐しいことに具体的な記憶がほとんどない。四十代、五十代の二十年間、ほぼ同じことをくり返してきたから、変化らしい変化、節目らしい節目が思い浮かばないのだ。

書いて遊んで、書いて遊んで、ただそのくり返しだった。その間に本は何十冊とでているが、一冊一冊をことさら考えることもない。娯楽小説の作家は職人である。ひとつが終われば次に向かい、書けなくなったらそれは死ぬのと同じだ。

とはいえ、それは幸福な人生である。小説家になりたいという願いがかなえられ、三十六年間、つづけてこられたのだ。あっという間に時間が過ぎたのは、やはり幸せだったからだろう。あたり前だが、毎日幸せをかみしめて生きてきたわけではない。アイデアをひねりだし書くことの苦しさと、その幸せは背中あわせだ。「こんなつらい思い、もう嫌だ」という気持と「ああ、小説家になれてよかった、幸せだ」という思いは常に裏腹だった。

それは小説だけでなくエッセイも同じで、この『陽のあたるオヤジ』の連載終了後、エッセイの執筆依頼を、ごく限られたときを除いて、私は断わるようになった。エッセイはもう充分書いた、という「おなかいっぱい感」が二十年たってもつづいているからだ。それでもこの本ができたのは、『陽のあたるオヤジ』初代担当者のN村が、学芸書編集部に異動したのがきっかけである。若々しかったN村も、いまや立派なおっさんで、勝浦に集まるメンバー中でも最古参のひとりとなった。だが昔を懐かしむ気は、まったくない。私の中では、今の連続があるだけだ。書いて遊ぶのを死ぬまでつづける。

めまぐるしくて落ちつかず、ときどき肩で息をしては、気づいたら終点にさしかかっている――そんな人生が、私にはあっているのだろう。

ちがうと思ったところで、今さらかえようもない。

というわけで、読者の皆さまには、これからもおつきあい願えればと思っています。

●陽のあたるオヤジ

一九九三年〜一九九五年

■『週刊プレイボーイ』一九九三年一月二六日号～一九九五年二月二一日号に連載した原稿を加筆修正、掲載順を変更し、再構成しました。

はじめに

今から約七年前、私は三十になった。三十歳になるのが本当に嫌だった。

三十――オヤジだよな……。しみじみ思った。世の中には、特に水商売の世界には、

「オトコは、三十代、四十代よ」

というオンナたちがいた。

嘘つけ、と私は思った。三十代、四十代がいいのは、まず第一に金がある。第二にコネがある。

そして第三にがっつかないからだ。

すぐに「やらせろ」「抱きたい」と迫らないからだ。

「じゃあ、二十代で、金もコネもあって、その結果、女にもモテて、がっつかない奴がいたら、あんた、どっちとる?」

ふたりにひとりは、うーん、と唸る。

きっぱり、「それでも三十代、四十代」と断言するのは、ワガママで、同世代の男とはつきあっていけない、と自分のことを思っている女たちだった。そんなワガママはこちらも願いさげだ。

だから二十代でいたかった。

今でも二十代でいたい、と思う。

だが、三十の半ばを越えた。結婚して子供もいる。つまり、オヤジだ。君らからすれば、立派なオヤジだ。

オヤジとなったら、選ぶ道はひとつしかない。かつて、「男は三十代、四十代よね」といって、二十代の私をムカつかせた娘どもを（当時の、じゃない。今の二十代の娘だ）、どうだ、どうだ、と片っ端からモノにしていく他ない。オヤジはオヤジでも、「オヤジくさい」とか「無理してる」とかいわせない。「陽のあたるオヤジ」になるしかない。

くりかえして書くが、私はオヤジになりたくなかった。三十になるのが本当に嫌で、死んでしまおうか、とすら思った。

しかし、二十九の、そのときの私は、「三十になる」という悩み以外に嫌なことは何もなかった。好きな商売で飯が食えて、稼ぎもあったし、ハマっていた遊びもあり、女もけっこう、いた。だから死ななかった。

結局のところ、オヤジになるというのは、そういうことなのだな、と最近思う。

年をくってくると、一コや二コの悩みなど、まるで平気でかついで生きていけるようになる。中学生や高校生の頃は、あとから考えれば、それがどれほど他愛のない悩みであっても、ひとつあれば夜も眠れないほど〝味わう〟ことができた。

いってみれば、食物をいつまでも口の中で溶かしているようなものだ。今は、ばりばりっと噛んで、多少喉にひっかかるような大きさでも、無理やり呑《の》みこんでしまう。

悪くいえば、ずぶとくなって、物事に対し、どこかおおざっぱになる。よくいえば――まあ、タフになるというか、懐《ふところ》が深くなる。もちろん、それだけでは女にはモテない。世の中、そんなに甘くない。

大体が、腹もでてくるし、お洒落も面倒くさくなってくるし、へたすりゃ頭も薄くなる。単に懐が深くなったくらいで、モテるようになるわけがない。

二十一のとき、その頃、東京にオープンしたての『プレイボーイ・クラブ』にいたバニーガールの姐ちゃんに惚れた。私より、ふたつかみっつ上だった。つきあうにはつきあったのだが、彼女には、三十を過ぎた、不倫関係のもうひとりの男がいた。

私は、そのオヤジと別れさせたくて、ひたすら頑張った。あるとき、彼女が私の話をそのオヤジにした。すると、オヤジは、

「好きなんだね、その若い人が。その人の話をしているときの君の目は輝いている」

と、いった。その話を聞いたとき、私は喜んだ。アホだった。喜んだのは、彼女が私を好きだ、とライバルが認めたことに対してなのだが、やがて彼女が選んだのは、私ではなく、そのオヤジだった。

好きなんだねウンヌンのセリフが、オヤジならではの、必殺テクニックだと気づいたのは、自分も三十になってからだ。

素直に喜んだ私が、女の目にはガキと映り、キザなセリフをほざいて微笑んだオヤジは、女には頼りがいのある大人と映ったわけだ。ライバルと思っていたのは私だけで、相手のオヤジにとってみれば、ひと吹きで蹴落とせるチンケな若造にすぎなかった。

つまり、「陽のあたるオヤジ」とはそういう存在なのだ。

私は「陽のあたるオヤジ」をめざす。読者の君らも、いずれはオヤジになる。どうせなら「陽のあたるオヤジ」がいいだろう。「陽のあたる」とは、別に女にモテることばかりではない。

とにかく、『週刊プレイボーイ』のグラビアでかつては抜いた覚えのある私の話を、こうして始

めることにする。昔話ばかりでなく、今の話も、未来の話もする。何でもあり、になる。

たぶん、しんどい勝負、だな。

六本木と出会って、小説家になった

学生時代、酒が飲めなかった。

酒をおいしい、と思ったことがなかった。

初めて酒を飲んだのは、中学三年生のときだ。家には、中元や歳暮の、もらいもののウイスキーがごまんとあり、手をつけられることなく積まれていた。つまり私の親も酒を飲まなかったのだ。

当時私は、アメリカのハードボイルド小説にずっぽりとはまっていた。ハメットやチャンドラー、マッギヴァーンなどを読みふけっていた。それ以前は、クイーンやクロフツ、クリスティなどの本格推理小説が好きだったのだが、あるときマッギヴァーンの『最悪のとき』※注という作品を読み、脳天に一撃をくらったような状態になって、一気にハードボイルドに傾斜していった。

ハードボイルドの主人公は、よくウイスキーを飲む。ビールは苦い、日本酒はくさい、中学生の頃の私の、酒に対する認識といえばそんなものだ。

ウイスキーはいったいどんな味だろう。

主人公たちは、心と体の両方で、ウイスキーをおいしいと感じている。ひょっとしたら、すごくおいしい飲み物なのじゃないか。

だいたい小説の中でウイスキーが形容されるとき、「黄金色の」とか「琥珀《こはく》の」といった言葉が

※注・2015年９月現在、中古品でのみ入手可能。

使われ、なんだかこの世のものとも思われない味に思えてくるのだった。

そこである日、私は棚の中で死んでいるボトルの一本を失敬した。探偵にならい、勉強机の奥にしまいこむ。そして家族が寝静まった深夜、グラスに氷を入れて部屋にもちこみ、ついに未知の味に挑戦することになった。

はっきりと覚えているのだが、そのとき私は、水割りという、この日本では最もポピュラーなウイスキーの飲み方をしなかった。

いや、正確には知らなかったのだ。なにせ、小説の登場人物たちは、ストレートか、氷を浮かべただけで飲んでいたからだ。

トクトクトク、と耳に心地よい音をたて、封を切ったばかりのボトルから、黄金に輝く液体がグラスに注がれた。一瞬私は、その美しさに見惚《みほ》れた。

これがウイスキーなのか。

目の前にウイスキーを注いだグラスがあるだけで、自分が大人になったような気がして、しばらく私はグラスに見とれていた。

やがて、いよいよグラスを口に運び、唇にぴりぴりくる刺激を感じながら、舌の先でちょびっとだけを舐《な》めてみた。

ナンダ、コレハ！　である。この世のものとも思えぬまずさだ。煙くさい、としかいいようのない味。いや、味なんてものじゃない。はっきりいって、その瞬間私は、このウイスキー腐ってんじゃねえか、と思った。

もちろんアルコールであるからして腐る筈《はず》がない、と気づき、そして重大な事実に思いあたる。

すなわち、ウイスキーはまずい。

それから高校に進み、煙草《たばこ》を覚え、学生運動の最後の残滓《ざんし》をひきずっているような友人とロック喫茶（というのがあった。暗くてロックがガンがん流れている。レッド・ツェッペリンとかキング・クリムゾンとかELPとかだ）にいくと、たまにコークハイを飲むことがあっても、やはりウイスキーの煙くささが鼻につき、まずい、という思いはなくならなかった。

酒は結局、心臓をどきどきさせ、顔を熱くして、胸を苦しくするだけのものでしかなかった。高校時代、かなり酒を飲む奴もいたし、酒が駄目だからとシンナーに向かう奴もいた。煙草だけはむちゃくちゃ吸ったが、酒はどうも駄目だな、と私は思いつづけていた。

大学に入ると、酒を飲む機会は増える。だがやはり苦手だった。同好会の新歓コンパで、モーニングカップになみなみとつがれたストレートのウイスキーを一気飲みさせられ、トイレでひと晩苦しんだこともある。

酒は駄目だが、酒を飲む場所は嫌いではなかった。といっても、飲むことが主目的になる居酒屋などは嫌いで、洒落《しやれ》たバーやディスコは好きだった。特に、当時、原宿《はらじゆく》と六本木《ろつぽんぎ》にあった『プレイバッハ』という店は、内装が渋くて、大人の遊び場、といった感じで憧れた。ジャズが流れ、レンガのマントルピースにぶあついカーペット、ほの暗い照明の下を、モデルのような女性たちが静かに飲み物を運んでいる。

偶然そこに足を踏みいれ、畏縮《いしゆく》し、そして強烈な憧れを私は抱いた。

場ちがい、という奴を味わったのだ。こうしたとき、その人間が思うことはふたつにひとつだ。

二度と近づくまい、と思うか、見ていろ、いつかここででかいツラをしてやる、と決心するかだ。

私は後者だった。憧れる、ということは常にみじめさと裏腹《うらはら》だ。そんなとき、必ず、負けたくない、と私は思った。

虚勢である。だが、その虚勢なくしては、次の一歩は踏みだせない。

『プレイバッハ』に初めて足を踏みいれたときに私が感じたみじめさと強烈な憧れは、六本木という街に、東京へ出てきたばかりの私が感じた思いとそっくり同じだった。

私は名古屋で生まれ、育った。途中、父親の仕事の関係で二年ほど東京にいたことはあるが、それは小学校の低学年のときなので、東京に関しては、地方から上京した学生そのものでしかなかった。

ただ、ふたつだけ、田舎出身としては有利な点があった。ひとつは、その前々年、つまり高校二年のときに、ある予備校の夏期講習を受けるために上京し、ひと月を過していたため、まるっきり初めての東京ではなかったということ。もうひとつは、上京し住むことになった場所が、当時父親が単身赴任でいた麻布十番《あざぶじゅうばん》のマンションで、六本木へは歩いて通える、という点だった。

予備校の夏期講習では、私は初日一日にでたきりで、あとは毎日、新宿に通っていた。

ジャズのライブハウスで有名だった『ピット・イン』が、当時新宿には三軒あって、そのうちの一軒は、ジャズでなくロック喫茶だった。〝アンパン〟と〝フーテン〟の全盛期だった。新宿駅の東口に、ビニール袋をかかえた長髪のフーテンが何人も幽霊のようにつっ立っていた。

初めて親もとを離れ、ひと夏を東京で過した私は、ここで〝都会〟というやつを少しだが強烈に味わった。

私が大学生として上京したのは、ディスコが最初のブームを迎えた頃だった。ファッションでいえば、アイビーとコンチしかなかったところへ、ニュートラという新しいスタイルが流行《はや》り始めた時期だ。

初めて入ったのは、新宿の『ニューヨーク・ニューヨーク』、このときは鏡に向かって全員が同じ振りつけでひたすら踊るという新宿スタイルに圧倒された。

六本木には、『メビウス』とか『ボッカチオ』という老舗《しにせ》があり、そこではチャチャが主流だった。

それがニュートラのブームとともにヴァンプが爆発的にヒットして、ステップ主流だったそれまでのディスコの空気を一変させた。体の一部と一部をぶつけあう、踊りだ。アフロヘアーが流行り、黒人のダンスがとにかくかっこいいとされた。

ヴァンプの流行は、ディスコでナンパを狙う我々には最高のチャンスをもたらした。相手がいなければ成立しない踊りである以上、ナンパには格好なのである。

そのとき連日のように通った店があった。六本木の『アフロレイキ』というところだ。もちろん今はない。そしてスクエアビルが出現し、『ギゼ』『ファイブホース』『ネペンタ』、その近くの『プラスワン』など、六本木はディスコの街になった。

六本木に劣等感と憧れを感じた私が、それを克服する方法はひとつしかなかった。憧れて外側をうろうろする田舎者から、中に飛びこんでとにかく内側の人間になってしまうことだ。メンバーになってしまうことだ。

私はディスコによって、輝ける東京の象徴、六本木の懐《ふところ》に飛びこむチャンスを得たのだった。

その頃のディスコは、後年のように、男だけの客はお断わりとか、服装チェックなどという、馬鹿げた規制はなかった。ダサい格好をしていけば、中で恥ずかしい思いをするだけで、そうなれば、よし次は見ていろと、次回に向けてファッションを仕込んだ。

ナンパをしてみて気づいたのは、今まで、えらく遊び慣れて見えた、常連の姐《ねえ》ちゃんたちが、皆、自分と同じような、地方上京組ばかりだったということだ。

やがて、東京生まれの遊び人の少女たちが通っていたのが、六本木ではなく赤坂《あかさか》の『ビブロス』であることを、私は東京生まれの遊び仲間から教えられた。『ビブロス』は確かにひと味ちがっていた。『ビブロス』にも通い、今でもドゥービー・ブラザーズの『ロング・トレイン・ランニン』とスティービー・ワンダーの『イズント・シー・ラブリィ』を聞くと、私はあのほの暗い最上階で、性病よけのためグラスを使わずにビールをラッパ飲みした日を思いだす。

ディスコで遊んだことは、水割り一杯やビールの小壜《こびん》一本くらいなら飲める体に私をかえた。熱気に包まれたステージで大汗を流しながら踊るため、そのていどの酒は抜けてしまうのだ。

夜はディスコ、昼は麻雀《マージャン》、こんな生活がえんえんとつづいた。ステディもでき、毎日がこれほど楽しかったことはない。私はいっぱしのプレイボーイを気どって、六本木を征服したつもりでいた。

そんなある日、世界が足もとから崩れた。

ごくごく大ざっぱに分けて、人間にはふた通りある。調子のよいとき、波にのったとき、勢いに任せて、どんな難問でも障害でもクリアしてしまうタイプ。いわばいけいけで、はまるとこのタイプは、向かうところ敵なしといった状況になる。

もうひとつのタイプは、絶好調とドッボが背中あわせ、という奴だ。勢いにのるタイプはろくに足もとを見ずに落とし穴をとびこしていくのだが、こちらのタイプがそれをやると、いきなり深い穴に落ちこむ。

こう書くと、読者は、要するに前の奴はついてて、後のほうはついてない奴のことだろうと思うかもしれない。が、それはちがう。

つきは誰にでもくる。ついてるときのスタンスの問題なのである。ついているとき、ガンガンいったほうがよいのが前者、ついているからこそ用心したほうがよいのが後者なのだ。つかなくなった場合のことをいえば、あがいたほうがよいタイプと、死んだふりをしたほうがよいタイプがいて、いけいけは、どうやら死んだふりがあっているようだ。

で、私はというと、絶好調と背中あわせにドッボが待っているタイプだった。このことを初めて知ったのが二十歳のときだ。

先に、世界が足もとから崩れた、と書いた。

何が起こったのか。

大学をクビになったのだ。

今から考えればあたり前である。留年をしてもロクに授業にでないのはおろか、試験すらまともに受けていなかったのだ。

だがこのあたり前のことを、私は何ひとつ心配していなかった。浮かれた調子で、楽しい毎日が未来永劫《えいごう》つづくものだと信じこんでいたのだ。

私が小説家で、学歴に大学中退とあると、多くの人が、私が小説家になるために大学を途中放棄したのだと、好意的に解釈してくださる。だがそれはちがう。

私は大学にもっといきたかった。卒業もしたかった。なぜなら、大学生である限り日々はバラ色だったからだ。

世の中には家庭の事情などで、大学進学を断念する人も多い。そういう人から見れば、ムカつく話だが、つづける。

昭和三十年前後に生まれた私たちの世代は、受験戦争が本格化した初期に属する。家庭教師や塾通いがさほど珍しくなくなりだした頃だ。日本は高度成長の絶頂期を迎え、高三の年に訪れる「オイルショック」までは向かうところ敵なし、の状況だった。商社マンがスポットライトを浴び、世界を駆けめぐる経済戦士として日本に豊かさをもち帰ってくる。

そんな世相にあって、「一流大学→一流企業」のコースこそ、正しい日本男児のあり方だという考え方が多くの人の頭を支配していた。

そして中学生のときに小説家になろうと決心してはいたものの、そうした俗世間の価値観に私自身も支配され、また実際に名の通った大学の学生ということで、その恩恵にも浴していたのだ。

それがある日、突然に剝奪《はくだつ》された。ただの名前と年齢と見てくれだけの人間になった。「あなたは誰ですか」「××大学の学生です」――それだけで世の中を渡っていたことに気づかされた。

モテまくっていたのが嘘のようなときがやってきた。ステディが去っていった。彼女が、私の大学のブランドに恋していたとは思わない。むしろそれまで気づかずにぶらさがっていながら、そのブランドを大切にしようとしなかった私の愚かさに失望したのだろう。

そして大学生でなくなった瞬間から、自分が何をしてよいのか、私にはわからなくなった。

これはすごく恥ずかしいことだ。今、こうして書くことすら恥ずかしい。なぜなら、そのときの私が、大学のブランドにぶらさがっていただけの空っぽの人間であったのを認めることになるからだ。

二十歳。自分がどういう人生を歩むか、まだまだ霧の中にせよ、どうあるべきかの指針を胸に抱くには決して早すぎる年ではない。

読者の中の二十歳にも「俺はこう生きる、生きたい」と決めている人は大勢いる筈だ。

大学を失ったこと、そして失った結果自分がいかに空っぽの人間であったかを思い知らされたこと、このふたつは思いきり私をドツボにつき落とした。挫折なんてカッコいいものじゃない。ドジ、ダサ、馬鹿、間抜けそのものである。

両親は怒る。女には捨てられる。きのうまでの学友には冷ややかな目で見られる。

後年、私の母がいった。

「お父さんはすごく怒ったけど、ひとつだけ、こういったわ。『これであいつも人の失敗を許せる人間になる』」

今、私の親友となっているYは、口先の慰めをいう友人が多い中、こういった。

「聞いたぞ、ダセえ奴」

そのひと言は胸にこたえた。

大学をクビになった二十歳。その原因、非のすべては私にあった。このことは、私を叩きのめし、生まれて初めての〝地獄〟につき落とした。

あれからたった十八年しかたっていない。そしてあのときより苦しい思い（あるいは同じくらい苦しい思い）をすることは、その間にいくどかあった。だが、最初の苦しみの原因がすべて自分にあったことは、結果的には私にとってプラスになった。

私は苦しんだことを自慢にする気はない。

人間、誰だって苦しいときがあるに決まっている。十八のときの苦しみが三十のときの苦しみより小さいなんて、誰にも決められない。苦しみや悩みは、いつだってそのときのその自分にとっては、最大のものなのだ。

だが、あえて、オヤジとしていわせてもらうなら、苦しむチャンスがあるなら苦しんだほうがいいだろう。

人間が大きくなるとか、深くなるとか、そんな大層なことをいいたいのではない。

自分自身で、〝あのとき〟を思いだし、甘酸っぱい感傷にひたる喜びを味わえるという、そんな楽しみのためにだって苦しんでみるのも悪くない。

ドツボのとき、私が走ったのは、映画と麻雀だった。連日、雀荘にいりびたり麻雀をつづけるか、二番館、三番館の安い映画館をハシゴして、三本立てやオールナイトの映画を観つづけた。

結局は現実逃避だったのかもしれない。が、現実逃避などという言葉は、響きこそ立派だが、内容はおよそ現実的ではない。なぜなら、心（精神）が境界の向こう側にでもいってしまわない限り、人間はいつか必ず現実と向かいあわなければならないからだ。

映画やギャンブルなどに漬かる時間は、向かいあう瞬間を先延べにすることはあっても永久に消してくれることはなかった。

私は必ず、これからどう生きるかを考えなければならなかった。ブランドをなくし、空っぽであるのに気づいたとき、これから私という容《い》れ物に、「学歴」ではない何を詰めこむかを決めなければならなかった。

あの頃、私はユーミンが大好きだった。今でも好きだ。私の、ステディとの思い出は、すべてその頃にでたユーミンのアルバムの曲とシンクロしている。

だから、何を詰めこむか悩んだときのことを、その頃のユーミンの曲を聞くとはっきり思いだすことができる。

そうして、こうしてえらそうにエッセイにも書くことができるというわけだ。

精神的ドツボ。大学をクビになり、生まれて最初のステディに去られ、自分が何者で何になろうとしていたのかわからなくなった。

そのすべてがこたえた。

しかし不思議なものだ。ドツボのときの記憶は、こうして書こうとして思いだすものだが、その手前の楽しかったときの思い出は、不意に何の脈絡もなく胸の中に浮かんでくることがある。

私が元来、能天気な人間なのだろうか。苦しかったことより、楽しかったことのほうが、妙に鮮烈に思いだされるのだ。

町田《まちだ》に近いうらぶれたラブホテルに、その前の週、『アフロレイキ』でナンパした子と、米兵が集まるというディスコに〝新しいステップ〟を取材にいき、結局それが果たせずに泊まり、翌朝、わけもなくベッドをでる気がせずごろごろしながら、彼女の郷里、北海道の話を聞いたこと。

毎日、毎日、それこそ飽きもせず、横浜の元町《もとまち》でステディの子とデートしたこと。そして山手《やまて》に建つ、ボロいラブホテルで出前のラーメンを、FENしかかからないラジオの前で食べたこと。酒の話からえらくそれてしまった。二十歳の頃の私は、前にも書いたように酒が飲めなかった。もしあのとき酒が飲めたら、苦い酒の思い出を、ひとつ余分にもてたのかもしれない。もっとも、苦い酒の思い出など、この年になってもいくらでも作ることができる。ただあの頃とちがうのは、オヤジは忘れるのが上手だ、という点だ。

やがて私は、自分の中にたったひとつしかなかった〝小説家〟への夢にしがみつくことになる。自分は小説家になるより他に道がない。もしなれなければ死ぬしかない。

何の理由もなく、強烈な思いこみが心の中でどんどんふくらんでいった。それもまた、一種の現実逃避であったのかもしれない。

しかし、私にとっては、目の前に残されたたった一本の綱だった。そしてその綱は、私が大学生活の中で遊びまくっているあいだ、私の心の中から消え去ることもなく、かといって存在を主張することもなく、さりげなく、しかしゆるぎなく、そこに残っていたのだ。

ドツボから数ヵ月後、私はある専門学校の学生になっていた。そこは不思議な学校だった。建築科、美術科、文学科などがあり、建築科のレベルは高いのだが、あとはタレントや金持ちの帰国子女が何となく通う、というムードが漂っていて、いわゆる一般大学に比べるとこぢんまりとしていた。

そこの文学科・創作コース、というクラスに私はとりあえずすべりこんだのだ。大学をクビになってからすぐ社会にほうりだされなかったのは、父親の厚意だった。

もう一度学生をやり直してみろ、という最後のチャンスを与えられたのだ。

文学科の創作コースは私が選んだのであって、当時父親は、私が本気で小説家になろうとしている（なることができる）とは、これっぽっちも考えていなかった。というのも、話がややそれるが、私の父親はもともと劇作家志望で、その夢が破れて新聞記者になった人間だった。

新聞記者としてはたぶん有能だったのだろう。入った新聞社で出世をし、その頃は役員になっていた。

「小説家になろうなんて、宝クジにあたるより難しい」

よくそう口にしていた。仕事が、まったくかけ離れた世界ではなかっただけに、そのたいへんさを知っているような口ぶりだった。

さて、創作コースには、文字通り「創作」の授業があった。これは、その授業を選択している生徒が、詩や小説、エッセイなどの自作をもちより、互いに回し読んで講評しあう、というものだ。テーマは、与えられることもあれば、自由のこともあった。

私はここを先途《せんど》と、毎週作品を書いてはもっていった。

最初の授業では生徒の全員が作品をもってきた。次の授業では三分の二になり、その次は半数……そして数ヵ月たつと、毎週、もってくるのは私だけになり、それとともに受講生の数もどんどん減っていった。

が、彼らにやる気がなかったのか、といえば、そうではなかった。創作コースに在籍する学生たちの大半は、未来の小説家や詩人を夢見ていた。同人雑誌を作り、文学論にふけっていた。そういう彼らにとり、毎週毎週、作品を書くなどというのは、「文学」を軽く見ているように受けとられていたようだ。

もっとひとつの作品に悩んで、くりかえしくりかえし書き直すこと――それが小説家への道だと信じているようだった。

服装もジーンズにゲタばき、長髪でインテリっぽい雰囲気の者が多い。比べて私は、彼らの目から見れば、チャラチャラしていた。流行りのものを身につけ、ジーンズは一本ももっていない。

ある日、私は学校帰りに、そうした文学青年グループに、「つきあわないか」と誘われた。彼らは議論好きで、居酒屋に寄り道しては、文学論を戦わすのが日課のようなところがあった。

酒を飲めなかった私は内心、面倒だな、と思ったが、向こうから声をかけてくれたのだから、とつきあうことにした。

そこで私は、彼らが発行している同人雑誌を見せられ、仲間に入らないかと勧誘された。私は彼らが書いている小説に興味があり、その場で読み始めた。

読んですぐ、これはちがう、と思った。作品はすべて、どろどろとした（と、私には思えた）男女の性愛にまつわるもので、たとえば同棲している年上の女が妊娠して、それが中絶に至るまでの悩み、といった内容なのである。

暗く、重く、そして挙句《あげく》に何がいいたいのかわからない。本人だけが悩み、苦しみ、傷つき、それはそれでかまわないのだが、それを世界の一大事のように書いていた。

もちろん、現実にはそういう文学もあるだろう。だが私が書きたいと願っていた小説はそんな作品ではなかった。

「どうだ？」

私の顔をのぞきこむ彼らのひとりに、

「俺は好きじゃないな」

と、首をふった。

「なぜだ」

「いちいち女のひとりがハランだぐらいで騒いだってしょうがねえじゃん」

相手の顔色がかわった。

「俺はもっと、読んでおもしろいものが書きたいんだ」

「大沢、お前のめざしてる文学は何だ!?」

別のひとりが酔いも手伝って、声を荒《あら》げた。文学……そんなたいへんなものじゃねえや、と私は思った。

「俺？　俺の目標はね、『銀座《ぎんざ》にベンツに軽井沢《かるいざわ》』これよ」

彼らは絶句した。そしてしばらくして、叫んだ。

「お前に文学をやる資格はない！」


文学をやる資格がない――そう、叫ばれたとき、私は呆然《ぼうぜん》とした。

呆然としたというのは、資格がないといわれたことに対してではない。

「文学」に「資格」がいる、と考えている彼らと私のズレの大きさに呆然としたのだ。

何をいってるんだ!?　こいつらは……。

それが正直、私の頭に浮かんだ思いだった。

彼らから見れば、私は軽薄でちゃらちゃらした人間であったにちがいなく、事実、そういう面はいまだに私にはある。だが、深刻ぶって黙考《もっこう》する人間でなければ、小説が書けない、などということがあるだろうか。

そのとき、私は悟った。彼らが一篇の作品をいつまでもいじくりまわし、やたらに議論をくりかえすのは、新たに次の作品を生みだせるだけの〝世界〟をもっていないからなのだ。議論は、書くことのできない自分のエネルギーを吐きだすための〝ガス抜き〟でしかないのだ。

——無駄だよな

私は感じた。私はプロになりたかったのだ。「文学者」だとか「芸術家」ではなく、まして「理論家」などではありえない。プロの小説家になりたかったのだ。

酒場で口角《こうかく》泡をとばし、文学論に励むことで納得してしまっていたら、永久にプロの小説家になど、なれっこないのだ。そんな暇があったら、一分でも早く家に帰り、一枚でもたくさん原稿を書いたほうがプロの小説家に近づけるのではないか。

その頃の私は酒を飲めなかった。だから酔いも手伝って文学談議に興奮する彼らを、ひどく冷たく見ていたかもしれない。

しかし、議論よりも一枚でも多く書くことだ、という気持は、今もかわっていない。

議論は楽しい。それは認める。自己主張しあうことで、自分の方向性、相手とのちがいも見えてくる。議論好きでは、私も人後《じんご》に落ちない、と思っている。

が、小説家は、書いてなんぼなのだ。自己主張の第一は、何をおいてもまず作品なのである。

私がどれほど議論に自信をもっていても、もし作品を相手に否定されたら——。

「偉そうにいいやがって。お前の書いているものは何なんだよ」

といわれたら、私は黙るか、そいつをぶん殴るかしかない。黙るのは、そいつの否定が納得のいく理由に基づくとき、ぶん殴るのは、もちろんそれ以外のすべての場合だ。

それはプロである今はもとより、当時もそうだった。いいきることができる。

小説家に限らないが、ものを創る人間というのは、なりたい、と思う気持の強さと同じくらい、なれるだろうか、という不安を抱えている。

小説家は、今日から「私は小説家だ」といいはれば、誰にでもなれる。あとは他人がそう認めてくれるかどうかだけだ。

小説家になろうと思う人間がここに百人いたら、百人が百人、自分には才能があると信じている。そしてそのことじたいは決してまちがっていると私は思わない。だってそうではないか。自分以外の誰ひとりとして自分の才能を信じてくれる人間はいないのだ。自分が信じる他はない。

ひたすら自分を信じて、やる他ない。

何年かして、父親が死に、母親と、これから私がどう生きていくのか——そんな話をしていたときのことだ。もちろん私は小説家として生きていく、と宣言していた。

——あんたね、小説家、小説家って、いったい世の中の人の誰が、あんたの才能を認めてるっていうの。どうしてあんた、自分が小説家になれるだなんて、考えてるの!?

——どうして!?

——俺にはわかる。俺はなる
——俺には才能がある。俺は天才なんだ!

そういったときの、母親の顔を私は忘れない。それは、恐怖に近い表情だった。私が精神にどこか異常をきたしたのではないか、と疑った顔つきだった。

あのとき、私はそう信じるしかなかった。

そしてそのことは正しかったのだ、と思う。

読者の中には、小説家に限らず、俳優や画家、あるいはミュージシャン志望の人がたくさんいるだろう。いや、ものを創る人間だけでなく、自分の希望する仕事と、現在の自分とのギャップに不安を感じる人は大勢いる筈だ。その人たちにいいたい。自分がなりたい（やりたい）仕事がある、というのはすごく幸せなことだ。

その上で、もっとシビアなことを次に、いう。私が酒を飲むようになった、つまらないが、しかし重大な理由である。


百人の小説家志望者の話から始めよう。

百人が百人、自分には才能があると信じている。自分しか信じるものがないのだから、それはそれでいい——そこまでが先ほどの話だ。

そして一気に、奈落《ならく》の底につき落とすことを書く。

その百人の中に、本物はひとりしか、いない。あとの九十九人は、まちがっている。

少なくとも信じることは正しいにしても、信じる対象をまちがっている。

急に現実的なことをいいやがって、と思うかもしれない。あるいは、自分が小説家になれたから、格好をつけているんだ、とも。

確かに今、私は小説家だ。小説以外にお金を稼《かせ》ぐ術《すべ》をもっていない。しかしそのこととこのことは何も関係はない。

わかるだろうか。私は安全圏からものをいっているつもりはないのだ。

小説家という商売は、なったから、このあと一生、やっていける、という楽な稼業ではない。

百人が百人、本物である筈はないのだ。皆が皆、自分が信じる通りの才能をもっている、などということはありえない。

自分を信じることと、信じている自分がその通りであることとは、別の問題なのだ。

したがってまちがった自分を信じた人は、いつかどこかで〝あきらめ〟ることになる。

それは決して他人の手によってではない。自分の手で、だ。

つまり、百人は、外見上、何のちがいもない、ということだ。百人が百人とも、自分を信じているのだからそれは当然だ。ちがいが生まれるのは、ひとりひとりが生みだす作品においてなのだ。

しかも、その作品は、認める他人が、どこかに必ずいて、認めない人もどこかに必ずいる。

今の私も同じだ。認める人が、世の中に何千人だか何万人だかいるから、今の私は小説家なのだ。

しかし、それは来年の私ではない。当然、十年後の私では、絶対にありえない。

なった、ということと、永久にありつづけることとは、まったくちがう。

デビューした年、初めて結婚をしたい、と思った女がいた。

私のひと目惚《ぼ》れ、だった。彼女にはすでに恋人がいた。皮肉なことに私と同じ年で、しかも私がクビになった大学を〝卒業〟していた。

三角関係が生まれた。このあたり、今も詳しくは書きたくない。今の彼女がどう思っているかは別として、私自身は、彼女にいろいろな罪悪感をもっているからだ。

もし街でいきあったら——私は物陰に隠れるだろう。つまり顔をあわせられない、そんな人なのだ。

なんとか彼女を手に入れたかった。私は既に新人賞をもらっていた。

新人賞をとりさえすれば——デビューするまでの私はそう思っていた。原稿の注文がじゃんじゃんきて、単行本が出版され、売れっこになる。

とんでもない思いちがいだった。デビューすることと、小説家として売れっこになることは、そのへんの自称「小説家」と新人賞受賞「作家」との差以上に、とてつもないちがいがあった。注文などまるでこなかった。売れっこになれるアテは、どこをどう押してもなく、どうすればよいかすら、私にはわからなかった。

アマチュア時代はひたすら書くことで、プロになる可能性への不安と戦った。が、プロになってみると、いくら書いたところで誰にも認められない。今度こそ本当に、俺はまちがっていたのかもしれない、と思い始めた。

稼げなければ、結婚どころではない。自分自身の存在理由までもがぐらつきだした。

眠れなかった。毎日、どんな作品を書けば認められるのか、売れっこになれるのか、それを考えつづけた。自分には書きたい小説があり、好きな世界があって、それは絶対に認められる筈だ、そう信じてきたのが、どんどん不安になっていく。

あるとき、家にあったワインの一本を抜いた。ワイングラスに一杯。たったそれだけだ。飲んでみると、ふんわりしたよい気持になり、眠りに入っていけるのを発見した。

いいものを見つけた、と小躍りした。

そして半年後には、グラス一杯がボトル一本になり、一年後には、ワインがウイスキーにかわっていた。

さらに一年後、ひと月に二十日間、通う店が六本木にできていた。クラブのホステスと同棲した。二十三で覚えた酒は、二十六のとき、医者に肝臓のことで警告をうけるまでになった。

結婚したかった彼女とは――

土壇場まできて、私は逃げだした。理由は書きたくない。とにかく逃げだした。

きれいな別れ際《ぎわ》、そんなものにこだわるようになったのも、どろどろの別れを経験したからにすぎない。

黒乳首のN君

本来ならこの原稿を、私はホノルルで書いている筈《はず》だった。一週間の休みをとり、ゴルフと、プールサイドでのとどと化すための計画を立てていたのだ。飛行機は好きではないが、絞りすぎてふにゃふにゃになった頭の回転を元に戻すには、南の太陽で熱くするに限るからだ。

だが、この夢は潰《つい》えた。たまたま身内に都合ができて、いけなくなってしまったのだ。まあ、チケットはオープンだし、ハワイには知り合いがいるから、近いうちにスキを見て脱出してやろうと思っている。

ところで、ハワイが駄目になり、私が腹いせにでかけたのは、福島県にある某リゾートセンターであった。温泉を利用した巨大屋内プールと付属するホテルが売り物のところである。ホテルと屋内プールは連絡通路でつながっており、プール側に一歩足を踏みいれるとハワイアンが流れてくる。ホテルの宿泊客は、浴衣《ゆかた》のかわりに、女性はムウムウ、男性はアロハに黄色のバミューダパンツもどきに着がえる。これが宿泊客の証《あかし》なのだ。しかし、ムウムウやアロハだけでは屋内温泉プールといえど冬は寒いので、備えつけの黄色い上衣を着る。

つまり、宿泊客は全員、同じ格好をしているのだ。

屋内のプールのかたわらには、屋内野外劇場ともいうべきステージがあって、ハワイ気分を盛り上げるためにハワイアンダンスショーなどもやっているのだが、メインは演歌歌手による歌謡ショーだったりする。

ヤシの木陰にステージ、そして演歌のショー。観客席にはけっこう酔っぱらったオヤジとオバンの団体。幼い我が子を膝にのせた私もそこにいる。

ちょっとだけ有名な演歌歌手がステージに登場すると、ピィーピィー、口笛だのかけ声だの、うるさいことこの上ない。ふと気づいてあたりを見回すと、恐ろしいことに、全員が全員、上下まっ黄色のいでたちである。その瞬間、私はなんだか、刑務所の慰問ショーの客になったような気になった。

子供の頃、私は温泉が苦手だった。私の父は、私と母をよく温泉旅行に連れていった。特に盆と正月は必ずといってよいほどで、単身赴任でふだん家にいることの少なかった父親にしてみれば家庭サービスのつもりだったのかもしれない。

が、私にとってみれば、この上ない迷惑だった。だいたい、その頃の私は、旅館のよくある晩飯（つまり、くたびれた刺身、味のない鍋、べたべたの天プラ、そしてぐちゃぐちゃのご飯）が大嫌いだった。フリカケかけて食うほうがマシだ、とよく思った。

さらに旅館にいくと、晩飯のあとは、やることがない。せいぜいピンポンかせこいゲーム場で小銭をつかうくらいだ。したがって両親とも十時くらいになると寝る態勢に入る。

部屋をまっ暗にされ、本も読めない。しかも高校生くらいだと、煙草《たばこ》を吸いたいのを我慢し、オナニーをしたいのも我慢し、で、まさに牢獄である。

親と温泉にいって楽しいと思うのは、せいぜい小学校のあいだくらいではないか。その反動か、二十代になると、私はほとんど温泉にいかなくなった。

会社員になっていれば、慰安旅行とかででかける機会もあったのだろうが、就職をしなかった私にはそれすらもない。

ところが、オヤジになって（つまり三十になって）、温泉がガゼン楽しくなった。ゴルフや釣りを兼ねて、仲間と一泊、二泊の旅にでる。これがもう、たまらない。

解放感がある。何のことはない、中学や高校時代、友だちの家に泊まりがけで遊びにいき、酒を飲んだりして盛りあがる、あのノリだ。おまけに大人だから、酒だけでは満足できず、芸者を呼んでどんちゃん騒ぎまでする。このあたりの遊びに突入すると、完全にオヤジとしての開き直りがでてくる。ただし、その姿は「陽のあたるオヤジ」とはとてもいいがたい。

去年の話だが、私は、友人ふたりと箱根でゴルフのあと、かねて熱望していた温泉、芸者、どんちゃん騒ぎツアーを決行した。三人のうちわけは、妻帯者がふたり、独身者がひとりだ。この独身者はN君という二十七歳で、ふだんはあまり酒も飲まないスポーツ大好き青年である。予約通り、三人の芸者が我々の部屋に現れ、私ともうひとりの妻帯者は、オヤジむきだしでバカ話に盛りあがる。なのにN君だけは、もうひとつ表情が硬い。照れと緊張がある。二十七歳でも、充分オヤジ化している奴もいるが、N君はちがうのだ。

「どうした、元気ないじゃないか」

「いや、そんなことないっすよ」

「緊張してんじゃないか。きれいどころがきて」

「いや、まあ……その……」

そのとき、ひとりの芸者が叫んだ。

「いやだ、Nちゃん、本当は遊びにーん」

「なんで?」と私。

「だってホラ」芸者は、N君の、前がはだけかけた浴衣をさした。

「Nちゃんの乳首、黒ーい」

私たちはひっくりかえった。

大阪

先日、大阪にいってきた。大阪を舞台にした長篇※注を書いているのでその取材のためである。今回が三度めで、最後の取材になる。

（別原１）

注・『走らなあかん、夜明けまで』。2015年９月現在、講談社文庫で刊行。

私は名古屋で生まれ育ったが、大阪は東京よりも近い筈《はず》なのに、ほとんど訪れたことがなかった。大阪を書こうと思ったのは、ちょっとしたきっかけで、ハリソン・フォードの『フランティック』という映画を見て、これを小説でやれないものかな、と考えたところから始まった。

『フランティック』は、アメリカ人の夫婦がヨーロッパ旅行にいき、パリでトラブルに巻きこまれる、という話だ。奥さんを誘拐されたハリソン・フォードが、それを取り戻そうと、孤軍奮闘する。フランスということろは、英語が本当に通じず、いらいらする。

西も東もわからない異郷でしかも言葉が通じない。

ただそれだけの〝箱〟におさめるだけで、サスペンスがぐっと盛りあがる。

で、小説ではどうしようかと考えた。外国旅行でトラブルというのは、小説世界ではある種、ありふれているし、また読者にはさほどの興味がわかない。

国内の異郷、そういう設定にしたかった。

主人公は東京生まれの東京育ちで、箱根《はこね》より西にはいったことがない。いわゆる江戸っ子で、心のどこかに地方、特に関西に対する優越感をもっている。

それが出張で大阪にいき、トラブルに巻きこまれる。西も東もではなく、キタもミナミもわからない大阪。しかも、ひと言口《こと》をきけば〝東京者〟だということがバレてしまう。『フランティック』では、ハリソン・フォードを助ける、英語を喋《しゃべ》る不良娘が登場した。

私の作品では、この役は、当然、〝ヤンキーの姐《ねえ》ちゃん〟がつとめることになる。

突然、告白するのだが、私は昔から、この〝ヤンキーの姐ちゃん〟に弱い。昔、レディスにいたとかで、やや濃いめの化粧をして、タイトっぽいスカートをはき、流し目でガンをくれられたりすると、それだけでぞくぞくしてしまうのだ。髪にメッシュでも入っていようものなら、おどおどして口もきけなくなる。

この私の趣味は、昔から仲間うちでは有名で、喫茶店や焼肉屋などのウエイトレスにこのタイプがいると、もう冷やかされるとわかっていても緊張してしまってオーダーもいえなかった。

好きなタイプ、という奴なのだろう、で、よくしたもので、こういうタイプには、いつものスタイルでつきあうことができず、たいてい緒戦《しょせん》であえなくふられていた。

タイプでなければ強気でいけ、それがかえって成功するのに、タイプだととたんに弱気になって失敗、まあよくあることだ。

さて、この〝ヤンキーの姐ちゃん〟を取材するため、三回の取材はすべて、ミナミを中心におこなった。大阪の盛り場は大別すれば、キタとミナミに分かれるらしいが、ミナミのほうが大衆的である、というのがその理由。

通称ナンパ橋と呼ばれる、戎橋《えびすばし》にいった。熱気があった。初めて東京にでてきて、六本木に足を踏みいれたときのことを思いだし、少しだけだが血がさわいだ。「何かいいことあるかもしれない」という若い連中の期待が街に充満しているように見えた。

ミナミのクラブにいく。ノリのよさはただものではない。〝ヤンキーの姐ちゃん〟を取材していると、というと、

「それやったらセンセー、ウチのこと書いてえな。ウチな、十三で族《ゾク》やろ、十四で処女なくしてな、十六で学校やめてしもたん。そうそう、ウチな、今つきおうとるオトコいてるんやけど、別れよ、思おてんねん。一応、ヤクザでな、今、傷害で服役《はいつて》るんやけど、来月でてきよんねん。センセー、

相談のって！」

おいおい、である。

ところで、最後の大阪取材には、このページの担当N村と大阪出身のカメラマン塔下《とうげ》氏もつきあってくれた。

給料七万円のアシスタント時代を思いだす、と泣きながら運転手を買ってでてくれた塔下氏、ありがとう。でも、君の運転は、東京のそれとは確かにちがっていた。いきいきしていたし、ちょっと荒っぽかったね。

旅先での重版

やれやれである。以前に書いたハワイいきを、ようやく実行に移せそうだ。というより、もう三日もすると、私はプールサイドでとどと化している。その一週間の休みを作るために、この二ヵ月は死に物ぐるいであった。

といっても、約束の枚数すべてが終わったわけではない。特にK社のK木、ごめんな。いくまでに二百枚は書きあげると約束していたのだが、百枚がやっとだった。帰ってきてから何とかあと五十枚を書く。締切までに二百枚はちょっと無理なようだ。足りない五十枚については、泣いてくれ。

今月の私のノルマは、三百五十枚だったが、三百枚がやっとということになりそうだ。

担当者の中には、まだ少ないとぶつぶついう人間もいる。月に五〜六百枚を書け、というのだ。

実際、超流行作家の中には、毎月それだけを書いている人もいる。

単純計算をしてみるといい。月に六百枚を書くということは、一日二十枚、それもまったく休日なしのノルマで、だ。四百字詰で二十枚である。三十日間、書きづめ、取材したりストーリーを組みたてたりする時間はまるで含まずにだ。

超人的としかいいようがない。その上で作品にあるていどのクオリティをもたせるとなると、地獄と呼ばずして何というか——と私など思ってしまう。

だがこれらの人は、実はそれほど苦しんでもいないのである。いや、苦しいことはまちがいないのだが、しかし作家になるくらいだから、何より書くことが大好きなのだ。その上、概して酒も飲まず、ギャンブルやゴルフなどの遊びにも興味がない、という人が多い。

私はその点、駄目だ。とにかく遊ぶのが好きだ。飲むのも好きだし、ゴルフや釣りも、やれるなら毎日だって、当分は飽きない自信がある。そして、これはこれでよくしたものだと思うが、私のような人間は、たぶん物書きにならなかったら、出世はおろか、人に迷惑をかけるだけの〝歩く公害〟と化していたろう。

昔、作家に憧れていた頃、まったく同じようなことが書かれた先輩の文章をいく度も読んだ。自分の子供が作家をめざすといったら、絶対にやめさせる、などという話も多かった。

そのときは、「嘘だね」と思った。作家になれなかったら自分は人生の落伍者《らくごしゃ》になっていただろう、などという文は、ある種の無頼《ぶらい》気取りというか、カッコつけにちがいない。そして、作家こそ三日やったらやめられない商売に決まっている、と。

今、まがりなりにもこの商売をやっていけるようになり、それら先輩たちの言葉をふりかえってみて、半分はその通りであったな、と思う。

たとえば私自身、この稿で、物書きになっていなければ〝歩く公害〟と化していたろうと書いた。それは正確ではないかもしれない。物書きになることをあきらめて正業についていれば、それなりに今頃は、係長なり、課長心得ぐらいにはなっていたろう。だが、あきらめきれなかったり、あるいは、これは今後も起こりうることだが、一度物書きになったもののさっぱり注文がこなくなって、開店休業状態となり食べるために別の仕事を始めたとしたら——本当に未練がましくて情けない人生を送ることになっただろう。

そして私の子供が作家になりたい、ともしいったら——やってみなさいとしかいいようがない。デビューのきっかけくらいは与えてやれるだろう。ただし前にも書いたように、生き残れるかどうかは、まったく本人次第ということだ。

結局、毎月六百枚という超人的な枚数をこなし、高額所得者として新聞に載るような人たちであっても、この点には何らちがいがない。書きつづけるのは、どこかに売れなくなることへの恐怖があるからだし、立ち止まったときの自分への不安も潜んでいるからだ、と私は思う。

そしてこれだけはまちがいないが、プロとして認知されている物書きならば、必ず、その人の技というものをもっている。それは単に与えられた才能のみではなく、その人が何百、何千、何万枚という原稿を書きながらあみだし、自分のものにした、オリジナルの技だ。そこに至るまでの努力は、並たいていのものではない。もしその努力を、物書きであろうとすることではなく、別の目標に向けたなら、やはりその世界でひとかどになっていただろう。

私がハワイにいる一週間のあいだに、ちょうど私の新刊が二冊でる。一冊[※注1]は、私の書いている作品の中で最も売れているシリーズの最新作。もう一冊[※注2]は、『週刊少年ジャンプ』のスタッフととも

（別原２）
注１・『屍蘭　新宿鮫Ⅲ』。2015年９月現在、光文社文庫で刊行。
注２・『黄龍の耳』。2015年９月現在、集英社文庫で刊行。

に、『週刊少年ジャンプ』の読者を想定して描《えが》いた、まったくの新機軸だ。
いつもなら売れゆきが心配でたまらない一週間だが、今回だけ、忘れることにする。

旅の途中でよい知らせがあった。新作が三日めにして、重版が決まった、というのだ。一週間めにはさらに三版が決定した。

重版というのは、初版と呼ばれる第一回の印刷部数では読者の需要を満たしきれない、と出版社が判断したときに、追加の印刷をおこなうことだ。つまり、重版があるほど、その本は〝売れている〟ことになる。

本には「奥付《おくづけ》」という奴がある。何年何月何日発行、というあれだ。そこに、その本が何回めの印刷で作られたものかが記してある。

少し前まで、私は「永久初版作家」という渾名《あだな》をつけられていた。それだけ、本が売れない、というわけだ。そしてそれは事実だった。

私のいちばん新しい本は、三十七冊めにあたる。これは、文庫化などの重複をいれずに、だ。

そして、初めて私の本が重版になったのは、『週刊プレイボーイ』に書いたものをまとめた『悪人海岸探偵局』という作品だった。これは私の十四冊めにあたる。しかし、この本に重版がかかったのは、担当編集者の心意気による部分が大きく、「売れている」という真の意味での重版ではない。その証拠に、それからも十冊以上、重版のかからない本を私はだしつづけた。

それでよく作家をつづけていられる、と思うかもしれない。が、何十万、何百万という部数を売る作家よりも、むしろ出版社を支えているのは、決められた部数をきっちりと売る作家たちなのである。

仮りに私に、五千人の読者がいたとしよう。本をだせば、その五千人の人たちは必ず買ってくれる。出版社は、五千人とわかっているなら、損をしないように本を作ることができるのだ。五千人のために十万部を作れば大赤字だが、七千部であれば、トントンか、あるいは黒字である。この数字には、紙代や印刷代といった、文字通りの原価だけでなく、編集者などの人件費や広告費も含まれている。

大部数を売る作家ももちろん大切だが、そう何人もいるわけではなく、まして一社で独占することもできない(このあたりがマンガとちがうところだ)。したがって作家にとって重要なのは、自分の固定読者をもつ、ということなのである。固定読者をもつためには、その作家にしか描けない
〝世界〟を作りあげることが必要だ。

〝世界〟は必ずしも、開かれたものでなければならない、というわけではない。閉じられたもの、わかりにくいものであってもかまわない。ただ、最低でも何千人かには理解され、支持をされるものでなければならない。

私には十三のときに知りあって以来、ときにはいっしょに住んだこともある絵描きの友人がいる。河野治彦《こうのはるひこ》という奴で、今でも私のさし絵を描いてくれたり、本の装丁をやってくれたりしている。

中学三年のとき、私は小説家に、河野は絵描きに、なろうと誓いあった。そしてよく議論をしあった。

小説というのは、やはり何千、という数のマスを対象とした創作物である。が、これが油絵であったらどうか。

画家は、たったひとりの支持者がいればよいのだ。その支持者が、〝言い値〟で絵を買ってくれるパトロンでありさえすれば、だ。

ここにひとつの真実がある。つまり、より多くの人々に支持されるからといって、その創作物が必ずしもすぐれたものとは限らない、ということだ。が、では逆はどうなるのか。これは難しい。が、すぐれていすぎるがゆえに、多くの支持を得られない——確かにありえるような気もする。が、この理屈を自己の正当化にあてはめていると、創り手はときとして迷路にはまりこむ。

プロの小説家になってもしばらくのあいだ、私は「ベストセラー」といわれる作品を認めることができなかった。売れているものに対してはどうしても、けっ、という反発が働く。そして心の中で、「俺のほうが何倍もいいもんを書いているのによ」と思っていた。

きっと今、「ベストセラー」といわれることもある、私の小説に対して同じ考えを抱いている人間は、この世の中にごまんといるにちがいない。

そして、自分の作品になかなか陽があたらないのは、すぐれていすぎるからだ、と思っているかもしれない。

そうかもしれない。あるいは、まったくまちがっているかもしれない。

そのことを今、確かめる術《すべ》はない。

ただ、時間があるていどの結論を見せてくれることはある。

五年後か、十年後か、ひょっとしたら百年後か。本当にすぐれているなら、陽があたるのだ。

ただし、そのときはそのときで、けっ、と思っている奴がいる。これも確かなことだ。

ライター新人賞

半年に一度、ある雑誌でおこなわれるライター新人賞の選考委員をやっている。小説ではなく、人物などに焦点をすえたドキュメントで、ノンフィクションのジャンルに相当する。

今月、その二度目の対象作品を読んだ。候補となるのは、毎月のテーマに沿って応募されてきたものの中からそれぞれ選ばれて優秀作と佳作となった各二篇の六ヵ月分、十二本である。

それを読んでいると、二十代の前半から半ばにかけての人たちが、さまざまな思いで、決してあたり前ではない人生を送っていることがよくわかる。

思いたち、酷寒の北海道北部の牧場で住みこみ生活を送る東京生まれの青年、砂漠の緑化に夢をかけ、青年海外協力隊の一員としてアフリカにでかけ、さらにその任期が終了すると今度はオーストラリアで「多文化教育」の勉強をしている女性、ライター志望の志のため、あえて三Kともいうべき警備員のバイトをつづける若者――誰ひとりとっても、私よりはるかに刺激的で充実した青春時代を送っていると思われる。

もちろん、この、刺激的で充実しているという表現は、表面的なものにすぎない。それぞれに内情は過酷で、〝充実〟という一瞬の安らぎとひきかえにされているのは、それ以外の九十九パーセントを占めるつらさであり、苦しさである筈《はず》だ。

また、こうした人生を、世の中の若い人の全員が送ることはありえない。九割以上の人間は、たいてい、ふつうで、あたり前の日々を送っている。

私はこういうことを考えると、ときとして不安におちいるときがある。自分も、彼らに比べるなら、はるかに安定し、あたり前の人生を送っている。そんな自分が、弱く、女々《めめ》しい人間に思えてしまうからだ。

今、女々しい、という言葉を使ったが、この女々しいという文字すら、アフリカの砂漠からオーストラリアへと飛び、暮らす二十二歳の女性を思うと、「女」ふたつでめめしいなんてとんでもないな、と感じてしまう。

つらい人生を送ることが貴い、ということではない。日々安定しているのがみっともない、というわけでもない。なのになぜか、こうした生き方を選ぶ人々の話を見聞きするたびに、いいのかな俺は、と思ってしまう自分がいる。

小説家になるのが夢で、俺にはこれしかないと信じ、生きてきた。幸運にも恵まれたが、それなりに努力もしてきた。これからもたぶん、そういう生活だろう。そして今ある自分に、不満や失望はない。かといって、ここで頂点だ、納得した、とはこれっぽっちも思っていない。

つまり、生きている、とはそういうことなのだろう、と思えるほどには〝いい人生〟を過してきているわけだ。

にもかかわらず、ウーン、と考える自分がいる。

どこかで、死ぬほどの苦労や本物の生命の危険にもへこたれずがんばっている人たちのことを思うと、俺なんかなぁ……という気分になる。

俺なんかなぁのあとには、ラクしてるよなぁ、という言葉がつづく。

しかし――ところで自己否定から肯定へと転ずるのだが、つらさの比較はできないにせよ、物語を紡《つむ》ぐという仕事にだってきっとそれなりに価値はあるんだ、といい聞かせたくなるのだ。

九割以上の、ふつうであたり前の日々を送る人々にとって、活字や映像から受ける刺激もまた、それなりに存在意義がある筈なのだ。

酷寒や砂漠の地での苦労、そして自然の中の一瞬の感動、そうしたものを、この世のすべての人が味わうのは不可能である。だがたとえ我が身で味わうことはできなくとも、文字や絵で追体験することなら可能なのだ。

結局のところ、物書きとは、そういう仕事なのだ。物書きがすべてを体験し、それをすぐれた言葉で第三者に伝えられれば、理想的ではある。が、それが難しければ、体験した人から話を聞き、それをふくらませそしてよりわかりやすく第三者の人々に伝えていけばよいのだ。

このとき物書きにとって、どちらがより重要であるか――体験の有無か、伝える能力の優劣か、と問われれば、やはり私は後者をとるだろう。どんなにすばらしい体験であっても、すぐれた言葉なくして、そこにいなかった人にそれを理解させ、さらに近い感動をもたらすのは困難だからだ。

が、反面、俺なんかなぁ……という気持をまだもてる自分を、私はまだ、それほど悪くはないな、と思う。自分の生き方が最高だ、自分のやり方がいちばん正しい――そう思ったら、それはもう自信ではない。思いあがりだ。そんな奴の物語る話に耳を傾ける者など、この世のどこにもいはしない。

才能と金

今年も長者番付が発表された。読者の大多数にとっては無縁な話だろう。だが、CDを買っているミュージシャンの収入を見て、

「すげーな」

と驚いた人も多い筈《はず》だ。と同時に、「こんだけの金があったら、あれも買えるし、これもできる。チクショー、いいなぁ」と思った人もいるだろう。

昔から、エンターテインメントの世界では、男性ファンの興味を惹《ひ》くのは「金と女」というキーワードがある。コミックでも小説でも、このふたつのテーマをおさえていれば、ヒットする可能性が高い、というわけだ。

その昔、「色男、金と力はなかりけり」といわれた。女にもてる男は、金と力に無縁というわけだ。だが、この言葉はかなり怪しい。たとえバブルなどなかった時代であっても、無一文の男が、そうそう女性にもてたとは思えないからだ。

もちろん、何かに人生を賭けていて、そのためにお金を稼ぐ余裕がない、あるいは賭けていることそのものがお金になるには時間がかかる、という場合はその限りではない。将来への夢に女性が肩入れする、というケースがあるからだ。

だがそうでない、ただの怠け者では、いくら美男子であっても、そうそう女性にもてることはないだろう。絶世の美男子でも、日がなごろごろして、人にたかることしか考えていなければ、初めのうちは容貌に惹《ひ》かれた女性たちも去っていく。それはやはり、中身の問題にもかかわってくるからで、お金を稼いだり、権力をもっていたり、あるいは腕力があって頼りになる人間のほうが、長い目で見た場合、選ばれる確率が高くなるからだ。

したがって、「色男……」の言葉の真意は、金も力もない人間が我と我が身を慰めるためのものであった、と考えられなくもない。

現代では、才能は比較的たやすく収入につながる。もちろん、いくら才能があっても、今日の明日、大金が転がりこむということはありえないにせよ、十八世紀や十九世紀の画家や音楽家のような、死んでから絵や曲がたいへんな価値を生む、ということは少なくなってきている。

日本では長いあいだ、芸術家が金儲けを考えるのはいけないことだ、という考え方があった。金儲けを考えると、より大衆受けしやすいものを作るようになり、作品が卑《いや》しくなる、というのだ。だから有名になってお金を稼ぐようになった芸術家は、堕落した、芸術家ではない、というわけだ。

文学の世界にもそういう考え方はあった。本当にすぐれた文学作品は、ごく少数の人にしか理解できない。だから売れなくとも、こつこつと自分の文学を書きつづけるべきだ――というものだ。売れなくても書きつづける、という姿勢は立派だと思う。また逆に、売れるからといって、すぐに流行のスタイルをとりこみ、二番煎《せん》じ、三番煎じの作品を発表するのは、やはり卑しい行為だろう。しかし逆に、売れたからといって、堕落したとか、芸術ではない、とそしるのは、もっと卑しい行為だと思う。

売れる人間は売れる。売れない人間は売れない。売れる人間は、なぜ自分が売れるかについて、あるていどの理由を答えとして知っている。売れない人間には、売れない理由がなかなかわからない。大切なことはふたつある。

売れる人間が、その理由を、人に恥じずに語れるかどうか。もうひとつは、売れる人間も売れない人間も、いつまでも同じ状態であるとは限らない、ということだ。

物真似やスキャンダル性で売れた人間はあとがつづかない。そして、資本主義の世の中では、売れている人間に対し、マスコミはわっととびつくが、売れなくなったときにはまた、あっというまに引いていく。

今、売れている人間が最初から売れっ子であったというのは、まずない。誰でも初めは売れなくて苦しむ。しかし売れたときに群がる人々は、その人が売れなかった頃のことは何ひとつ知らない。

文学の世界でも音楽の世界でも、「売れてナンボだ」という考え方をする人がいて、それはそれでまちがってはいない。だが売れっ子にばかり目を向けていて（これから売れるかもしれない）今売れていない人間を馬鹿にしていると、大きなしっぺ返しをくう。

売れっ子は交代する。つまり次の売れっ子とは、まちがいなく今売れていない人間なのだ。

今売れている人間にばかりすり寄っている者は、その売れっ子が没落したとき、いっしょに落ちていく。


才能と金の話をもう少し書く。

私はよく、売れっ子の世界を、プロ野球の一軍ベンチにたとえて考えることがある。一軍ベンチ入りできる選手はひとりではない。しかし無制限というわけではもちろんない。

高校を卒業して、いきなり一軍入りする選手もいる。しかし逆に、二軍で長いあいだチャンスをうかがい、力をつけて一軍入りしてくる選手もいる。現実には、こちらのタイプの選手のほうがはるかに多い。

そしてどんなに才能のある名プレイヤーであっても、永久に一軍ベンチにとどまっていることはできない。若手が抬頭《たいとう》し、あべこべに自分は体力の限界を感じ始める。かつてはクリーンナップ、不動の四番打者といわれた選手も、しだいに打順がさがったり、代打としての起用が多くなり、やがては引退という道を選ぶ。

それは、どんなに今、売れっ子であっても、一生そうあることはできない、という戒《いまし》めと、今は陽のあたらない身であっても、時代の流れがいつか必ず陽のあたる場所へと押しだしてくれるという希望を併せもっている。

いうまでもないことだが、二軍での努力を怠った人間にそのチャンスはない。

ところで、「作家」の長者番付を見た人は、「作家って儲かるんだな」と思ったかもしれない。確かにあの長者番付に名が載っているような人たちは、筆一本で何億というお金を稼いでいる。

だがそれは当然のことだが、全体のほんのひと握りでしかない。「作家」という肩書きで自分を人に紹介する（あるいはされる）人のうち、まず書いているだけで生活している専業作家は、半分にも満たないだろう。しかもその大半は、同世代のサラリーマンと同じくらいか、それより低い収入しか得ていない。

でもベストセラーを一発だしゃいいじゃん――そう考える人は多い。私も何度となく人にそういわれた。

「作家はいいよな、ベストセラーを一発だしゃ、すごく稼げるんだから」

「阿呆！」

私は必ず答える。その人たちが考えるベストセラーとは、たいてい百万部以上のミリオンセラーのことだ。だが、プロの小説家が書いた本でミリオンセラーになったものなど本当にごくわずかしかない。ベストセラーリストに何ヵ月間も載るようなミリオンセラーとは、たいてい『磯野家の謎』のような、ノンフィクションであったり、芸能人の書いた本であったり、小説でも『マディソン郡の橋』のように、突然現れた、きのうまで作家として知らなかった人の作品であることが多いのだ。

今、私がかりに『マディソン郡の橋』のような大ベストセラーを書いたとしよう。確かに来年の長者番付には名を連ねるかもしれない。何億という税金を払って。

だが五年後、十年後、私は「作家」として生き残っているだろうか。大ベストセラーとはいわないまでも、小ベストセラー、いや、そこそこ売れる本を書いているだろうか。

まったくわからない。何の保証もない。

「いいじゃん。一発のベストセラーで何億も稼げりゃ。税金払ったって、まだ何億か残るだろ」

そうかもしれない。所得税、住民税、消費税その他もろもろを払って、たぶん稼いだ金の三十パーセントか、それを下まわるくらいは残る。じゃあ私はそこで作家をやめられるのか。やめられない。なりたくて作家になったのだ。一発の大ベストセラーを書くことよりも、できる限り長く、できる限り多くの読者に恵まれた仕事をつづけなければ、作家とはいえないのだ。

一時、小説が売れなくなった、と騒がれたことがあった。実は今もそうだ。売れる作家の売れる作品は数十万部（これがプロの数字だ。百万以上というのは、計算されたプロの部数とはいえない、単なる社会現象である）もでるのに、残りの九十パーセント以上の作家の本は一万部を売るのもたいへんというのがあたり前なのだ。

テレビの視聴率は一パーセントが百万人といわれている。一パーセントしか視聴率をとれない番組は打ち切りになる。が、小説の世界では百万とは、とてつもない数字なのだ。

小説が売れなければ、作家は貧乏だ。好んで貧乏をしたい人間はいない。

才能のある人間は、もっとお金になる世界、たとえばコミックス、たとえば音楽、に流れていく。小説はもっと売れなくなる。才能が流れこまないからだ。もちろん、金にならなくても小説を書きたい、という人はたくさんいる。が、そういう人たちは、一冊めの本のことしか考えていない。二十冊めで子供の学費をだし、四十冊めでマンションや家を買わなければならない専業作家の生活というものを考えていない。

プロは一発ではない。プロは持続だ。

自作の映像化

撮影現場にいった。今回は映画の撮影現場である。私の小説が映画化されることになり、週刊誌などの取材に応じる格好でロケ現場を訪れたのだ。

これまで、自作のテレビドラマ化やビデオ化はあったが、映画は初めてである。

よく、小説が映画化される気分はどうだ、と訊かれるが、悪い筈《はず》がない。だいたい、映像化されるということは、その作品にそれなりの魅力がある、と製作関係者がどこかで認めたからなのだ。

自作が認められて嬉しくない作家などひとりもいない。また、小説家は、十人いれば、ほぼ十人が映画ファンだ。年に百本以上も観るようなマニアではないとしても、平均的な同じ年代の同性よりは、はるかに映画を観る、という人ばかりだ。そして気にいった作品の気にいったシーンはいつまでも覚えていて、どこかで自分の小説にとりいれていたりする。もちろん私もそうだ。だから、自分が頭の中でこねくりまわし、想像だけで作った人物を、生身の俳優さんが動き、演じてくれるというのは、たまらなく楽しみである。

しかし、撮影現場ではしゃいでいては、「何だ、あいつ」と思われてしまう。そこでなるべく平静を装うことにした。本当は、スタッフ、キャストのひとりひとりに、「たいへんですね、ありがとうございます」といってまわりたい気分なのだ。

ロケをやっていたのは、新宿の歌舞伎町《かぶきちょう》にある大きなレストランだった。

とにかくたくさんの人がいる。スタッフ、キャストあわせれば百人近いだろう。それぞれ自分の持ち場があり、明るいうちはカメラがまわらないというので、何となくだらだらしていたのが、撮影が始まったとたん、一種独特の緊張感が全員にはりつめる。

こんな中で、私はいわば、唯一、自分の居場所のない、いいかえれば「役立たず」の人間だった。そこにいるスタッフはもちろん、イケイケギャル風の女の子たちも、着物をきたおばさんも、ただのサラリーマンにしか見えないおっさんも、皆、出演者であり、役に応じた居場所がある。すわる位置が決まっていて、演技があり、そこで〝働いて〟いる。

私はといえば、単なる見物人で、邪魔者だ。それを気づかってくれた滝田洋二郎《たきたようじろう》監督が、役をふってくれた。

「大沢さん、出番用意してありますから」

これは本当に予定にないことだった。以前から私は、原作者が不必要なシーンに顔をだすことの多い日本の映画を、冷たい目で見ていた。プロの世界に、いくら原作者でもアマが首をつっこむべきでない、そう思っていた。

だがもう、それをいえない。私は嬉々《きき》としてやってしまったのだ。

主人公の真田広之《さなだひろゆき》さんと田中美奈子《たなかみなこ》さんが向かいあって食事をしている。その奥で、別の若い女性とすわっている、という〝役柄〟だ。周囲のスタッフが和気あいあいとしていたおかげで妙に緊張はせず、やれた（と、思う）。しかしこのシーンがもしカットされずに上映されたら、死ぬほど恥ずかしいだろう。

真田さんは、私の原作となったシリーズを全作読んでくれているそうで、他のシーンなどで出番がないと、見物している私たちのそばにすっと現れ、何かと声をかけてくれたり、撮影にまつわるエピソードを話してくれた。

ああいう現場で、主演の俳優さんにいろいろ話してもらえるというのは、部外者にはたいへんありがたい。百人近い人がいて、特に大道具、小道具、照明、撮影の関係者は忙しくとびまわるようにして働いている。出番のないエキストラの人たちは隅のほうで邪魔にならないよう固まっている。その中には、どう見ても本職としか見えないやくざ役の人たちもいて、どっちだろうと、うち（大沢オフィス）の黒乳首のN君などと話しあっていると、マクドナルドを食べ始めたのを見て、ああ、これは役者さんだ、ということになった。たぶん、人前でハンバーガーを食べるやくざはいないからだ。

私や『週刊プレイボーイ』のスタッフは、そんな中で、いかにも邪魔になりそうな、見晴らしのいい場所につっ立って、撮影を眺めている。そんなときに、そばに主演俳優が立っていてくれるだけで、こっちは「いてもいい許可」をもらったような気分になれるのだ。

この場を借りて、真田さんにはお礼をいう。本当にありがとう。

ところで、私の出番など、とるに足らなかったのだが、その日は、銃撃と落下という、派手なアクションシーンの撮影もあった。私の撮影は、夜十時くらいに終わった。しかしそのシーンをどうしても間近で見たくて、私は『週刊プレイボーイ』のスタッフらとともに待っていることにした。


映画の監督というのは、とにかく偉い。現場ではすべての責任者であり、統率者である。それこそ出演者ひとりひとりの演技から、テーブル、イス、一コ一コの置き場所に至るまで、すべて監督の指示を、スタッフは仰ぐ。

まさしく神様である。監督は三日やったらやめられない、というのは見ていると実によくわかる。

と同時に、映画となったこの作品は、もはや私の作品ではない、ということも実にはっきりと認識させられる。小説であるあいだ、つまり活字として人々の目に触れているあいだだけ、私の作品（ええいめんどくさい、『新宿鮫《しんじゅくざめ》』だ。今まで何となく、自作のタイトルをここでだすのを遠慮していたが、もう書いてしまおう）は、私のものだった。『新宿鮫』は私が書いたものであり、主人公の鮫島《さめじま》も、恋人の晶《しょう》も、私の頭の中のイメージがまず基礎になっていた。もちろん、読者ひとりひとりが想像する鮫島や晶は、私のイメージとちがっていたとしても、そのもとになる描写、つまり言葉を書いたのは私だった。だから、『新宿鮫』は私の作品だ、ととりあえずはいえた。

だが、映画ではちがう。そこにいる人々は、私が考える鮫島がどんな男か、などということには、何の価値も感じない。大切なのは監督の考える鮫島であり、晶なのだ。

大急ぎで断わっておくが、私がそれをおもしろくない、と思ったということではない。

「鮫島はボクが作ったんだ、ボクの鮫島を返せ！」――こんなアホなことを思ったのではまるでない。

もちろん、居場所が見つけられないことに対する一抹《いちまつ》の寂しさはある。が、それは、私がいるべきではない場所にいたからであって、しかたがない。居場所がないといったところで、邪魔者扱いされたとか、あっちいけ、といわれたわけでは決してなく、助監督が私を紹介して下さったときは、はからずも全員から拍手をいただくようなことすらあった。

つまりはこういうことだ。映画の撮影現場というのは、とにかく妙な興奮と緊張感があって、そこに自分も仲間入りしたい、いっしょになって何かをやりたい、と、人に強く思いおこさせる強烈な魅力がある。なのに、やりたくともやることのない私は、寂しい、と思ってしまったのだ。

そしてそういう自分の気持があり、スタッフの迷惑になるとわかっていても、アクションシーンの撮りがあります、などといわれると帰れないのだ。野次馬根性丸だしで、ひたすら粘ってしまったのである。

そういう状態になったのは私だけではない。映画大好きで、現在、私の別の作品『アルバイト探《ア》偵《イ》』のビデオシナリオを執筆中のN君。それに本エッセイ担当のN村、カメラマンの塔下氏も同じだった。

「もう仕事じゃないですね」N村は、これまできっと何本もの映画撮影現場を訪れていたにもかかわらず、こういった。塔下氏も、目を輝かせ、しきりに「カッコいいな」を連発させながら、その場に居つづけた。

ハイライトのアクションシーンは、そのレストランに居あわせたチャイニーズマフィアを、特製銃をもったやくざ真壁《まかべ》（高杉亘《たかすぎこう》さん）が銃撃し、撃たれたチャイニーズマフィアが窓ガラスをつき破って、二階から一階に転落する、というものだ。背中から倒れこんで落下し、しかも五メートル近く下の床はコンクリート、という危険なシーンである。

これらのシーンはすべて夜というシチュエーションのため、撮影は夜明けまでの、時間との戦いになる。

そこにいたるまでのいくつものシーンを、順番に、しかしレストランのこちらとあっちというふたつの出演グループがあるため、くりかえして撮っていく。それは本当に、シナリオだとたった二行だったりするのだが、カメラの位置をかえ、照明を移動し、エキストラはただただ同じ場所にひと晩すわりつづけている（あるいはひと晩だけではなく、ふた晩、み晩かも）、気の遠くなるような作業だ。

じりじりと物語は進行していく。ペンで書くよりも、はるかに遅い。だが、どんなものでもそうにちがいないのだが、プロがよいものを作ろうとしているとき、その過程は、耐えがたいほど遅々として、まだるっこしいものだ。

その忍耐の集大成が一本の作品であり、小説なら一気読み、映画ならば息をもつかせぬン時間、というわけだ。

ついにそのシーンに入る、という段になったとき、時刻は午前四時になろうとしている。スタッフのひとりが叫ぶ。

「おーい、夜が明けてきたぞ」

その筈だ。この日は夏至《げし》で、一年中でいちばん夜が短い。

窓ガラスがはめられる。五十センチ四方が六万円もするという、輸入品である。プロデューサーの小林《こばやし》さんが、「十六枚とりよせたんですけど、船便が着いたときに、もうすでに二枚割れてましてね。泣けました」と、つぶやいた。


入念な打ちあわせだった。その打ちあわせのあいだに、出番がなく、疲れて眠ってしまっていたエキストラの人々や、スタイリストなどの人たちもぞろぞろと集まってくる。

まさに固唾《かたず》をのむ、という感じだった。カメラに入らない位置で、出番のないキャスト、スタッフも鈴なりになっている。

アクションシーンに入ると、真田広之さんの表情は一変する。目がいい。単に鋭くなるだけではなく、すごみを帯びている。甘いマスクだが、その甘さがすっとぶ。

ガラス窓をつき破って落ちる、その落下地点にマットレスとダンボール箱がしきつめられる。といっても大きさはダブルベッドほどだ。背中から落ちていく俳優さんにとっては、恐ろしいほどの小ささしかない。

私は見なかったが、N君の話では、そのマットレスの周辺に、日本酒が撒《ま》かれたそうだ。浄《きよ》めのお神酒《みき》だったのだろう。

そして監督と〝落ち役〟の俳優さんが、そのお神酒をついだグラスで乾杯する。

いよいよだ。全員に鋭い緊張がみなぎっている。このシーン、主役はまちがいなく〝落ち役〟の俳優さんだった。

そのシーンが近づくにつれ、俳優さんの顔がどんどん厳しくなっていく。もはや、私はそれが自分の原作の映画であることなど、そのとき忘れていた。背中をぞくぞくする興奮が駆けぬけている。

それはめったに見られないものを見られることの喜びであり、人々が力をあわせ、尽して、たったひとつのシーンを成功させようとしている姿への感動だった。

映画で観てしまえば、わずか三十秒ほどもかからないようなシーンだろう。しかし、この日のハイライトシーンはそれだった。そのシーンが終われば、時間的な理由でこの日の撮影が終了することを、スタッフやキャストは皆知っていた。

しかし、この日ラストの撮影だから人々が集まったわけではなかった。

命賭けで、映画をおもしろくしようとしている人がいて、その人をまた命賭けで、フィルムにおさめようとするスタッフがいた。

小説を書くというのは、たったひとりの作業だ。命を削るような思いはあっても、実際に命を賭けることはない。

私は比べるのを無意味だと思いながらも、その一瞬、そんなことを考えていた。

この人たちの緊張、努力、勇気、それらすべてと見あうものを、自分は書いてきたのだろうか。そしてこれからも書いていけるのだろうか。

ここで起こっていることが、自分の小説のせいだなどと、そんな思いあがった気持はこれっぽっちもなかった。ただ、人を楽しませ興奮させることを目的とする、その一点において、映画も小説も同じなのだ。

私が強く感じた、この感動や興奮が観客に同じように伝わることを私は願った。そして、私の小説が、こんな感動や興奮をもし人に与えられるとしたら、すばらしいだろう、と想像した。

カメラが回った。カチンコが鳴り、合図が送られた。

「………」

中国語の叫び声をあげ、俳優さんは弾着《だんちゃく》の血に染まった胸を反《そ》らせながら、背中でガラス窓をつき破った。そして大音響とともに落下した。

一瞬の沈黙。誰もがまるで、その音の大きさを予期していなかったかのように、その場を動けずにいた。そして次の瞬間、人々はいっせいに走りだした。落下した俳優さんの姿が見られる、渡り廊下に突進したのだ。

私も走った。そして、マットからややずれて、ダンボールとの間に斜めになった格好で仰向けに倒れた俳優さんを見た。

殺陣師《たてし》のスタッフが下で抱きとめようとしていたことも知っていた。それでも、その俳優さんが立ちあがってくるか不安だった。

俳優さんは立ちあがった。はにかんだような笑みを浮かべて、上から見守る、スタッフ、キャストを見やった。

拍手が起こった。その場にいた全員が手を叩いていた。もちろん私も。N君も、N村も、塔下氏も、みんなが手を叩いていた。

そして、その日の撮影は終わった。

散らばったガラスを集め、セットを片づけるスタッフが忙しく働き始める。撮影は終わっても、仕事が終わったわけではないのだった。真田さんと高杉亘さん、殺陣師との翌日のアクションの振付の打ちあわせが始まった。

私は止めていた息をようやく吐きだした思いだった。自分の原作であろうとなかろうと、こんなすばらしいものを見せてくれた人々皆に、ありがとうございました、といわなければならない、と思った。

特に窓をつき破って落ちた俳優さんには。

その人の名は、那須正成《なすまさなり》さん、という。


長濱治《ながはまおさむ》さんという名カメラマンがいる。読者もその名を知っているかもしれない。今でももちろん現役だが、かつて『週刊プレイボーイ』や『平凡パンチ』などのグラビアページを毎号のように撮影し、加納典明《かのうてんめい》氏らとともに、ひとつの時代を作った人である。小柄だがお洒落《しやれ》で、ジャズが好きで、ゴルフに目がなく、ハードボイルド小説を愛している。自分より十以上年上の人をつかまえていうのは失礼だが、長濱さんを見ると、私はいつも、「火の玉小僧」という言葉が頭に浮かぶ。

長濱さんのオフィスは、私と同じ六本木にある。その縁で、この五〜六年、親しくさせていただいている。長濱さんに本を送ると、いつもすぐに電話をくれて、感想を知らせてくれる。それは常に鋭く、的確な批評になっている。

文句なく、「陽のあたるオヤジ」である。

その長濱さんが、以前からひどく気にいって下さっている私の短篇小説があった。『ゆきどまりの女』というタイトルで、今から十三年も前、私が二十五のときに書いたものだ。

主人公は中年のジャズピアニストで、実は殺し屋である。酒に目がなく、一見お喋《しゃべ》りなので殺しの仕事はなかなかまわってこない。そして、もうひとり凄腕《すごうで》の女殺し屋がいる。道のいきどまりに建つ、まっ暗な家に住み、獲物をベッドに誘いこんでは、抱かれたあと撃ち殺すというのがその手口だ。

ある日、ピアニストは、その女殺し屋を始末するよう指令をうける。しかも女もまた、訪ねてくるピアニストを殺すよう命じられていた――。という話だ。

こうやって自分の小説をあらすじで書くと、なんとまあ単純な話か、と思ってしまう。

長濱さんはこれを前々から映像化したい、と会うたびに私にいっていた。

それが本当になってしまった。『ゆきどまりの女』は、極端に登場人物が少ない。それだけに個性の強い俳優さんが演じなくては、なかなかよい作品にはならない。

今回、ヒロインをつとめたのは、宮崎《みやざき》ますみさんである。彼女はこの役柄をたいへん気にいってくれたそうで、ベッドシーンも堂々と演じている。対するピアニストには草刈正雄《くさかりまさお》さん。二枚目なのだけれど、ちょっとくたびれた呑《の》んべのピアニストという役が板にはまっている。

東映のVシネマで、『XX《ダブルエックス》 美しき凶器』という作品になった。

このサンプルができあがり、さっそく見せていただいた。私の作品としては珍しく、ベッドシーンが核になっているエロティックサスペンスである。

やってくれましたね。監督は、映画『ほしをつぐもの』の、ガイラこと小水一男《こみずかずお》氏である。

音楽の使いかたがかっこいい。特に、原作にはない、ふくらませた部分がよいのだ。

そして私はまたやってしまった。ラスト近く、草刈さんが演じるピアニストが弾いているジャズバーで、バーテンダーとして出演してしまったのだ。そのシーンは、はっきりいってとほほである。自作が映像化されるのは初めてではない。これまでにテレビドラマが一本とVシネマが一本ある。そして、もうじき、映画『眠らない街―新宿鮫』が公開される。この作品については、実は明日、初号試写を観にいくことになっているので、書くつもりだ。

映像化された作品を見て、原作者が気にいったという話は、まず聞かない。正直いって、私も過去二本についてはそうだった。

気にいらない理由はいろいろとある。たとえば主人公を映じる俳優さんのミスキャスティング、あるいは映像的にふくらませようとした結果、原作とはまったく別の印象を与える物語になってしまう、等々。

が、こうした不満は、結局、無意味ともいえる。頭の中で作った人間を実在の人間が演じて、イメージの通りになる筈がないのだ。さらにいえば、脚本化され、監督の演出を経た時点で、もうまったくちがうものになっていて当然だからだ。だから、好みではないからといって、失望するのはともかく、原作者が怒ってしまったら終わりなのだ。それが嫌なら、初めから映像化をOKしなければよい。

とはいえ、されるならされたでいい作品であってほしいと願うのは人情である。もっというなら、映像と原作は〝別モノ〟として、その映画が、「好きな映画」になるかどうかが重大な問題になる。

『XX　美しき凶器』は、私の好きな作品になった。ラスト十分間が、いい。ただしこの十分の中の数秒、自分の顔がうつっているのは悲しい。宮崎ますみさんのファンは必見である。そして、今は亡き松田《まつだ》優作《ゆうさく》の『遊戯《ゆうぎ》』シリーズなど、東映セントラルフィルムのB級アクションを愛した人にもお勧めする。どんづまりの殺し屋の悲哀と、都会《まち》の映像《え》が、あの世界しているのだ。結構、シブいよ。

もうしばらく、映像化された自分の作品について書く。ふたたび『眠らない街―新宿鮫』である。まずタイトルから。なぜ『眠らない街』になったのか。これは製作のフジテレビの要望である。地名の入ったタイトルの映画で、ヒットしたものが少ない、というジンクスがあるからだという。

それを聞いたときは、へえ、と思った。『新宿鮫』には、新宿という地名が入っている。新宿と鮫という組みあわせは、いかにもそぐわず、小説としてそのタイトルをつけたときも、どうかな、という気持はあった。主人公は新宿署の一匹狼的な刑事で、「鮫島」という姓から、地元の犯罪者たちに『新宿鮫』と恐れられている。書いているうちに、この物語には『新宿鮫』以外のタイトルはありえない、と思えてきてしまった。正直、エグいタイトルだな、と自分でもためらったのだが、ええい、とだしてしまったわけだ。

インパクトはある。と、思う。が、そのインパクトのせいで、読まず嫌いされる可能性もあった。フジテレビが懸念したのは、そういう面もあっただろう。今の日本では、映画のヒットに女性観客の動員は不可欠である。アクション物であっても、『ダイ・ハード』や『ターミネーター』『リーサル・ウェポン』などの洋画はすべて、カップルや女性どうしの観客が入っての大ヒットとなっている。

対して日本映画の場合、アクション物の主流はやくざ路線であったりする。これは女性の観客は動員しづらい。

ハードボイルド小説は売れない、なぜなら女性読者が少ないからだ——今から十年も前、よく我々がいわれてきた言葉をふと思いだす。

そこでフジは、女性の観客を動員しやすいようなタイトルを考えた。若い男女を対象にしたアンケートの結果、『眠らない街』となったわけだ。

これについてどう思うか、と訊かれることがある。

けっこうですね、と私は答える。

なぜか。

映画というメディアにとって、アクションというジャンルは、「王道」である、と私は考えている。映画といえば、アクションなのだ。その迫力、興奮において、マンガであろうと小説であろうと、アクションを描いて、映画をこえるメディアは今のところない。

なのに、ここ数年、邦画では、アクション作品のヒットが限りなく少ない。洋画、あるいは香港映画には、あれほどあるのに、だ。

映画は莫大な人を使い、莫大なお金がかかる。映画会社は、事業として製作をしている以上、ヒットしなければ、そのジャンルを赤字路線として切りすてざるをえなくなる。

となると、日本映画におけるアクション作品の未来は、果てしなく暗い。

ヒット作がでない限り、今後ますますアクション作品の製作は減少していくだろう。また、たまに作るとしても、失敗を恐れて予算を切りつめたものになったりする。これでは悪循環となって、ますます邦画のアクション作品はヒットしなくなっていく。

もし、何かひとつでもヒット作が生まれれば、この悪循環は変化する。

別にそのひとつが私の原作作品でなくてもいっこうにかまわない。とにかく、アクション作品が邦画にも増え、そこからひとつでもたくさんのおもしろい映画が生みだされれば、ファンとして嬉しいのだ。

だがそのためには、とにかくひとりでも多くの人に劇場に足を運んでもらわねばならない。だから、女性を寄せつけにくい（と思われている）原題を、ジンクスもかついだ上で、かえてもらってけっこうだと思ったのだ。

ところで、こうした話を書いているからには、

「お前、映画の『眠らない街─新宿鮫』は、観にいって損はしないといえるのだろうな」

と、読者はいいたいだろう。

損はしない。原作を読んでいようが読んでいまいが、『眠らない街─新宿鮫』はおもしろい映画である。これは単に観客動員のみを狙っていっているのではない。

映画の原作料を、とうに私はもらっている。だから、この映画がコケようが当たろうが、私の懐《ふところ》に変化はない。まあ、大ヒットでもして、パート2を作ろうということになれば、また話は別だが。

この映画のどこがいいのか。それは、俳優もスタッフも、彼らのベストの仕事をしている、と感じられる点だ。

何をあたり前のことを、というかもしれない。だが、あえていわせてもらうなら、過去、映画化された小説で、原作者が満足したためしがない、という、もうひとつの「ジンクス」にこれはかかわっている。

映画化された小説で、過去、原作者が満足したためしがない、という。

もちろん、すべてがそうであったかどうかはわからない。九割以上の確率でそうだった、といってよいだろう。

なぜなのか（前にも似たようなフレーズがあったな）。

小説は、書き手にとり、百パーセント、己《おの》が手によるものだ。編集者というサポーターがいるにせよ、最初の一行から最後の一行にいたるまで、すべては一字一句、書き手がひとりで作りだす。

当然、作品に対する思い入れは強い。我が子にたとえられるのも、そのせいだ。

比べて、映画とは、たいへんな数の人々の手になる共同作業の産物である。同じ一本の作品でも、それぞれの人で思い入れがちがう。中には、本当はこんなタイプの話は嫌いなんだ、と思いながらやっている人もいるかもしれない。

ここではっきりさせておくが、映画にしても小説にしても、それを嫌いで仕事にしている人間はひとりもいない。仕事だからしかたなくやる、という人間のまったくいない、珍しい業界である、ともいえる。

だとしても、だ。プロであっても、気ののらないこともある。映画が好きで好きでしかたなくとも、アクション物よりはラブロマンスが好きな人もいるだろうし、本当は特撮が大好きだ、という人もいるだろう。

そういう人であっても、製作本数の少ない日本の映画界では、仕事を選ぶことは難しい。選んでいる人もいるかもしれないが、とにかく映画にたずさわって生きていきたい、という人たちのほうが多い筈だ。

そうなると、好きなタイプではない映画であっても、仕事としてやらざるをえない。もっと問題なのは、プロデューサーたちだ。話題になりそうだ、とか、たまたま人気のある俳優のスケジュールがおさえられたから、とかいった理由で、製作をスタートさせる場合もある。

どちらにしても、そういう人たちにとってその作品は、ルーティンな仕事として処理されていく可能性が高い。

となれば、当然、我が子同然にその作品を思っている小説家とは、まるで思い入れがちがってきてしまう。

誤解のないように書いておくが、私は映画の製作現場を批判する気は毛頭《もうとう》ない。映画業界について特に詳しいわけでもないし、ましてや出版業界のほうがすぐれている、などというつもりもまったくない。

ことはもっと単純なのだ。ひとりで作るものには、その人間の思いが百パーセント伝わる。複数で作るものには、複数の思いがこもるため、どうしても原作者ひとりの思いとはかけ離れていってしまう、ということなのだ。

これは実は、作品の優劣とは何の関係もない。原作者の思いが百パーセントこもっているからその小説がすぐれているとは限らないし、複数の思いがあるから、作品として崩壊するというわけでもない。

客観的に見て、複数の人間の手を経た結果、物語が原作小説以上にわかりやすく、興奮や感動をもたらす映像作品になった場合もある。が、だとしても、原作者はこれに満足するとは限らない。

わかりやすくなればなったで、オレの話はこんなのじゃない、と思うものだ。

　ちなみに『眠らない街―新宿鮫』でも、晶と鮫島の関係が、時間的に短いもので成立したという設定になっている。わかりやすく書けば、今回の物語を通してふたりは恋仲になる。原作では、出会いのエピソードも描かれているが、それは過去の回想である。

　しかし私はそれに不満はない。小説の回想と映画における回想では、まるで観客（読者）に訴えかける効果がちがう。また映画においての物語性としては、こちらのほうが盛りあがる。

　さて、こうしたことを踏まえた上で、原作者が映画化された作品に満足しないとしたら、それはもう作品に対する〝愛〟ゆえ、としかいいようがない。

　当然、原作者は自作を〝愛〟している。その自作が映像化されたときに満足を感じない理由が、物語性の変化ではないとする。であるなら、あとはそこに〝愛〟を感じていないからだ、ということになる。

　映像化されるときであっても、原作者は、そのスタッフ、キャストに、作品を〝愛〟してほしいのだ。自分と同じような〝愛し方〟をするかどうかは別としても、大切なもの、いいもの、として、よりよく作ってもらいたいと願うのだ。そうした〝愛〟がスタッフ、キャストにあったかどうか、それははっきりと作品に表れる。本当に、はっきりと表れてしまう。

　映画『眠らない街―新宿鮫』を初めて観たとき、私は感動した。涙がでそうになった。

　その感動には、いくつも、〝差し引か〟なければならない要素がある。たとえばそれは自己満足であり自己陶酔ですらある。

しかしそれを差し引いてもなお、あの映画には、いいものを作ろうとしているスタッフ、キャストの、ベストを尽した熱気が疑いようもなくこもっており、それが私の胸を熱くさせた。

すべてがいい、と手放しでほめようとは思わない。何点かではあるが、ちがうな、と思ったところもある。しかし、これはいい、と感じた箇所と、違和感をもった箇所の数を比べると、はるかに、いい、と感じた箇所のほうが多い。

原作者が、果たしてどこまで客観的に、その映像化作品を評価できるものか、正直いって私にはわからない。映画の公開に先だつ形で、このところ私は十本以上のインタビューをうけているが、『眠らない街―新宿鮫』を、私が好きだ、というと、インタビュアーの人たちは例外なく驚いた顔をする。それは彼らが映画を観たからではなく、原作者がほめる、というのが本当に珍しいことだからのようだ。

けなすにせよ、ほめるにせよ、純粋に客観的な評価でないことは、彼らもあるていどわかってはいると思う。としても、ほめる原作者がほとんどいない、というのは寂しいことだ。もしこの数が、半々でさえあれば、日本の映画の観客動員数はもっと増えるにちがいない、と私は信じている。

では、『眠らない街―新宿鮫』のみどころについて。

何といっても、真田広之《鮫島》さんと奥田瑛二《木津》さんのからみにつきる。この木津《きづ》という男は、ゲイの拳銃密造者で、かつて自分をパクった鮫島に愛憎を抱いている。そして鮫島を捕えたとき、拷問《ごうもん》でその思いを爆発させる。

このシーンの迫力はすごい。ふたりの俳優が、もてる演技力をとことんだしてぶつかっている。鮫島の哀しみと、木津の歪《いびつ》な愛がぶつかる。このシーンの迫力は、原作の同じシーンをはるかに凌駕《りようが》している。

これを撮った、監督、滝田洋二郎さんは、私とは同級生にあたる年齢だ。それを考えると、私はむらむらと闘志が湧《わ》いてくる。

同じ年の監督が、こんなにすごい映画を撮った。俺も負けてはいられない、と心の底から思うのだ。

私は世代論にはあまり興味がなかった。というのも、二十三で物書きの世界に入り、長いあいだ、周囲に同世代を見いだせなかったせいがある。

が、ふと気がついてみると、同じ年の、本当のプロが、ちがうとはいえ関連のある業界にいて、いい仕事をしている。このことくらい、私を発奮させるものはない。

『週刊プレイボーイ』の読者からすれば、私の世代はオヤジだ。私たちを追い落とし、「あんなの過去の遺物さ」と、私たちの作品を蹴ちらしていくのは、読者の世代だろう。

それでいい。だが蹴ちらされるまでは、踏んばっていい仕事をしたい。それが「陽のあたるオヤジ」への道だと思っている。そしてまた、蹴ちらしにかかる君たちもまた、「陽のあたるオヤジ」へとなっていくのだ。

初号試写を観た晩、私は滝田監督と飲んだ。そこには、監督のもとで、製作進行をつとめているプロデューサーの卵や、私のオフィスでシナリオの勉強をしている〝黒乳首〟のN君など、若い人もいた。

「よし、N、次は俺の現場にこい。しごいてやるよ」

滝田監督にいわれたN君は、明日からでも、監督のところにいきたそうな表情を浮かべていたものだ。

そういうやりとりを見ていると、私の胸はどきどきしてくる。これはおもしろくなりそうだぞ、とわくわくしてくる。

『眠らない街—新宿鮫』は、とにかくいい映画だ。だが、私にしても監督にしても、そしてあらゆるスタッフ、キャストにとっても、これがすべて、これで終わり、というものではまったくない。

むしろ、すべてが始まったばかりだ。始まった、と思うことで、私の背すじはひりひりしてくる。次は何をかましてやろうか——興奮と冷静な計算が同時にめまぐるしく頭の中でまわりだす。

私は小説、監督は映画——この道を互いが踏みこえることはないだろう。にもかかわらず、自分にとってのベストの仕事をしなければ相手にかっこ悪い——そんな気持が生まれてくる。

私はすばらしいライバルを、初めて出版業界の外に得た。その意味で、『眠らない街—新宿鮫』の、すべてのスタッフ、キャストに、心から感謝している。


久しぶりに釣りにでかけた。いった先は、福島県と茨城県の県境から少し茨城に入った、平潟港《ひらかた》というところである。

世の中は三連休ということで、あちこちの旅館に電話をしてみたが満室で断わられまくってしまった。いざとなればモーテルにでもしけこもうと腹をくくり、常磐道を北茨城インターまでとばした。

特にどこ、という目的地があったわけではない。要は海のそばでのんびりできればそれでよかったのだ。当初の予定ではもう少し南の五浦《いづら》海岸あたりだったのだが、このあたりの旅館はどこも満室で、北へ北へと宿を求めていくうちに、平潟港に近い『あまや旅館』※注さんというところが、とびこみでも快く泊めてくれたのだ。『あまや』さん、どうもありがとう。あんこう鍋はとてもおいしかった。

ようやく宿が決まり、安心して港内で竿《さお》をだした。訊くと、すでにカレイが釣れ始めているというので、投げ仕掛けで試してみた。

午後の二時くらいから正味三時間ほどの釣りで、本命には会えなかったが、アイナメやらハゼやら、退屈せずにすんだ。

その晩は風呂に入って、前述のあんこう鍋をメインにした新鮮な地魚料理をたらふく食べ、なんと八時前に布団にもぐりこんでしまった。

そして午前零時過ぎ、目が覚めた。布団をごそごそと這いだしてアグラをかき、釣りをしながら飲むつもりで買い、残っていた日本酒の封を切った。

細めに開いた部屋の窓からは、深夜の漁港が見える。二、三人だが、がんばっている釣り人もいるようだ。

酒屋で買った紙コップに酒を注ぎ、ぼんやりと港を眺めながら飲む。潮を含んだ冷たい風が頬に心地よかった。

不思議な気分だった。その前日が、映画『眠らない街──新宿鮫』の封切り日で、私は、真田広之さんや滝田洋二郎監督らとともに満員の観客を前に舞台挨拶をしていた。華やかで誇らしく、そして少し不安な一日だった。

不安は、自分はこんな晴れやかな場にいるべき人間ではないのではないか、という疑問が心にあ

注・現在、営業されていません。

ったからだ。

映画は、ひとつの祭りだった。製作発表から数えて四ヵ月間が、気づくとあっというまに過ぎていた。

夢のような気分、感動、熱っぽい議論、馬鹿騒ぎ、すべてがあった。そしてスタッフやキャストにとっては、封切り、というピリオドが、祭りの終わりを意味している。

舞台挨拶のあとの打ち上げは、ここまでが人間の力で可能な成功への努力の時間で、ここから先は、目に見えないある種の巨大な意志にゆだねられる時間なのだと、私に感じさせた。誰もがヒットを願い、またそれにふさわしい作品だと信じている。が、そのこととは別に、打ち上げの場は、この四ヵ月間のあいだここにいたるまでさまざまな苦楽をともにしてきた〝チーム〟の解散式のような雰囲気ですらあった。

その中にあって、私はただひとり気楽な立場の人間であったかもしれない。ヒットを願う気持では負けないが、かりにそうならなかったとしても、失うものがいちばん小さい人間ともいえるからだ。

そしてそうであるがゆえに、私は今まで経験したことのない、華やかで夢のようなときを過ごさせてもらった。

映画のもつ、人を惹《ひ》きつけとりこんでいく〝魔力〟を味わうことができた。小説家をやっていてよかった、とも思ったし、人から注目され、サインや握手を求められる幸福感も適度にあった。

今、そのすべてが終わった。私の出番はない。私は家族とともに旅にでて、釣りをして、それこそ照れるほど平和なあたり前の時間を過している。

飲みながら、私は映画にかかわった人々の〝今〟を想像した。この瞬間もまだ、仕事をつづけている人がいるだろう。あの照明係の人は、ひょっとしたら別の現場でけんめいにライトを支えているかもしれない。あるいは真田さんがそうであるように、次の舞台のための練習を必死になってやっている。宣伝係の人は、また次の映画のためにパンフレットを作り、試写会を開く準備に追われている。

さらに私のように、〝オフ〟になり、どこかで酒を飲んだり、歌をうたったり、あるいは女の子を口説いている。

映画は、始まりにも物語があり、終わりにも物語がある。

監督や俳優とちがい、私があんな晴れやかな場に立つことは、今後はもう、ないだろう。その経験が悪かったとは、私は思わない。

いや、悪かったと思われるような仕事を、してはいけないのだ。

とにかく、ひとつの祭りが終わった。私には、とてもよい、祭りだった。

早大祭にて

大学祭にいった。ほぼ二十年ぶりである。ただし私が通った大学の学祭ではない。今回は早稲田《わせだ》大の学祭だ。

早稲田大学に、『ワセダミステリ・クラブ』というクラブがある。俗に「早大ミステリ研」といわれ、作家、ミステリ評論家を輩出していることで、出版業界では知られている。「早大ミステリ研」では、毎年早大祭でミステリ作家をひとり招いて講演会を開いている。一昨年が逢坂剛《おうさかごう》氏、昨年が北村薫《きたむらかおる》氏、今年が私、といった具合だ。

私は講演が苦手だ。人と話すのはまるで苦にならず、むしろ気がつくと自分ひとりがえんえんと喋《しゃべ》りつづけていたりするくせに、おおぜいの聴衆を前に、一時間何かを喋れ、といわれると困ってしまう。

特に一般の社会人を対象にした講演会などでは、聴衆は興味半分、もう半分は、何かひとつ人生の上で役立つような話を期待してきている。

これが嫌だ。自分より何十年と人生経験が豊富な人たちに向かって、私がいったい何を喋ればいいのか、本当に困ってしまう。

これが歴史小説を書いている作家なら、たとえ年齢は若くとも、歴史上起こったさまざまなできごと、そこから導きだされる〝教訓〟について語り、ある種、現代にも通じる〝処世術〟のようなものに結びつけることが可能かもしれない。しかし私が書いているのはそうした物語ではない。聴衆にとって、人生の参考になるような話は何もできないのだ。接点がない、とでもいうべきか。

以前にもイベント企画会社から電話があり、ある大企業の新入社員を前に講演をしてくれないか、といわれたことがある。断わったのだがそこを何とか、と粘られ、いった。

「僕は人殺しの話を書いている人間です。そんな人間が、これから社会にはばたこうとしている人たちに有用な話などできる筈《はず》がないでしょう」

これはいささか意地悪ないい方だったが、さすがに向こうもあきれたのか、依頼をひっこめた。

それでもさまざまな義理や義務で断わりきれない場合がある。そうしたときは本当につらい。いちばん前の席にお年寄りが陣どっていて、いい話があればと大学ノートを開きメモの用意などをしているともういけない。お願いですからそいつを閉じて居眠りでもしていて下さい、といいたくなってしまう。

が、今回の講演は少しちがった。ミステリ研究会の主催ということもあり、人数は少なくともきている人の多くは、ミステリの愛読者で私の書いている小説の世界を知っているのだ。安心して喋ることができた。

喋った内容は、自分の書き手としての現在までの流れと、今の日本のミステリ界のおおまかな動き、といったようなことだ。特に、エンターテインメント小説のジャンルは、次々に力のある新人作家が登場し活気づいている時期なので、聞く人も深い興味をもって下さったようだ。

聴衆の大半が、自分より若い学生諸君であることも気楽だった理由だ。

質疑応答のコーナーでも、楽しく鋭い質問が多かった。こういう時間を過すと、よしまたがんばっておもしろいものを書かなくては、と思う。

ところで当日は学祭の最終日ということもあって、たいへんな人出だった。模擬店も数多くでて、はやりのナタ・デ・ココやら、クレープ、タコ焼、焼ソバと、とにかくお祭りである。目が合うととたんに通せんぼされ、

「フランクフルト買って下さい！」

女子学生に叫ばれ、講演前でなけりゃ買うのに、と食い意地のはった私はため息をついた。あっちの野外ステージではロックバンドががんがん演奏し、こっちの校舎の軒下《のきした》ではすわりこんで生ギターを弾いている。そこに売り子の学生たちのかけ声が混じって、キャンパス全体が熱気と興奮に

包まれていた。

お祭り気分にのりやすいたちの私は、部外者であるにもかかわらず、心が浮き浮きしてきた。

講演が終わったあともまっすぐ帰るには忍びなくて、取材がてらのぞきにきた『週刊プレイボーイ』のN村とカメラマンの塔下氏とともにミステリ研の学生諸君らとぞろぞろ喫茶店に流れた。本当は居酒屋あたりで開かれる〝打ち上げ〟に参加したいところだったが、OBでもないのに厚かましいと思い、我慢したのである。

皆と別れ、六本木の仕事場に戻ったのは午後六時過ぎだったろうか。

日曜日だったので、六本木も静かだ。

本当は書かなくてはならない原稿があったから仕事場に戻ったのだが、あまりの静かさに、妙に落ちつかない。

何だか、ひとりだけ損をしているような気分になった。変な一日だった。

小説家の取材

昨年（一九九三年）の暮れ、それもかなり押し詰まった時期に、新しい本がでた。大阪を舞台にした長篇小説である。これが私にとっては、小説として四十冊めにあたる。※注
二十三歳でデビューし、今年三十八になるわけだから、十五年間で四十冊というペースだ。これは果たして、速いか遅いか。
エンターテインメントのジャンルでは、決して速い、ということはないだろう。一年で二十冊の

（別原４）

注・『走らなあかん、夜明けまで』（P35参照）。

新刊を発表する驚異的な人もこの世界にはいるのだ。十五年で四十冊、平均すれば年に二冊ちょっとだ。まああのペースなような気もするが。

ちなみに各年ごとの出版点数をあたってみると――

デビューした年、一九七九年はもちろん一冊もなし。この年、私の作品が活字になったのは新人賞受賞作と、その受賞後第一作のふたつだけ。どちらも四〇〇字詰で八〇枚ほどの短篇だった。

翌八〇年に第一長篇、一冊めの本だ。その次の八一年に二冊めの長篇。ここまでは年一冊のペースだ。注文もほとんどなかった。

八二年、長篇二冊、短篇集一冊の三冊。八三年が二冊、で、八四年はなんと一冊もない。八五年に四冊、八六年に三冊、八七年も三冊、八八年がまた一冊、八九年が五冊、九〇年が六冊、九一年が三冊、九二年三冊、そして昨年九三年五冊といった調子だ。

まるで脈絡のないペースだ。今、資料をあたってみて初めて気づいたのだが、一九八四年に一冊も新刊がでていない、というのはなぜなのだろう。

もちろん、本がたくさんでたからといってその年たくさん仕事をしたとは限らない。短期間で書きあげる書きおろしならともかく、たいていは月刊誌などで連載をしている関係上、連載をした年と本になって出版される年がずれることのほうが圧倒的に多い。つまり出版点数の少ない年は原稿料で食べ、多い年は印税で食べていた、ということになる。

八四年の翌年、八五年には四点の新刊がでている。これまでで最多が（まるでえばれる数字ではないが）九〇年の六点、ついで八九年と昨年の五点なので、八五年の四点は、私としてはまあまあ多かった年である。このうちの二点は、まちがいなく前年の八四年に書いた作品だ。両方長篇だが、ひとつは雑誌に一挙掲載し、もうひとつはスポーツ新聞に連載した。

これが八四年、新刊がでなくとも食えていた理由である。

新聞連載というのは、原稿料がよいので知られている。その頃だと、月刊小説誌の私の原稿料と新聞の原稿料では、三倍ちかいひらきがあった。つまり、一本の連載で三本ぶんの原稿料がふりこまれるわけで、これなら充分食えたわけだ。もちろん当時私は独身である。二十八歳だ。

おまけに、文庫の印税もあったろう。小説をハードカバーや新書でだした場合、だいたい三年で文庫におさめられる。この文庫印税というのは、三年後にもらうボーナスのようなものだ。だから文庫にまだなっていない作品は、貯金をしてあるようなものだ、ともいえる。

八四年には、私にとっての最初の文庫が刊行されている。たぶんこの印税によっても、それほど苦しい思いはせずにすんだと思う。

あたり前だが、小説家という商売には、サラリーマンのように定期的な収入はない。新聞や雑誌などの連載をもっていれば、そのあいだの原稿料はふりこまれてくるが、終了すればそれでなくなる。実際問題、今のようにやたらに連載を抱えずにいた頃は、ある月の振込総額が五百万円ということもあれば、翌月は二万円、などというときもあった。

独身でいる以上、ある種、ドンブリ勘定になっていくのはしかたがない。

一般に「取材費」という言葉がよく使われるが、ひとり者の物書きにとって、飲んだり食べたり、旅をしてつかう金の、どこからどこまでが「取材」で、どこからどこまでが「遊び」なのか、判然とはしないものだ。

きっちり仕事と遊びの領域を分けるのが困難なのである。また、あまりきっちり分けられるようでは、本当のところ、おもしろい話など書けそうもない。

たとえば、これはまあ極端だが、ソープランドのシーンを書くために、ソープランドに取材にいったとする。まさか他のお客さんにソープ嬢がおこなっているサービスを見せてもらうわけにはいかないから、自分が〝客〟となる。さて、これは取材である。といって、取材だ、取材だ、と自分にいい聞かせて、少しも気持よくならずに終わったとしたら、ソープランドのどこに男たちが魅力を感じているか、とても書くことはできない。といって、もちろん快感のみを追い求めていても、その場の雰囲気やソープ嬢のサービスなどについての取材が成立しない。


物書きにとって、酒を飲むのも、ギャンブルをするのも、すべてが取材、ともいえる。取材だからかじるだけ、では、とてもおもしろくは小説にできない。もっといってしまえば、「取材費」として成立するのは、「小説家」として収入を得るようになってからの活動にかかった費用だけ、というのもおかしい。

「小説家」になる以前、私でいえば二十《はたち》前後の頃、ディスコに入りびたったり、三日三晩麻雀を打ちつづけたりしたときにつかった金のほうが、よほど「取材費」という気がする。

こんなことを書くと、ヘソ曲がりもいて、

「じゃあ推理作家というのは、物語にリアルな描写をしたいからと、本当に人を殺すのか」

というかもしれない。

もちろん、しない。できる筈もない。だができる筈もないからこそ、できる範囲の中でなるべく数多くの興味の対象に触れたい、と思うのだ。

取材の話で思いだしたことがある。昨年九三年の秋、ワールドカップの最終予選で、残り十六秒でイラクに同点ゴールを決められた、あの試合だ。

あの直後、テレビカメラがある選手をとらえていた。もちろん日本チームのメンバーだ。そのとき私は、試合の意外な展開に驚くと同時に、映しだされた選手の表情を頭の中に刻みこんでいた。なぜなら彼は——三浦知良《みうらかずよし》選手なのだが、「呆然自失《ぼうぜんじしつ》」と呼ぶにぴったりの表情を浮かべていたのだ。目を大きく見ひらき、ひざまずいて、喘《あえ》ぐように、しかし何の言葉もでるようすなく口を動かしていた。

九分九厘、手に入れたと思ったW杯の出場資格がひっくりかえされたのだ。もちろん無理はない。ひょっとしたら、あの日、日本の何百万、何千万人という人が、同じ表情を浮かべていたかもしれない。

だが日常生活で、あれほど衝撃をうけた人の姿を、そうそう見ることはできない。小説の文中で「呆然自失」の状態の人間を描写するとき、私はあの瞬間の三浦選手の表情を思いだすだろう。

あの翌日、私は先輩作家の勝目梓《かつめあずさ》さんとゴルフにいくために同じ車に乗りあわせた。そのとき、当然のように同点劇の話になった。

いみじくも勝目さんも、私と同じことを感じていたらしい。

「ひさしぶりに、『呆然自失』した人間の顔を見たね」

といわれたのだ。

断わるまでもないが、私は「呆然自失」の表情を見たくてW杯予選を観ていたわけではない。たまたまああいうできごとがあり、その瞬間、取材する気持が動いたというわけだ。

そういえば昨年、女優の宮崎ますみさんと雑誌の仕事で話したときのことだ。彼女も、自分がひどく感情的になったとき、つい鏡を見たくなる、といっていた。それは、人間の表情に対する、女優としての取材心の表れなのだ。

結局のところ、作りものである「小説」のためには、本物を取材するのがいちばんよい、ということになる。

それもできれば、取材してやろうという見えすいた気持ではなく、自分も当事者のひとりとしてかかわったときのほうが、よい取材になるのだ。

そういった意味では、遊び呆《ほう》けていたときに経験したさまざまな、書くのもアホらしいようなできごとが、今の私の小説の中で「取材」として役に立っているのかもしれない。「小説家」として暮らすようになってからは、特に独身の頃が、「取材」と「遊び」の境がなかったような気がする。

結婚し、家庭をもち、仕事が忙しくなった。確かに収入は増えた。

この商売には、なかなか「適当」というのがない。仕事がヒマで（つまり注文がなく）遊ぶ時間がたっぷりあるときには、先だつものがともなわない。逆に収入が増えてきて、財布の中身をあまり気にせず遊べるようになると、今度はその時間が乏しくなる。

どちらか極端なのだ。

時間が限られた状態では、「取材」と「遊び」の境がむしろはっきりしてくる。

こういうのはあまりおもしろくない。「遊び」か「取材」か、わけがわからないからこそ、変なアイデアやとんでもないストーリーが生まれてくるような気もするのだ。それにいろんな人間と出会う機会も減ってくる。

「小説家」としては人と会う機会は増えても、「取材」になるような人物に会う機会は減る。こっちの腰も重くなったりする。

今年はがんばって「遊び」たいなぁ。

直木賞を受賞した

何というか、驚いている。ここまで何度か、「作家としてのスタンス」のようなものにちなんだ話を書いた。別に優等生ぶるつもりはない。今回の〝賞〟のことは、そのとき、私の頭にはなかった。思ったことをそのまま書いただけだ。

もちろん、候補作になっていたのは知っていた。だからといって受賞できるなどとは思っていない。候補作は全部で七作。七分の一、という確率論よりも、むしろ、受賞できるかできないか、五分五分、と思っていた。

そしてどうなるにせよ、これまでの自分のスタンスは変えまい、と。

実感は、まだない。初めに驚きがきて、『週刊プレイボーイ』のN村や塔下氏ら、周囲にいた人々が喜んでいる姿を見て、よかった、と思った。

格好つけるわけではないが、私はエンターテインメントの作家だ。人をおもしろがらせるのが商売なのだ。だから私自身のことで、まわりの人が喜んでくれるのはほんとうに嬉しい。

喜ばれると、ああ、生きていてよかった、と思う。

受賞の通知をいただいた晩は、朝の六時まで騒ぎ、飲んでいた。いれかわりたちかわり、人がくる。口々におめでとうをいわれ、シャンパンが抜かれ、乾杯する。

とにかく皆が喜んでいる。俺はこの人たちを喜ばせられたんだ、よかったな、ほんとうによかったなあ、そんな気分だ。

そしていかにこの人たちがふだんから自分を気にかけてくれていたのか、しみじみと思った。

作家商売では、仲間は友だちであると同時にライバルだ。口ではおめでとうをいいながらも、心のどこかで「なんで俺でなくお前なんだ」という気持がある。あって当然だ。私だって、過去いくどとなくそういう気分を味わった。

祝福とはそれらをすべて乗りこえたものだ。互いに見あい、目の奥をのぞきこみながら、

（くそ、先を越されたぜ、でも負けねえぞ）

と、

（どうだ、くやしかったらこっちへこい）

で、握手している。私は北方謙三《きたかたけんぞう》氏や船戸《ふなど》与一《よいち》氏、逢坂剛氏ら、すばらしい仲間たちと何度となくそういう握手をした。

そして彼らライバルが、いちばん喜んでくれた。

もし私に、彼らのようなライバルがいなかったら、今の私はいない。

既に賞《タイトル》をいくつもとっている彼らにしたって、決して高みから見おろしているつもりはなかったろう。

追い、追われるのだ。追う側だった私のほうがむしろ楽だった、ともいえる。

追いつかれ、追いこされたのではたまらない。ライバルなら、よーし、あいつがここまできたら、

俺はその上へいってやる——そう思っているにちがいないのだ。

朝六時まで飲み、翌日、私のオフィス、仕事場、自宅、三ヵ所は花で埋まった。花、花、花だ。オフィスに顔をだそうと、そのビルにいくと、大きな花束を抱えたエプロン姿の女性がいた。先にエレベータに乗り、「何階ですか」と訊ねたら、

「これ、大沢さんのところへのお届けものです」

と、彼女はいった。そして、私の作品の愛読者であることを教えてくれた。

私は思わず嬉しくなり、彼女に本をプレゼントしてしまった。そんなとき、作家である自分をしみじみ幸せだと思う。

くりかえして書く。実感は、まだ、ない。

オフィスはパニックである。これほどさまざまな人から、電報、電話、お花、そして仕事の依頼をいただくとは、さすがに予想していなかった。

喜びをゆっくり味わえるのは、たぶんこの仕事の大洪水が一段落した頃だろう。そのときになって初めて、私はじわじわと嬉しさがこみあげてくるような気がする。今の嬉しさは、ただただ、人を喜ばせることができたという、いわば反射的な喜びである。

きっと、しみじみと喜びを感じられる余裕が生まれたときは、もう誰も「おめでとう」とはいってくれないだろう。

お祝いはまだある。

映画『眠らない街—新宿鮫』の、監督、滝田洋二郎さんが、ブルーリボン賞監督賞を、真田広之さんが同主演男優賞を、そして撮影の浜田《はまだ》毅《たけし》さんが日本アカデミー賞の優秀撮影賞を、録音の小野《おの》

寺修《でらおさむ》さんが同優秀録音賞を、編集の冨田功《とみたいさお》さんが同最優秀編集賞をそれぞれ受賞した。

皆さん、おめでとう。

そう、『新宿鮫』は、私に、直木賞を含めたさまざまな賞だけでなく、ジャンルをこえたすばらしいライバルを与えてくれた。

賞とは、ライバルとの闘いに向けて、大きなムチが入る——そういうことなのだ。

作家のポーズ

読者は御存知だと思うが、『ホットドッグ・プレス』という雑誌がある。読者対象は二十《はたち》前後の男性で、『週刊プレイボーイ』とはいわば「競合誌」にあたる存在だ。

そこに『試みの地平線』というページがある。私にとってはデビュー以来の友人であり、ライバルであり、そして兄貴分ともいえる北方謙三氏のショートエッセイ、および人生相談のコーナーだ。

その『試みの地平線』が二百回を迎えることになった。二百回といえば、隔週の『ホットドッグ・プレス』誌で約八年分、実際には九年を超して十年めに突入するという、大連載である。『週刊プレイボーイ』で、私のページはこれが五十九回、二百回にするためには、あと約三年間は書きつづけなければならない。

二百回を記念して、対談をおこなうことになり、あわせて撮影もしよう、という話になった。競合誌の『ホットドッグ・プレス』から本誌のN村にも連絡がきて、この撮影は、『ホットドッグ・プレス』と『週刊プレイボーイ』のエール交換のような展開となった。

撮影場所は、なぜか新宿である。このての撮影になると、とにかく北方氏は強い。眉間にあの「北方ジワ」を寄せて、コートを肩に羽織った姿でレンズをにらみつける。

歌舞伎町でこれをやるのは、ちょっと勇気がいる。しかし北方氏はデビュー以来の一貫したポーズであるので一向に照れない。

いっしょに写るこっちがつらい。並んでいて片方がぐっとキメているのに、片方がふつうでいると、へらへらしているかのようなムードが漂ってしまう。そこでしかたなくレンズをにらむ。

「駄目だよ、目にまだ照れがある」

北方氏の声がとぶ。

「無理だよ、謙ちゃんとは路線がちがうんだから――」

そうはいっても、せいぜいすごむしかない。

「ま、大沢もあと十年やれば慣れるって」

北方氏はにやっと笑っていった。

「慣れたくねえよ、そんなもん」

いい返したが、考えてみると十年間すごみつづけるというのは、たいていのことではない。

北方氏は、私よりはるかに「顔が売れて」いる。売れているということは、常に「北方謙三である」状態を要求されている、といっていいだろう。

「北方謙三である」状態が、「にこにこしてやさしそう」であるとか「親しみやすい、そこいらのおっさん」であるならばそれほど難しくないかもしれないが、彼はまさしく「歩くハードボイルド」としてやってきた。だから、「おっ、北方謙三だ、かっこいいな」と思われるようにしなくてはならないのである。

　これはたいへんなことだ。疲れたり、落ちこんだりしているときだけではなく、嬉しくて思わず口もとがゆるんでしまうようなときですら、「ハードボイルドなイメージ」を維持しなければならない。

　作家と作品が必ずしも同じである必要はない。それは俳優やタレントといっしょで、コメディアンが実は暗い人柄であったり、二枚目の素顔がひどくひょうきんな三枚目であったりする場合と似ている。にもかかわらず、このハードボイルドのジャンルは、妙に一致を求められる傾向があって、これはけっこうつらいものがある。

　私だって正直をいえば、あまりへらへらしている姿を読者に見せるわけにはいかない、と思うことがある。

「なんだい、『新宿鮫』ってのは、あんなチャラチャラした奴が書いてたのかよ」

　そういわれるのが恐いからだ。顔が売れれば売れるほど、そうした局面に立たされる可能性は増えてくる。

「自然でいいじゃないか」という人もいるだろう。「無理にかっこつけてもしょうがないよ」と。その通りだ。だからこそ、私はなるべく自然であろうとしているし、『週刊プレイボーイ』にのる塔下氏の写真も、あまり「ハードボイルドな」ものは少ない筈だ。

　そして、であるがゆえに、私は北方氏を尊敬するのだ。これは茶化しているのでもなんでもない。

　彼は自ら決めた「北方謙三のイメージ」に対して、忠実であろうとしている。しんどいな、つらいな、もっと楽になりたいと思うのは人間の常だ。やってみればわかるが、ああしたポーズを貫き通すというのは、たいへんなことだ。つまり、ポーズがかっこいいのではなくて、ポーズを貫き通すことがかっこいいのだ。つっぱりぬく姿勢に、男らしさを感じるのだ。

彼の読者はそれを知っているだろう。『北方謙三』は「北方謙三である」がゆえにスターなのだ。

二百回、おめでとう。

えらいことになってしまった。この『陽のあたるオヤジ』は、当初一年間の約束でスタートした。去年（一九九三年）一年の連載という約束だったのだ。ところが、北方氏の『試みの地平線』も、一年の約束でスタートして、現在十年めに突入しているという状況に『週刊プレイボーイ』編集部が刺激されたわけでもないだろうが、『陽のあたるオヤジ』をもっとのばせ、と要求されているのだ。

一年が、一年半にのびたのが、去年の暮れだ。だから本当なら今年の六月いっぱい、という予定だった。それをもっとのばせ、それも無期限で、という要求である。

実はこのページを、私はけっこう楽しんで書いている。最初からあまり肩肘《かたひじ》をはるつもりがなかったせいもあるが、わりあい身近なことを中心に、それも一回で書き足らなければ、二回三回と同じテーマをつづけることも気にせずやってきた。

正直いって、『週刊プレイボーイ』の読者のうちのどれくらいの人がこのページを読んでいるか、私にもわからない。あんなつまらないページはやめて、もっとヌケる写真をたくさんのせろ、という声も案外あるのではないかと思っていたりする。

あるいは、どうせ書くなら、もっと女にもてる方法とか、真剣に若い頃の悩みについて書け、と思っている人も多いかもしれない。

『ホットドッグ・プレス』での、北方氏との対談で、私も読者から寄せられた北方氏への相談の手紙をいくつか読ませてもらった。

まず圧倒的に多いのが、恋愛の悩みだ。次が性に関する相談で、これは重なりあっている部分も多い。

そして途方《とほう》もなく下らないのもある。下らないといわれたら、本人は頭にくるかもしれないが、たとえば（これは実例ではないが）「鼻毛が人より少ない気がして悩んでいる」というようなものまである。あるいは「自分の一物《いちもつ》が大きくてコンドームにあうサイズがない」（これは実例）という、自慢しているようにもとれるものもある。そこで北方氏が、「そんなことは自分で考えろ」というと、「冷たい」という反応がくるそうだ。

つくづく人生相談はたいへんだと思った。

私自身は、今まで人生相談に手紙を書き送ったことはない。もちろんだからといって、悩んだ経験がないわけではない。恋愛にしろ、進路にしろ、悩んだ経験がないような人間は、どこか信用がおけない、というのが、私の考えだ。

女性のことでは、女性服の店、つまりブティックの前を通るだけで涙がこみあげてくる、という失恋もしたし、「殺してやる」といわれたこともいくどかある。これらのことはいつか書くと思うが、正直いって苦い思い出ではあっても、「自慢話」ではさらさらない。しかし、一歩まちがえればそうとられるだろう、と思うので、なかなか書く勇気がおこらない、というのが本音だ。

進路についても、「作家になりたい」と思うことと「作家になる」というのが別である以上、今現在、「作家である」私が、こうだああだと昔のことを説明しても、やはり「自慢話めく」のではないかと、心配なところもある。

ただとにかく驚いたのは、「自分にはひとりの女しかいない」と思いこみ、その彼女に捨てられることを極端におびえる相談が多かったという点だ。

それはつきあって惚《ほ》れていれば、「この女しかいない」と思いこむのは当然かもしれない。だが、その彼女が心がわりをしそうだから、何としてもくいとめたい、というまではともかく、彼女を失ったら生きていけない、というところまで思いつめるのは、ちょっと待て、という感じだ。

本音をいえば、心がわりをした時点で、「あきらめろ、次の女を探せ」といいたい。心がわりをしかけている相手に、どれほどしつこく迫り、こん願しても、それは逆効果でしかない。

「あんたってそんな情けない男だと思わなかった」などと、何年もつきあったステディにいわれるくらいつらいことはない。失った痛みはときとともに癒《い》えて、やがて感傷的な思い出にかわる。だが好きな相手に軽蔑された痛みは、何年たってもよい思い出にはかわらない。自己嫌悪を残すからだ。

自己嫌悪するような思い出をひとつくらいもつのも悪くはないとも思うが。

最悪なのは、「この女しかいない、なくしたら生きていけない」である。そんな筈は絶対にないのだ。この広い世界で、恋愛し結婚して、何十年もともに暮らしていくカップルは、それこそ何億組といるのだ。彼らが本当に地球上に互いにひとりしかいない相手とめぐりあっているわけがない。そうであったら、何億組もカップルが誕生する筈がない。つまり、人は、恋愛をするにもあるていど幅をもっている、次の相手とも同じように恋ができる、ということだ。

仕事場を引っ越す

仕事場を引っ越した。以前の仕事場と目と鼻の距離で、歩いても一分そこそこしかかからない。

古いほうの仕事場に、私は十二年間いた。独身時代はそこを住居とし、結婚してからは仕事場とした。仕事場といっても、この二〜三年ほどは、平日の大半を泊まりこんでいる。単身赴任のようなものだ。

十二年前、私が六本木に引っ越そうと決心したとき、さまざまな人が〝忠告〟をした。

その最たるものは、

「あんな盛り場は人の住むところではない。きっと体を壊す」

というものだった。

だが私はあえて住んだ。それというのも、六本木が私にとって、「夢の街」であり、そこに住むことは夢そのものだったからだ。

六本木については前にも書いたと思うが、初めてそこに足を踏みいれたときの、つきあげるような興奮と、「世の中にこんなところがあったのか」という感動は、今も忘れていない。

この街は毎日がクリスマス・イブだ――そのとき強く思ったものだ。

もちろん、住んでみていいことばかりだったわけではない。

初めのうちは、ちょっと外にでていくのでも、きちんとした格好をしていないと街で〝浮いて〟しまうのではないかと不安だった。やがて慣れ、部屋着のようなよれよれの服装で歩くことも気にならなくなると、着飾った若いカップルなどに露骨にケーベツの視線を浴びせられたりした。

またいちばん切ないのが食事である。盛り場では、ひとりで夕食をとる人をめったに見ない。その上和食、洋食、中華と、どこであってもひとりで食事をしやすい店が少ない。酒を飲むつもりなら、まだ居酒屋や鮨屋のカウンターのようなところでもいいのだが、夜中にかけて原稿を書く予定があるとそうもいかず、店の選択には困る。

朝食もそうだ。早い時間だと、牛丼屋とハンバーガー屋、それに立ち食いソバ屋くらいしか開いていない。私はごはんが大好きなので、納豆とミソ汁のような朝定食をだしてくれる店はないものかと探しまわった。

今は『六本木食堂』※注という定食屋さんに落ちついている。ここは十時からと、ちょっと開店が遅いのが難点だが、メニューが豊富で味もいい。

気分が落ちこんでいるとき街を歩けば、自分以外のすべての人々が楽しげに見えて、ますます落ちこむ、という面はある。特に女の子にふられたときなどはみじめだった。

いい面を書こう。

どんなに飲んで酔っぱらっても、帰ってこられる。帰りの足を心配しなくてもよい。また、女の子を口説《くど》くにも便利だった。飲んだついでに、

「ちょっと寄ってく？」

などといって連れこんだりした。逆に呼びだされることも多く、しんどい面もあるが、それなりに、〝いい思い〟もさせてもらった。

十二年間住んだマンションは、外苑東《がいえんひがし》通りから西麻布《にしあざぶ》のほうに抜ける、通称『星条旗通り《せいじょうき》』に

※注・六本木交差点近くにあった大衆食堂。2004年閉店。

面してあった。『星条旗通り』と名がついたのは、同じ道をもう少し下ったところに、米軍の発行する『星条旗新聞』社があるからだ。

ここの屋上にはヘリポートがあって、部屋の窓からもそこに離着陸するヘリコプターが見えた。またマンションの地下は、昔からあるバーで、作家や俳優などの客も多い。今はもう亡くなったアメリカの作家、リチャード・ブローティガンとも何度かそこで会った。気のいい大酔っぱらいだった。

移ると決めたのは、さすがに本などが増えすぎて狭くなり、どうにもならなくなったからだ。三ヵ月くらい探して、今の仕事場をようやく見つけた。大きさでいえば倍ほどになるだろうか。本も五百冊ほど処分したが、それでも引っ越しのときは、ダンボールで軽く三十箱はあった。引っ越しには、お馴染《なじ》み黒乳首のN君を始めとする若い連中が手伝いに来てくれた。引っ越し屋さんを含め、総勢十数人でかかったため、意外と早く片づけることができた。

前の部屋は、掃除のプロが入り、ぴかぴかになった。すべての荷物が運びだされ、清掃も終了したあと、私はひとりでそこにいった。

カーペットに残された家具の跡、壁の絵の額があったところだけの白さ——私の痕跡《こんせき》は寂しいほど少なかった。しかしそこにいたあいだに私が経験したことは、どれほど多かったろう。

この原稿は、新しくなった仕事場で、初めて書いたものだ。

新しい仕事場のことを書こう。前に比べぐんと広くなり、新しい家具も買い足して、すこぶる快適である。また八階で、壁の一面がほぼすべて窓なので、眺めもたいへんいい。

だが、まだ正直いって落ちつかない。自分の匂いのようなものが、隅々までいきわたっていないような気がする。

物書きにとって仕事場というのは、ひどく重要な空間である。

いろいろな人がいて、自宅で書く人、私のように仕事場をもつ人、ホテルと長期契約をして〝年間カンヅメ〟になる人、あるいはいきつけの喫茶店の決まったテーブルでいつも書く人、と多様ではあるが、どこでも書く、という人はあまり聞かない。

よく静かさが問題にされるが、それも慣れのようなものがあり、以前の仕事場は、けっこう車の音は大きかったが私はあまり気にならなかった。それよりも工事などで、ふだん聞こえない音がするとそちらのほうが気になった。

また、さまざまな作家の仕事場の写真などを見るとたいてい散らかっている。

私なども仕事場で撮影されることが多く、そのときはそれなりに片づけるのだが、しかし〝散らかっている〟という印象はまぬがれない。

これはまずいちばんに、本や資料などの紙類の多さが原因だろう。手書きの場合、辞書類も必要だ。作家だから字をよく知っているというのは、あてはまる人とあてはまらない人がいて、私などは後者の代表だ。何度辞書をひいても覚えない字があって、自分でもうんざりすることがある。

きれい好きの人なら、辞書はともかく資料の類《たぐい》はきちんと整理すればいいのに、と思うかもしれない。

しかし整理などできないのだ。しまいこんでしまうと、必要になったときにいちいち引っぱりださなければならない。締切に追われて書いていると、そんな時間も惜しい。ぱっと手にとって読み、またぱっと原稿を書きたいのだ。とにかく書いているときは、書いているという作業以外は何もしたくなくなるのが、物書きである。

ちょっと書いては休んだり、気にいらないと原稿用紙をくしゃくしゃ丸めて捨てる、などというのは、テレビなどの〝作りもの〟の話だ。プロはだいたい、いったん書き始めたら、数時間のあいだはずっと書きつづけている。集中力を持続させるには、それしかない。私も最高で八時間くらいぶっ通しで書いたことがある。

仕事場というのは、結局、そういう精神状態になるべくすんなりと入れるところである、というのが条件だ。となると、実は景色や静かさなどではない、ということになる。

要は、自分がいかにそこに馴染んでいるか、どれほど落ちつけるか、という問題なのだ。

ではホテルのカンヅメはどうなんだ、と思う人もいるだろう。

あれは逆に、落ちつかせないことが目的である。

いつまでも原稿が進まない作家というのは、仕事量が多すぎて手が回らないのもあるが、たいていどこかで怠《なま》けているのだ。

学生時代、やらなければならない宿題があって机に向かうのだが、急に机の中身の整理をし始めたり、もう何度も読んですべて頭に入ってしまっている小説やマンガを改めて読み始めてしまったり、という経験は誰にでもあると思う。

仕事を始める前の物書きは、皆たいていそんな気分になる。機械のように、机にすわったとたん原稿用紙にさっと書き始めるなどという人はいない。それがゆえに、ある小説雑誌などには『執筆儀式』というコラムがあり、毎回いろいろな作家が、仕事に入る前にどんな手順を踏むかというのを書いているほどだ。

そういう、いわば「道草」をさせないのが、ホテルでのカンヅメである。何しろホテルの部屋だから、ふだん自分がいじって遊ぶオモチャや用のない本などはまるでない。もちろん自分でもっていってしまえば駄目だが、ホテルに入るときは覚悟しているので、仕事に必要な最低限のものしか用意していかない。

そんな状況下に何日間もおかれるのだ。「道草」といえばせいぜい備えつけのテレビくらいしかない。落ちつかないので、しかたなく仕事をする。心の中では早くここをでていきたい、としか思っていない。

かつて〝カンヅメ〟に憧れた私だが、今は正直、つらいものがある。「流行作家」のような気分になれたのは初めのうちだけだった。仕事は、慣れた仕事場で、毎日コンスタントにやるのが、情けないとは思うが、いちばん質・量ともに満足にいく結果がでる。

さあ、今度の仕事場も早く散らかさなければ。

インタビュー

先日、一日にインタビューを二件受けた。インタビューというのは、それだけ「世の中の人が私を知りたがっている」とマスコミの人が思っている証《あかし》のようなもので、申しこみを受けることそれじたいは悪い気はしない。

ただたいていの場合、インタビューには写真撮影があって、これがちょっと気が重い。加えてインタビューというのは、三十分ではなかなか終わらない。たいてい一時間から一時間半かかる。二件を受けると前後あわせて四時間が費やされる。四時間といえば、八時間労働ならばその半分の長さだ。

以前、出版業界とは何の縁もない若い人と話していたら、
「あれだけインタビューを受けるとすごく儲《もう》かるでしょうね」
といわれ、びっくりしたことがある。どうやら彼の頭にはインタビュー一回のギャラが数十万円という思いこみがあったようだ。

実際は数万円、それも限りなく一や二に近い数字であることが多い。私は一時間に原稿用紙にして、五枚から六枚を書く。このエッセイも、だいたい一本を書くのに一時間足らずだ。で、このエッセイの原稿料とインタビューの件数を考えると、インタビューを三件から四件こなしてようやく同額という数字になる。

もちろんお金のことばかり考えているわけではないから、インタビューを受ける。昨年九三年は映画がらみのものが多く、今年はやはり今のところ、先日いただいた文学賞に因《ちな》んだものがほとんどだ。

デビューしてから十五年になるが、その間にいったい何度インタビューを受けただろう。ちょっと考えてみたが、想像もつかない。

百回は超えていると思う。特にこの数年は、月に二件くらいのインタビューを受けているので、ひょっとしたら二百回くらいいっているかもしれない。

二〜三年のあいだなら、喋《しゃべ》っていることがそれほど変化していない点で自信はある。同じものに

対して、去年と今年でいいぶんがかわるのはちょっとみっともない。

しかし五年、十年の単位になると、正直自信はない。特に女性についてのインタビューになると、独身時代はやたらに強気だったのが、結婚して子供ができたとたん、妙に弱気になっていたりする。

――始めにセックスありき！

断言していたのが、

――まあ、それはいろいろと（笑）

なんて、ごまかしていたりする。ダラクだね、これは。

今、このエッセイの連載とは別に、これまでいろいろなところに書いたエッセイを一冊にまとめないか、という話※注があるが、これも読みかえすのがちょっと恐いような気もする。

ところで、いちばん最初に受けたインタビューのことはよく覚えている。

新人賞を受けた直後で、ある大新聞の名古屋支社の人が訪ねてきた。その人は私の受賞作を読み、いろいろと私についてのイメージをこしらえていた。

まず最初にいわれたのは、

「大沢さんは暴走族をやってらしたのでしょう」

であった。受賞作は、若い探偵が暴走族のアタマに、昔惚れていた女を捜してくれと頼まれ、事件にまきこまれる、というものだった。どうやらその人はてっきり、私を元暴走族だと思いこんできたようだった。

そうではない、と話すと心底、驚いた顔をした。そして、今度は私の好きな小説、書いてみたいと思っている小説についていろいろと訊ねてきた。私はほっとして、今までの読書歴、そして作家

※注・『かくカク遊ブ、書く遊ぶ』。2015年９月現在、小学館文庫、角川文庫で刊行。

をめざしたいきさつなどを話した。

そのときのインタビューは、かなり長時間だったと思う。しだいに打ちとけてきたその人は、実は自分も作家志望なのだと話してくれたりした。ただ、その人がめざしていたのは、私のようなエンターテインメントではなく、純文学の方向だった。

それから数日して、初めての私のインタビュー記事が、新聞の地方版を飾った。

見出しを見てがっくりきた。

「あぶれ者、食いつく」

とあった。大学も中退してしまい、就職もまともにできそうもない。そこで懸賞小説に応募したら、これがうまくいった、というニュアンスの記事だった。

——あれだけ、俺のことを説明したのに
私は頭を抱えた。そしてそのとき悟った。

インタビューというものが必ずしも、された人間の真実を伝えるわけではない、と。インタビュアーの頭の中にできあがっているイメージが強いと、記事はあくまでもその線で作られてしまう。

人間対人間。難しいものだ。

二、三行を同時に読むのが私の癖

読みたい本がどっさりたまっているのに、なかなか読むことができない。大半は本屋で買ってきたものだが、中には著者や出版社からいただいたものもある。

今、ぱっと目についただけで、小説が四冊、ノンフィクションが三冊あった。以前はこういう状態になると、

「今日は本を読むぞ!」

と、気合を入れて、一日中本を読みまくった。だいたい五冊くらいなら昼頃から夜半までに読み終えられる。

本を読むことが速いのは、たいして自慢にはならない。私にとっては読書は商売の一部であり、プロスポーツ選手が、体の筋肉を自慢するのと同じようなものだ。

「速読術」というのがある。私は興味がない。読書というのは楽しいからするのであって、本当におもしろい本というのは、終わりが近づくのが寂しいものなのだ。本を速く、たくさん読めるからといって、たいしていいことがあるわけではない。

高校二年のとき、私は一年に千冊の本を読んだ。理由は簡単で、勉強をしたくなかったからだ。学校の机や勉強部屋で、教科書や参考書を読むふりをしながら、本を読んだ。勉強よりははるかにおもしろかった。

本は、読まないより読んだ方がいい。だからといって、本を読んでいないことが生死にかかわるようなケースは、人生においてほとんどない。

私が本を読むのも、仕事が関係しているからでは決してない。たまに、書評や文庫などの解説を書くために、自分では読まないつもりだった本を読むことはあるが、これは例外である。

私はベストセラーであっても、自分が興味のない本は読まない。だいたい世の中の大半の人がそうだろう。

人が読んでいるから、とか、話題になっているから、というのも私には正直なところ、関係がない。ただ、自分が信用している人間（読書に関して）が、おもしろい！　といえば、読んでみようという気になる。ただし苦手なジャンル、たとえば恋愛小説などは、パス、である。

考えてみると、小説家というのは奇妙な商売だ。医者や技術者、あるいは農業とちがい、世の中に、あってもなくてもまるで困らない商売なのである。

だから気楽だ、ともいえる。少なくとも、私が小説を書くことによって、破産する人もいないし、環境が汚染されるわけでもない。

まあ、本を発行することは、紙の材料として、森林資源の破壊をしている、といわれれば、それはそうかもしれないが。

読書というのは、一種の習慣である。また、麻雀のような遊びにも似ていて、やりだすと、週に何回かやりたくなり、やらなくなると、まるでやらない。

ただ本を読むという行為に、変に「構え」るようになると難しい。

「本なんていつでも読める。今だって、ほら」

くらいがいいのだ。

「よし、この本を読んで何か、人生に役立つことを学ぶぞ」

だったら、とてもやっていられない。つまらなければ途中でやめてしまえばいい。小説家は、

「あんたの本、つまんなくて最後まで読めなかったよ」

と言われるのが何よりも怖い。たとえ、「純文学」と呼ばれるジャンルの人であっても、その思いは同じだろう。たとえどれほど高尚な内容であっても、読者が「この先を知りたい」と思うよう

な作品でなければ、お金をとって売るのはまちがっている。

ところで、私の本を読む速度を、速いと感じる人がいて、

「それって斜め読みじゃないの」

と訊かれたことがある。斜め読みというのはたぶん、一行一行を読むことなく、さっと読み通すことをいうのだろうが、それでは読んだことにならない。

「ちがうよ」と答え、

「じゃいったいどういう風《ふう》に読むの？」

と訊かれて、考えた。

いったい自分はどういう風に本を読んでいるのだろう。

説明しようとして本を手にもち、わかったのは、「数行を一度に読んでいる」ということだった。もちろん、本の最初のページの一行目からではない。数ページほど読んで、その本の内容や印象がだいたいつかめてきてからだ。二〜三行を同時に読んでいるようだ。

これが便利だからこうしなさい、という気はさらさらない。読み方も、ある種の癖のようなものだ。

しかし、こう「夏」になると、家にいて本を読むより、外にでて遊びたくなるよな。

読んで涙したイギリス冒険小説

のっけから訊くが、読者は、小説を読んで泣いたことがあるだろうか。

実はこの原稿を書く前に、イギリスの海洋冒険小説の文庫の解説を書いていた。その作品は、バーナード・コーンウェルの『ロセンデール家の嵐』※注という名で、近日中に、ハヤカワ文庫として書店に並ぶだろう。

文庫というのは、通常の場合、映画とビデオの関係に似ていて、映画館にかかった映画が半年後レンタルビデオ店にビデオとして並ぶように、ハードカバーや新書判で出版された本が、おおむね二、三年後に文庫という小型判になって再び発売されるシステムになっている。

この『ロセンデール家の嵐』も、今回文庫になるというからには、三年前にハードカバーで出版されている。私はそのときにこの本を買って読んだ。タイトルは何だか、一族をめぐる大河ドラマのようだが、原題は、『ＳＥＡ　ＬＯＲＤ』、海の貴族、という意味である。

主人公は、人間嫌いというか、変わり者の、ジョン・ロセンデール。落ちぶれた現代のイギリス伯爵家に生まれ、家族からも鼻つまみにされ、ひとりヨットを駆って世界の海を気ままに旅してきた。ところが両親のうち生き残っていた母親が亡くなり、いやいや陸地に戻ってくる。

巻頭、四年ぶりに会った、いまわの際《きわ》の母親が、主人公に浴びせる言葉がすごい。

「この、ろくでなし」

その後すぐ死んでしまうのだ。

いかに家族からうとまれていたかがわかろうというものだ。もちろんそれには理由があって、主人公のジョンは、この没落貴族の唯一の財産ともいうべきだったゴッホの絵を四年前に盗んだという嫌疑をかけられ、その疑いが晴れないままだったのである。

そしてこの絵が、ジョンをそれからのできごとに巻きこんでいく。

※注・2015年９月現在、中古品でのみ入手可能。

といって、複雑で入り組んだ話ではない。盗んだ本当の犯人を見つけだし、絵をとり戻そうとする物語だ。そこにヒロインが登場し、罠がかけられ、二人はヨットもろとも爆破されそうになる。

私は小説を書くのを商売にしているから、本を読んで泣くことはめったにない。特に小説の場合、「泣かせの手口」のようなものが仕掛けとして前もって読めてしまうことが多い。

それでも、一年に一冊くらい、泣かされる本がある。

この『ロセンデール家の嵐』がそうだった。ヨットを爆破された主人公が瀕死のヒロインを抱いて海中を泳ぐシーンにさしかかったとき、鳥肌が立ち、涙で活字がぼやけた。

悲しいから泣いたのではもちろんない。感動である。主人公の姿、言動に泣いたのだ。

これ以上はそのシーンについて書かない。少しでも興味を感じたなら読んでほしいのだ。主人公は決して特別なスーパーヒーローではなく、むしろ屈折して「大人になりきれない」部分を心に抱えた、ふつうの男である。

そのふつうの男に、読者である私の心が入りこみ、泣いたのだ。

確かそれを読んだのは、飛行機の中だった。さすがに涙こそこぼしはしなかったが、私はこっそりあたりをうかがい、自分のその姿を人に見られなかったかどうか確かめたのを覚えている。

本を読んで泣く、ということを知ったのは、いつ頃だったろうか。

たとえば、小学校や中学校の課題図書でも、「泣かせる」本はある。『路傍の石』とか、『車輪の下』など、その代表格だろう。

だが課題図書で泣いても、私はなんとなく、「だから読書はいい」などとは思わなかった。正直な話、

「チッ、泣かされちまったぜ」

という感じで、それは、テレビなどの、いかにもお涙ちょうだいドラマを見てしまったときと、気持の上では似ていたと思う。

けれども、小学校の高学年の頃から推理小説が好きになり、翻訳された海外の推理小説を読むうちに、イギリスの冒険小説、たとえばアリステア・マクリーンやジャック・ヒギンズなどの作品と出会って、「読んで泣く」本当の経験を味わった。

アリステア・マクリーンは、『ナヴァロンの要塞』や『荒鷲の要塞』、『恐怖の関門』などという作品が知られているが（そしてそれらも大傑作だが）、泣けたという点では、『女王陛下のユリシーズ号』にとどめを刺す。

今、太平洋戦争を題材にした「海戦シミュレーション小説」がたくさん出ているが、同じ時代、同じ海の戦争を扱っていても、この作品はまるで違う。

息を詰め、目をみひらき、掌《てのひら》に汗をかいて読める。打ちのめされて、感動して、本当に涙がでる。それが喜びとなり、次の感動が欲しくて「癖」になれば、と思う。まだ読んだことのない人がうらやましい。なぜなら、あの感動を最初から味わえるからだ。

同世代英国人作家フィリップ・カー

『ブリティッシュ・カウンシル』という団体がある。日本ではイギリス大使館の文化部という形になっているが、単なる政府の一機関としての形だけでなく、世界各国に広くその支部をおき、イギリスの自然や文化、あるいは英語そのものについて知ってもらおうという活動をおこなっている。お固いといえば、たいへんにお固い団体だが、その『ブリティッシュ・カウンシル』の日本支部で先日、イギリスの代表的な三人のミステリ作家を招き、日本のミステリ作家と公開セミナーをおこなった。訪れた作家は、レジナルド・ヒル、マイケル・ディブディン、フィリップ・カーの三人である。

このうちのフィリップ・カーが、私と同じ一九五六年生まれということもあって、彼とセミナーで話す機会があった。

これまで日本推理作家協会の国際交流活動の一環として、旧ソ連、韓国の推理作家たちと会ったことはあるが、彼らの（邦訳された）作品を読む機会はなかった。が、今回のカーは、新潮文庫から『偽りの街』※注『砕かれた夜』という、二点の邦訳がでている。また会う前に、新潮文庫編集部の厚意で、刊行予定の『屍肉』の邦訳ゲラも読むことができた。ハードボイルドタイプの作品を書く作家といってよく、そうした外国人作家と会うのは初めてだった。

同じ作家であるからか、これまで韓国の金聖鍾《キム・ソンジョン》氏などとは話もあったし、今回も機会さえあれば打ちとけられるだろうと期待していたが、やはりそうだった。セミナーのあと、ホテルのバーで話しこみ、プライバシーも含めた、さまざまな話をした。

欧米では、小説は通常ハードカバーで発売されるが、値段も高いこともあって、ベストセラーはめったにでない。この点はまあ、日本でも同じだ。

ハードカバーとは別にペーパーバックというスタイルがある。日本でいえば新書判なのだが、このペーパーバックをだす出版社は、発売される作品に話題性があったり売れそうだと見こむと、ハ

※注・2015年９月現在、『偽りの街』『砕かれた夜』『屍肉』３作とも中古品でのみ入手可能。

ードカバーと同時期にペーパーバックを発売する。

日本ではあまりこういうことはおこらない。いわば、ハードカバーと文庫版の同じ作品が同時に発売されるようなものだからだ。しかし、ペーパーバックの発売は、作家にとっては広範囲に読者を獲得できるチャンスであり、作品が「営業的に認められた」という証明ともいえる。

フィリップ・カーは、第二次大戦前夜の、ナチスが恐怖政治をふるうベルリンを舞台に、グンターという私立探偵が活躍するハードボイルドを三作書いている（『偽りの街』『砕かれた夜』がそう）。その三作はペンギンブックスからペーパーバックがでている。

そして今度の『屍肉』は、ロシアンマフィアが裏の社会を支配するサンクトペテルブルク（旧レニングラード）を舞台に、そのマフィアと闘うロシア人刑事を主人公にした作品である。これはおもしろい。

大戦前夜のベルリン、あるいは現代のロシアといった舞台設定は、同じハードボイルド作家としても「やるなぁ」という感じで、しかも、そこに作者と同じイギリス人を主人公としてもちこんだのではなく、その国の人間、つまり、それぞれドイツ人とロシア人を主人公としたところに、取材のたいへんさを考えれば、「根性のある作家だな」と敬服した。

日本人である私が、外国を舞台にした作品を書こうとするとき、主人公を日本人にするのとその国の人間にするのとでは、まるで取材のたいへんさがちがう。日本人が主人公であれば、あくまでも外国人の目でその国の習慣や地図を見ればよいわけで、あとから作品に「知らないこと」や「まちがったこと」が発見されても、主人公は外国人だから、で逃げることができる。

しかしその国の人間を主人公にしたらそうはいかない。

早い話、東京を舞台にした小説で、ふつうのサラリーマンが毎朝、車でのんびりと通勤したり、通勤電車でゆったりすわっているなどというシーンがあったら、すぐに嘘だとばれる。あるいは、仕事帰りに「ちょっと飲みにいこう」などといっていくのが、銀座の高級クラブだったら、なんかおかしいぞと思われるのがふつうだ。あげくに親から受けついだわけでもないのに、都心の広々とした一軒家に住んでいたりする。

つまり簡単な取材では、外国人が、別の国の人間を主人公にした、その国の話を書くことができないのだ。

カーは、『屍肉』のためにサンクトペテルブルクに取材におもむいた。マフィア特捜隊の刑事たちと行動を共にし、ときには逮捕の現場にもいあわせている。

「いったいどのくらいのあいだいたの？」

と訊ねたら、

「うんざりするほど長くさ」

と笑った。

彼が『屍肉』を書くためにおこなったような取材を、ふつうの日本のプロ作家はおこなわない。なぜなら簡単にいえば、「元がとれない」からだ。

何ヵ月間も一本の作品のために外国に滞在する。書くのは取材が終わってからなので、実際には一本の作品に一年近くをかけることになる。

たとえば一冊だせば、何十万部と売れるのがわかっている作家なら、それでもいい。どれほど時間をかけても、そのあいだに食いつめる心配はない。

しかしカーは、まだ著書が五冊ていどの「新人」である。彼の『偽りの街』のペーパーバックは、四万部ていどの売れゆきだという。これではとても食べていけない。

日本で新書が四万部というフルタイムミステリライターなら、よほどの理由がない限り、年に二、三冊は新刊をだす。それでも懐具合《ふところぐあい》は決して楽ではない。

カーはその前に、ベルリンを舞台にした、私立探偵グンターのシリーズを三作で打ち切っている。それは作家として、同じシリーズを書きつづけることの限界を感じたからだそうで、逆にこのシリーズが「売れセン」になると見こんだ出版社の反対にあい、それを押し切ったために、一年間ものあいだ仕事をホされたりしたという。

その話を聞いて、私はますます、彼を見直した。

いくら限界を感じたといっても、これから売れそうな気配のあるシリーズをわずか三冊でやめてしまうのは、たいへんな勇気のいることだ。

「君はいったいこれまでに何冊、本をだしたんだ」

とカーに訊ねられ、私は、

「四十二冊」

と少し気恥ずかしさを感じながら答えた。

すると彼は仰天したように目をむいた。

「四十二冊!?　イギリスなら八十年はかかる！」

確かにそうかもしれない。日本ほど小説をのせる雑誌の多くない外国では、カーのようなペースで書きおろしをしていたら、二年に一冊がいいところだろう。カーの話によると、原稿がすべてできあがってから本になるまでに、イギリスでは一年かかるそうだ。

日本では約二ヵ月だというと、ますます驚いている。

私がプレゼント用にもっていった本をさして、何部売れたのだ、と訊くので、二十二万と答えたら、信じられない、とつぶやいた。

もちろん、日本でもすべての本がそれだけ売れるわけではなく、私も以前は本が売れないので有名な作家だったと話した。

こうして話すと、日本の作家の方が欧米の作家に比べると、「食うことに関しては」とりあえず恵まれている、ということができるだろう。

だが、英語のマーケットは広い。それだけの努力をした作品が本当に認められれば、二十二万などという数字がハナクソくらいにしか思えないような、とてつもないベストセラーが生まれる可能性が、英語で小説を書く作家にはあるのだ。

また、彼のように有望な新人作家に対して、ハリウッドも目をつけてくる。

映画の脚本を書かないかと勧めるのだ。そのための年間契約で、数万ドルを一年にうけとっている。だが、

「パラマウントのプロデューサーが、香港を舞台に書け、といってきたんだ。で、僕は『ブラック・レイン』のような映画が作りたくて、こういう（私にストーリーを話してくれた）話を作ったら、連中に、そうじゃなくて『ブレードランナー』みたいな話が欲しかったんだっていわれたよ」

と笑った。

私の小説が映画化されたことを話すと、

「そいつはいいや」

といってくれた。

日本の映画界が今、非常にたいへんな時期で、なかなかあとにつづく、私の原作の映画が作られない、と私はぼやいた。

「なあ、映画の脚本を合作しないか」

カーは真剣な顔になっていった。

「駄目だよ、僕はそんなに英語ができない」

「大丈夫だ。ファックスで君のところに僕がアイデアを送る。文章なら、誰かに訳してもらってもいいし、時間をかけて読むこともできるだろう。それに君がまたアイデアを足して、ファックスでやりとりをするんだ。映画会社には、僕がもっていける」

夢のような話である。酒と話に酔い、再会を約束して別れた。

そんな夢が実現すればいい。帰りのタクシーの中で、私は夢のつづきを見ていた。

なぜ仕事が減らないか？

今月はなかなかキツい。新しい週刊誌の連載がスタートし、レギュラーに加えて、短篇を二本、書かなければならない。

つまり週刊誌が三誌、月刊誌が一誌、それにイレギュラーの短篇が二本だ。合わせると、月に十五回の締切がくることになる。こりゃキツい。二日に一回、締切だ。

おまけに四年ぶりくらいに歯が痛くなって歯医者にいったら、

「あ、親知らずの虫歯ですね。半分くらい溶けちゃってますんで、抜いちゃいましょう」

と、いきなり抜歯である。おかげで久しぶりにアルコール一滴もなし、という日を三日ほど送ることができた。

それ以外にも、プライベートで、あれこれと外出する用事が多い。さすがに脳ミソが絞りカス、といった状態で、胃が痛くなる日も何日かあった。

当然、釣りやゴルフにいく暇はない。そこでつい酒を飲みにでる。酒を飲んではいけないなら、ウーロン茶でもかまわない。

とにかく飲んでいる。

だが脳ミソカス状態だと、酒を飲んでいてもあまりおもしろくない。会話もさえないし、「ハアー」とため息ばかりをついているような按配《あんばい》だ。

こうなることは前もってわかっていたのだから、もう少し早くから何とかできなかったものかと考える。

できないのだ、これが。

前々から準備をして原稿を書きためるなんて、一度もやったことがない。やったらどうなるか。

結局、たらたら少しずつ仕事をするから、休みなし状態になって、「どこへもいけない月」が、ひと月からふた月に増えるだけである。これは虚しい。

ではなぜ、こんなにいっぱい仕事があるのか、それを考える。

きた仕事を全部受けているわけではない。

不安と罪悪感の板ばさみになりながら、半数近い仕事は断わっている。だからもっと本数は少なくていい筈《はず》なのだ。

それがそうはならない理由がひとつある。しかもその理由は、他の誰でもなく、この私が悪いのだ。

何か。

仕事が延びてしまうのだ。

たとえば今抱えている連載のうち、週刊誌一本と月刊誌一本は、とっくに終わっている予定だった。

その週刊誌は、連載がスタートしたのが今年の一号からだから、九ヵ月かける四かける十六枚で、すでに五百七十六枚。途中、合併号などが二回でたとしても五百四十枚は書いている計算だ。

通常、一本の長編小説が四百枚から五百枚前後だから、終わっていておかしくない。

だから十月から、入れかわる形で、次の週刊連載のスケジュールを組んだわけだ。

同様に月刊誌の方も、一回五十枚で、もう一年やっている。六百枚。何回か、枚数を値切った月があったので、五百五十枚くらいか。

この二本が、まるきり終わりが見えない。

週刊の方は、今年いっぱいつづきそうだ。となると、七百枚を越える量になる。月刊に至っては、千枚はいくのではないか。

雑誌連載というのは、スタートの時期は決まっているが、終わりの時期というのを厳密に決めないことが多い。やはり書きだしてみないと、どの程度の長さになるか判断できないからだ。

たまにその雑誌の都合で、

「あと何回で終了をお願いします」

などといわれると、けっこうパニックだったりする。広げるだけ広げておいた話をむりやりに閉じるものだから、作品の出来にも影響がでる。

だから私のその連載を掲載している雑誌も、本当は、

「いつまでやるんだよ、早く終われよ」

なんて思っているのかもしれないが、ここまで長くやって、できあがりが悪かったでは洒落《しやれ》にならないから、じっと我慢しているのかもしれない。

このところ週刊誌の連載小説の執筆陣が、私と仲のよい日本冒険作家クラブ[※注]系などの作家に集中している。

ある雑誌ではA氏のあとに私が書き、私のあとがB氏と決まっていると、別の雑誌で、その順序が逆、なんてことがよくある。

仲間が自分の前の連載だったりすると、もう「お願いお願い状態」になる。

何のお願いかといえば、ただひとつ。

「もっと連載、長くやって。おいらのスタートを遅くして！」

というやつだ。ひどいときは、互いにお願いしあっていたりする。

「バーターだな」

なんていって。

※注・1983年に発足した冒険小説作家の親睦団体。2010年に解散。

だが皆んな忙しい。なかなかそうはいかない。

担当者

今回は、このページの担当でもあるN村の話を書く。N村と初めて会ったのは、今から六年ほど前のことだった。『月刊PLAYBOY』の仕事でエジプトにいき、帰国した直後のある晩だ。きつい仕事だった。私も、同行した月プレの担当者シンイチローも、カメラマンのモロズミ氏もへとへとになっていた。

原稿の打ちあわせのために集英社にいき、その帰り、どこかに飲みにいこう、という話になった。そのときいっしょにいたのが、当時入社して二年めか三年めのN村だった。六本木のクラブにいき、話をした。

印象は、

「おっ、生意気な奴だな」

だった。N村は、ラ・サールから東大法学部を経て、集英社に入ってきた。大学の同期は、たいてい通産省とか外務省にいる。いってみれば、エリート中のエリートだ。そんな学歴の奴が、なぜか出版社という、世間体は一流でも中身はやくざな会社に入ってきた。

自分でも変わり種だというのを、あの頃のN村は強く意識していたようだ。話していると、理路整然としていて、いかにも「切れ者」という印象がある。だが、だからこそ、私は内心、

(こいつこのままいったら、どうしようもない編集者になるな)

と感じた。

次に会ったのは、今から四年前の、『週刊プレイボーイ』編集長テリーの結婚披露パーティだった。つきあいのあるプロレスラーたちがお祝いにかけつけた。髙田延彦《たかだのぶひこ》氏がステージにあがり、テキーラの一気飲みを競う相手はいないか、と挑発した。

相手はプロレスラーだ。やれば潰《つぶ》されるにきまっている。誰もいく奴はいないだろう、私はそう思った。そのとき、ひょこひょことステージにあがった、小柄なとっちゃん坊やがいた。N村だった。

(やるじゃん!)

私は心の中で拍手を送った。そしてN村が頭でっかちの理屈屋ではなかったことを知った。N村はみごとに勝負し、その日、沈没した。きっとトイレでのたうちまわったろう。

そして去年、N村は、カメラマンの塔下氏とともに、私とチームを組むことになった。知識量の豊富さはかわらず、しかしフットワークが軽くなり、しかもいい崩れ方をしていた。ことんつきあうという人間好きと遊び好きに巨大な好奇心が加わり、まさに「信頼してタッグの組める」編集者になっていた。

N村は、映画『眠らない街—新宿鮫』のために、『週刊プレイボーイ』でも多くのページをとってくれた。それ以外にも、プロレスや映画界の情報を、私に客観的な立場でレクチャーした。

私が六本木のクラブで飲んでいると、二回に一回はでくわした。にこにこしながら、

「そろそろ、お見えになる頃だと思ってました」

そういわれると、こいつ、会っていないときでも俺のことを考えてくれているんだな、と私は嬉

しくなる。

作家と編集者にはいろいろなつきあい方がある。仕事オンリーで、プライベートな話は一切せず、飲みにもいかないつきあいもある。だからといって、いい仕事にならない、とは限らない。

だが、どうせならいつだって情報交換をおこない、常にその存在を意識しあえる関係でいたい。そこにいたる基本はまず、「互いの仕事を認められる」というものだ。

今、私は、担当者に恵まれている、といえる。K文社の鮫番、W氏を始め、つきあいのある各社の小説担当者は皆、一流の編集者であると同時に、人間的にも楽しい連中だ。

N村は、私の唯一の、連載エッセイ担当者だ。そして、小説担当者に負けないくらい本を読み、遊んでいる。私はいつかN村と、小説の仕事をしたい、と思っている。

作家というのは、実はひとりぼっちの商売だ。今、この原稿を書いている瞬間、私のまわりには誰もいない。誰かが書いたものに何かをいってくれない限り、大家であろうと駆けだしの新人であろうと、自分の書いたものが、人にどう評価されるのかまったくわからないのである。

そんな作家にとって、担当者は、一番の読者であり、お得意さんであり、ライバルだ。

N村はそのすべてにおいて、私に対する努力を惜しまなかった。いい担当者だ。

そのN村が人事異動で『週刊プレイボーイ』を去ることになった。「陽のあたるオヤジ」の担当を外れる。主任、という役づきになって『Vジャンプ』にいく。「痛えなあ」というのが私の心境だ。

だがN村、お前とはまた仕事をする機会がきっとあるような気がする。飲む機会はもっとあるだろう。これからも、私の心の中で、お前はずっと、「俺の担当者」だ。

作家と編集者

トークショーをやった。ショーといっても大げさなものではない。新宿紀伊國屋《きのくにや》ホールで、作家の逢坂剛、北方謙三の両氏とともに『本の雑誌』発行人の目黒考二《めぐろこうじ》氏の司会で、「よい編集者、よくない編集者」というタイトルのもと、いろいろと好きな話をさせていただいた。

読書の秋、ということもあるのだろう。それなりにお客さんもきて下さり、喋《しゃべ》る相手もふだんからよく会っている友人なので、会場はけっこう盛りあがった。とはいえ、テーマがテーマなので、お客さんの中には相当数、この四人の担当編集者がきている。彼らは戦々恐々、「よくない――」の部で、自分の話がでるのではないかと駆けつけているのだ。

だが、こうした担当作家の「行事」につきあうくらいだから、よくない編集者であるわけがない。たまにからかわれて、笑いのネタにされることはあっても、きていた編集者たちは、誰も、作家とのコミュニケーションを楽しみ、仕事熱心な「よい編集者」たちである。

誤解のないように書くが、彼らが作家に「尽す」から、よい編集者なのではない。また、トークショーにこなかったからといって、こない編集者がよくない、といっているのでもない。

編集者（それも文芸の）の仕事は、作家からよりよい原稿をとることである。編集者は、そのためにあれこれと知恵を絞る。その中に、はたから見れば、「作家にゴマをすっている」ような行為もあるかもしれないが、単にそれだけではもちろん、目的は果たせない。ほめるときはほめ、疑問を感じたら率直にそれを口にする編集者が、すぐれているのだ。ただし、互いにプロ同士である以上、何もかも率直にいってうまくいくかといえば、そうとは限らない。このあたりが微妙なところで、いかにプロとはいえ、いや、プロであるからこそか、野球でいえば全打席ホームランを狙っているのではない、ということが、この「率直さ」の問題になる。

つまり、ホームランを狙って打席に立っているときなら、打者に対し、スタンスやスイングについての細かなアドバイスも有効だが、シングルヒットや犠牲フライ、さらにはバントをしようと考えている打者に、「ホームランのアドバイス」は、無用なわけである。

もちろん、この場合の打者というのは、ずぶの新人ではないわけで、キャリアが十年以上、それなりに成績を残してきたプロの場合にのみ、あてはまる話だ。ずぶの新人ならば、バッターボックスに立つチャンスもそれほど多くはないわけで「一発」を狙うのは、むしろ当然である。新人なのに、渋いシングルヒットでは、むしろ困ってしまう。

編集者は、ひとりで十人から二十人の担当作家をもっているのがふつうだ。その中には大ベテラン作家もいれば、私のような中堅、そして新人と、さまざまに分かれている。ベテランになればなるほど、編集者がアドバイスをする機会は少なくなる。新人に対しては、もちろんその逆だ。

大切なことは、編集者と作家のあいだの信頼関係である。両者のコミュニケーションがうまくいっていれば、ベテラン、中堅、新人を問わず、アドバイスが必要なとき編集者は、それをためらわずにする。

そういう意味で、編集者が、作家の「行事」につきあうのはよいことだと私は思う。

作家と編集者の関係に、「どちらが上」というのはない。私たちはおおむね、自分より年下の編集者に対しては、荒っぽい言葉づかいをするが、それは、信頼や友情があってこそのものだ。そうした関係のない編集者には、むしろ、ていねいな言葉づかいをする。

トークショーのあと、出演者とその担当者たちは、新宿の酒場に流れた。

そこでは、当然、ステージの上にいたとき以上に、活発な話がとびかう。作家どうし、編集者どうし、あるいはいり乱れて、互いの話、あるいはこれからスターになりそうな作家の話などで盛りあがった。

作家にも、「流行作家」とか「スター作家」と呼ばれる人がいるように、編集者にも「スター編集者」がいる。彼らは、作家とちがって表に名がでることはめったにないが、ある時代を代表するような文芸作品（文学ではない）が作られたとき、そこに必ずかかわりあっている。

私たちのあいだでは、あの本、誰が作ったの、ああ、やっぱり彼か——といった具合で名前が囁《ささや》かれる。

ちょうど作家どうしがライバル意識を燃やすように、編集者もまた、そういう存在に対しては、ライバル意識を感じるもののようだ。その夜の編集者たちの会話には、そうした空気を感じさせる。〝熱〟があった。全員が仕事に生きがいを見出している。

酒と熱に、心地よく酔った晩だった。

鮫サイン

八景島《はっけいじま》シーパラダイスに家族とでかけ、お土産を買ってきた。

ヘリウムガスを注入した魚の風船をふわふわと室内で飛ばすアレである。

いろいろな魚がいるが、ま、私の場合は、「鮫」である。

子供の頃から、あまりコレクションというやつに興味がなかった。小学生時代は、クラスに必ず二、三人くらい「切手マニア」というのがいて、でかいアルバムをもちよっては、見せあったりしていた。

少し集めたのはモデルガンだが、私が中学三年生のときに『銃刀法』が改定され、黒塗り金属モデルガンが禁止になってからは、急速に熱がさめた。

白や黄色、あるいは金色に塗りたくられた拳銃など、まるで迫力がない。

以来、読んだ本がたまることを別にすれば、コレクションらしいものは何もしていなかった。

それが数年前に、生まれて初めて、といえるようなコレクション（それほどのものでもないが）を始めた。

鮫グッズである。

始まりは、鮫の絵のTシャツだった。ハワイなどにいくと、鮫の絵をプリントしたTシャツがさまざまな種類、売っている。コミカルなものからリアルなやつまで、それこそ毎年、新しいデザインがでている。

それらを目につくと買いこみ、スタッフや友人に配っていた。

すると今度は、彼らがいろいろな鮫グッズをもってきてくれる。

鮫の歯、鮫の絵、鮫皮のキィホルダー、鮫帽子、栓抜き、鏡、ポスター、もろもろ、もろもろ。

仕事場は鮫グッズだらけだ。

そのうちでも傑作なのは、友人夫妻からもらった、手作りの「鮫の袖カバー」。

私は原稿をシャープペンシルで書く。すると、原稿用紙に触れる掌《てのひら》や洋服の袖口が黒い粉でよごれる。

手は洗えばすむが、洋服は毎日、というわけにはいかない。たいていはトレーナーで、二、三日は同じものを着ているから、まっ黒になってしまったりする。

そこで袖カバーだ。昔よく、郵便局の人などが袖に巻いていた黒っぽい筒状の布である。

私がもらった袖カバーは、黄色の生地に、白や紺、黒などの、小さな鮫の形をしたアップリケが貼ってある。なかなかかわいいのである。

マニアックなコレクションは性《しょう》にあわないが、こうした軽めの収集なら、仕事場のアクセントとして楽しい。

本当は自分でオリジナルの鮫キャラのようなものを作れたら、と考えたこともある。

たとえば本などにサインを頼まれて、（だいたい作家のサインというのは、芸能人のように特徴のあるものではない。やや崩れ気味の楷書体《かいしょたい》で名前を書くだけだ。だから当人が書いたという、らしさがない）その横にサラサラッと鮫の絵なんぞを描けたらいいな、と思ったのだ。

鮫の絵が横にあれば、誰でも書けるようなサインであっても、いかにもそれっぽくなる（何というか、軽薄でスマン）ではないか。

そこでいっとき、鮫の絵を自分で描いてみた。

鮫といえば、ギザギザの歯、ピンと立った背鰭《せびれ》、エラの縦皺《たてじわ》に三角マナコといったあたりだろう。で、この絵をときどきサインの横にちょろっと描いて悦に入っていた。

ところが私は絵が下手だ。

「あのう、これ、何ですか？」

恐る恐る訊く人がいる。

「え？　いや……鮫、です」

「ああ！　はい！　そうですね、鮫ですよね、これ。そりゃそうだ。ハハハ……」

暗雲が垂れこめる。

あるとき、オープンしたばかりの小さな酒場にいった。大先輩の作家と編集者もいっしょだった。

「ねえねえ、これ書いて」

ママが丸い紙のコースターとマジックをもってくる。

その酒場の壁には、有名無名を問わず、さまざまな客のサインと、店への「ひと言」を書いたコースターが貼られているのだった。

そこで私は描いた。鮫の絵である。

サインをして、貼ってもらう。

「何だ、あれ」

大先輩が訊ねた。

「え？」

「だからあのお前さんが描いた絵だよ」

「鮫、です」

「お前、どう見ても犬だよ、あれは」

「……」

それきり、鮫の絵は描いていない。

私を支えてくれた読者

高校の同窓会にでかけた。といっても、名古屋までいったわけではない。何人かのOB幹事が中心となって、東京近郊に住む卒業生に連絡をとり、集まる日を決めたのだ。

私の卒業した高校は名古屋市内にある私立で、歴史が古く、もう創立百二十年を越えている。だからOBもかなりの数が東京近郊にいる。それをまた全員に声をかけるというのも大変なので、今回集まったのは、三十から四十代までの約四、五十名だった。

同窓会にでてみると、同じ年であってもこれほど見かけに差がでるものかと、唖然《あぜん》とする。オッサンになっている奴は、髪といい体型といい、思いきりオッサンである。それでもどこか面影があって、名札をつけているからそいつだとわかるのだが、もしそうでなければ十年以上年上の先輩だと思って敬語を使ってしまうところだ。

私のでた学校は男子校である。だから同窓会といっても、まるで女っけがない。むさ苦しいおっさんが、なんだか知らないがどっさりいる、という感じだ。

その点、共学校はいいな、と思う。昔なんとなく好きだったような子に会えるかと考えると、胸がときめくではないか。

そういったら友人に笑われた。

「そりゃお前、せいぜい三十くらいまでだね。あとは『見ぬもの清し』ってやつだ」

かもしれない。かつて密かに想いをよせた可憐な少女が、オバサンに変身していたら悲しいものな。

よくテレビドラマやマンガなどで、学生時代、密かに想っていた相手に同窓会で再会し、「実はあの頃――」と告白すると。

「わたしもそうだったの」

なんていわれて恋が生まれる、というシチュエーションがあるが、もし私が四十を過ぎてそういう女性に再会しても、告白はできないだろう。

現実に、会わない方がよかったなんてことは、ごまんとある。

男どうしであればそういうことはない。顔をつきあわせた瞬間は相手のことがわからなくとも、少しでも話せば、

「お前、オヤジになったなあ」

「そういうお前こそ！」

といいあって、和《なご》んでいられる。

同学年だった連中と話していて、驚き尚《なお》かつ感動したことがあった。それは、彼らのほとんどが、早いうちから私が物書きになっていたのを知っていたことだ。

それも特に親しかったわけでもないのにだ。

私の名は本名で、しかも日本人には珍しい字を使うせいがあるのだろう。大半の同学年の友人が、

「お前が本書いてるの知ってから、ずっと買っていたんだよ」

といってくれ、私は嬉しくなった。

「もう、お前の本、四十冊以上あるな」

そういったのは、一度同じクラスになったものの、ほとんど話などしたことのなかった男だった。四十冊以上といえば、これまで私がだした本のすべてだ。

「永久初版作家」といわれ、本が売れない物書きの代表格のように思われていた私が、それでも出版社からの注文が途切《とぎ》れることなくつづいたのは、多くはないが確実な数の読者がいた、という理由が大きい。

その多くはない読者の、彼らはひとりでいてくれたのだ。たまたま、同じ学校の、同じ学年であった、という理由だけで。

これには感謝した。そして、もし私がペンネームを使って小説を書いていたら、彼らの応援はなかったかもしれない、とも思った。

実は私は、高校時代、自分でこしらえたペンネームをもっていた。それが何であるか、もちろんここには書けない。こっぱずかしくて、とても人にいえるようなペンネームではないからだ。

当人は大真面目に、ロマンチックな字を使っている。だからこそ恥ずかしい。

「お前のペンネーム、覚えてるぞ。クラスの奴に読ませてたろう」

いわれて、私は身をよじった。

「やめろ！　それだけはいうな」

「でもまさか、本当の作家になるとは思わなかったよな」

「うう、う……」

いっそのこと、別なペンネームを自分につければよかったかもしれない。

いつだったか、酒場の女の子と話していて、私がミステリを書いているとわかると、その子が叫んだことがある。

「やだ！　わたし、ミステリ大好きなのよ。ひょっとしたら大沢さんの本も読んでるかもしれないわ」

「そんなことないよ」

「あるって。ねえねえ、教えて。ペンネーム、何ていうの？　大沢さん」

夜遊び

仕事場のステレオを買いかえた。

それまでのものは、十年以上は使っていたことになる。買いそろえたのは八〇年代初めだから、もちろんＣＤプレイヤーはついていない。レコードプレイヤーとカセットデッキ、チューナー、アンプなどから成っている。プレイヤーも、ターンテーブルを回すベルトにガタがきていて、回転ムラが起きたりしていた。

そうなってからもしばらくそのままだったのは、つまりそれだけ音楽を聞く機会が減っていたことを意味している。

二十《はたち》前後の頃は、音楽は常に流れているものだった。二十、二十一の二年間、私は絵描き志望の友人といっしょに暮らしていた。音楽が好きな男で、特にロックとニューミュージックは、こいつからいろいろと教えられたりした。中学のときからのつきあいなので、こと音楽に関しては、この男の影響をけっこう受けた。

結婚するまで、ステレオのもつ意味はけっこう大きかった。自分の部屋に初めて足を踏みいれる女の子――つまりは口説《くど》きたい子を迎えいれて、音楽という側面援護は絶対不可欠だったからだ。

音楽を聞く機会が減ったのは、そういう形でのステレオ利用が減ったからに他ならない。

それがステレオを買いかえることになったのは、別に、これからまたばんばん女の子を口説いてやろうと思ったからではない（ということにしておく）。

そろそろ夜遊びあがりの時期がきているな、とこのところ感じるようになったからだ。

私の夜遊びには周期のようなものがある。それはだいたい、二年から三年くらいのサイクルでやってくるのだが、やたら外（銀座や六本木）で酒を飲み、店をハシゴする時期と、そうした夜遊びが面倒になり、ぱったりとでかけなくなる時期を交互にくりかえすのだ。

この三年ほど、私はよく外で酒を飲んだ。その前、二年半は、あまりでかけなかった。そのまた前では、よく飲んでいる。

この三年間は、銀座で飲むことが多かったように思うし、その前に飲んでいた時期は、六本木が多かった。

三年間といえば、ちょうど、バブルの最後近くの絶頂期からだ。もともと六本木がいちばん好きだった私が、銀座が多くなったのには、このバブルの影響が大きい。

それまで、ディスコやちょっと気どったバーなどが売りだった六本木が、バブルで「ミニ銀座」化してしまったのだ。ホステスをおくクラブの乱立だ。銀座のホステスよりも若く、素人っぽいことを売り物にした六本木のホステスは、ワンレン・ボディコンのブームとともに、ＯＬや女子大生

(?)のおいしいアルバイトとしていっきに広がった。

彼女らは本気で水商売を生きぬく気などない者が多く、単におもしろそうでお金になるバイトとして、この業界に参加した。

ちょっと前、モデルっぽく見られることがカッコいいとされた頃、街にはやたらでかいバッグを肩からさげた女の子が闊歩《かつぽ》していた。でかいバッグは、化粧品などを大量にもち歩く、モデルの必携品だったからだ。

あの頃のホステスは、それに似たブームだった。ホステスをしている、というのは、前ならば隠したいアルバイトだったのに、「ちょっと、おミズのバイトでぇ」なんて、舌足らずないい方をして、それが自慢げだったりした。

まあ実際、ホステスだろうとモデルだろうと、どんなバイトをしてもそれは勝手だし、そのことが人間の品格を左右するとは私もまったく思わない。

が、六本木にクラブを林立させた経営者たちのさもしい計算は不愉快だった。

今はもうなくなってしまった店だが、オープン当初、話題(ホステスが全員若くて素人ばかりだというので)になったところへ、某社の担当にひっぱられ、いったことがある。

席につき、十八、九のいかにも専門学校生といった姐《ねえ》ちゃんがふたりきた。そしていきなり、

「お名刺交換してくださーい」

と甘ったるい声で、角の丸い小さな名刺をさしだした。そこには×美とか○子という名前と店の住所、電話番号が刷られている。

ひと目見て、私はいった。

「これ、本名か」

「いいえ」

平然と首をふり、にっこりする。

「なんで君らのインチキの名前の名刺と、おれの本名、住所、電話番号書いた名刺をとっかえなきゃいけないんだ？」

女の子は当惑し、おどおどした表情になった。無粋《ぶすい》かもしれないが、D・M《ダイレクトメール》を送る住所を知りたさに経営者が考えだしたセコいマニュアル通りにふるまう彼女らが情けなかった。こいつらに甘えられてたまるか、私は思った。そしてどうせふんだくられるなら、プロのいる銀座のほうがいい、と思ったのだった。


六本木のセコいクラブ経営戦略にいやけがさした話を書いた。

バブルが弾《はじ》け、その点で、水商売の世界では、六本木は銀座以上にズタボロの影響をうけているところがある。

だいたい、六本木に当時乱立したクラブの顧客層で、多かった商売といえば、不動産、金貸し、アパレルの御三家だった。

若いのだが、妙に高そうなソフトスーツを着て、ヘネシーのボトルをテーブルにぶっ立て、「文句あんのかよ」という眼をたれながら、ホステスをはべらせている。どう見ても二十一、二にしか見えないようなあんちゃんたちもいた。

やくざでないことはすぐにわかる。やくざの世界では、二十一、二なんてまるで駆けだしだ。そんな若造が、それも三、四人で、兄貴分らしいおっさんの引率もなしで、すわって何万の店で飲めるほど、甘くはない。

私も二十三、四のときから、六本木や銀座のクラブで飲んでいた。その頃は、親のスネかじりとよくまちがえられた。

「あの兄ちゃんたち、何屋?」

「不動産」「金貸し屋」

そういう答えが返ってきた。金はあっても、さすがに銀座はなんとなく敷居が高く、ホステスも自分たちに近い年齢の、六本木にきている、という印象だった。

言葉づかいもひどく、趣味も悪い。だが、これはおもしろいかもしれない、と私は思うようになった。

それは、彼らの金儲けのやり方が何にせよ、世の中の価値観をひっくりかえしている、という点にあった。

今の世の中では、小・中・高と、一生懸命勉強し、一流大に入ってそこから一流企業に進むのが、ある種の勝利者の道であるかのようにいわれている。

仮りにこういう生き方をしている若者をA君としよう。そして、ここにもうひとり、B君がいる。B君は勉強が嫌いだし、大学なんかいきたくもなく、いけっこないとも思っている。仲間とつるんで学校をサボり、族の集会にでたり、酒やときどきトルエンもやっている。

一般的な価値観からいえば、B君は落ちこぼれだ。A君は、本当はB君みたいな生き方をしたら楽しそうだなと思いながらも、我慢して親のいうことを聞き、塾や予備校に通っている。

さて、そのかいあって晴れてA君は志望校に合格し、一流企業に入社する。片やB君は高校を中退する羽目になり、適当にバイトをやったりしてぶらぶらしている。

ところがある日、B君に仕事の口がかかる。族時代の先輩が、不動産がらみの金貸し屋にいる。とりたての人手が足らないんで、ちょっと手伝いにこないか、というわけだ。

いくと、そこの社長はちょっと恐そうで、ベンツに乗り、小指がなかったりする。だが今はもう足を洗っているとかで、仕事じたいはキツいが、確かに一応、カタギである。先輩と社長が恐いので、B君は朝早くから夜遅くまで必死に働く。やがて社長の目にとまり、「お前、なかなか頑張るな。今度、一軒任せるから」という話になる。

こうしてA君、B君ともに、二十五歳になる。A君はまだ平社員だ。会社は一流だし、給料も悪くないが残業がきつくて、買ったばかりの国産二千ccでの彼女とのデートもままならない。それに、結婚ということになっても、昨今の地価では東京二十三区内はおろか、埼玉のかなり先でも、家どころかマンションが買えるかどうかだ。

そんなある日、A君は接待がらみで、お得意先の部長とともに、六本木のクラブに足を踏みいれる。ケバくて、おいしそうな姐ちゃんたちがわんさかいる。そしてばったりB君と再会するのだ。

B君は派手なアルマーニのスーツを着て、ダブルの前をはだけ、偉そうに脚を組んでいる。

「おっA！　久しぶりじゃん！」

「あらBちゃん、こちらとお友だちなの!?」

すっかり店では顔になっているB君である。チップをばらまき、聞くと、週に二度はここにきている、という。そして、

「俺もいつまでもこんなクラブ活動に精だしてられねえからさ、身ぃ固めようと思うんだ……」

A君はショックだ。一生懸命勉強した自分が、とても自腹では飲みにこられないような店で、落ちこぼれだった筈《はず》のB君がふんぞりかえっている。

「結婚……すんのか?」

「おお」

「で、新居は、どうするんだ?」

おそるおそる訊ねるA君。

「会社のからみで、ちょっと安い出物《でもの》のマンションが買えそうだからよ」

「どこに!?」

「え? いちおう代官山《だいかんやま》かな。とりあえず二LDKで一億っていうから安いよな」

A君の目は点になる。


いったい今までの俺の努力は何だったのか——A君は呆然とするだろう。

これはもちろん私の空想である。が、〝勝利者〟となるための努力を怠《おこた》らなかったA君は、〝落ちこぼれ〟であった筈のB君との立場の逆転に、人生って何だろうなどとその晩、苦い酒を呷《あお》ることになる。

バブルが弾けた今、B君は行方不明になっていたりして、その点ではA君は、やはり世の中は公平だ、とほっとしているかもしれない。

が、そういう馬鹿ばかしさというか、ワケのわからなさがなくなってしまう、というのもつまらないような気がする。

安定路線の生き方をけなすつもりはない。確かに今の社会では、たった一度の失敗が〝命とり〟になってしまうような厳しさが、会社生活や受験生活には多すぎる。そのために、常に予習をして、あらかじめ決めたコースを歩くことが求められたりする。

だが、こんなことは今さらいうまでもないが、予習通りの人生なんてありえない。もし最初から最後まで、予習した通りの問題しか生じない人生であったら、これはどう考えても、おもしろくもクソもない。生きていて楽しい筈がない。

それに予習通りにコトを運んでいる人間というのは、すなわち失敗を犯したことがない人間だから、尊大で常に自分を正しいと思いこんでいる。

たまに酒場などで見かけるが、大企業の管理職などにそういう人物がいる。どことなく偉ぶっていて、オレのいっていることにまちがいはない、といったふんぞりかえり方をしている。そういう人間は必ずといってよいほど、学歴や、会社の〝格〟で人を判断したがる。

私のような稼業の人間から見ると、まったく信用できない。コイツにもし名刺がなかったら、いったいどれくらい仕事ができるんだ――そう思えてしまう。

はっきりいって、そんな人間とは酒を飲みたくない。いっしょにいても時間の無駄である。そしてまちがいなく、そんな人間が本当の意味で出世することなどありえない。

「陽のあたるオヤジ」とはほど遠いということだ。

ステレオを買いかえた話から、ずいぶんより道をしてしまった。もとに戻す。

ステレオを買いかえた理由が、夜遊びをあがる時期に近づいているからだ、というのは前に書いた。夜遊びをあがると、勢い、仕事場で夜を過すことが多くなるので、その時間を大切にするために、新しいステレオが欲しくなったのである。

もちろん、夜遊びをしないのなら、まっすぐ自宅に戻って、家族と時間を過すべきだという意見もあるかもしれない。

しかしそうなると、仕事と家庭、白と黒をはっきり区分けすることになってしまう。

物書きの場合、これは難しい。早い話、眠っているときですら書きかけの小説のつづきを夢の中で考えていることがあるのが、この稼業だ。仕事とも遊びともつかない、灰色の時間をもつことは、新しいアイデアや書きかけのものの展開を考えつくためには不可欠なのである。


せっかく新しいステレオが入ったから、『WAVE』※注にいき、CDを買いこんできた。もともとジャズが好きだったので、そのてと軽い感じの女性ボーカルなどを何枚か見つくろった。

数百枚あるレコードもこのままではもったいないので、ステレオにあうプレイヤーをとりよせてもらい、オプションとしてとりつけた。

そうして部屋で音楽を聞きながら過すと、すごく気分がいい。でたばかりの頃、買ってきてよく聞いていた笠井紀美子《かさいきみこ》のアルバムをCDであらためて聞いたときは、懐かしくて身もだえしてしまった。

十数年前、初めて同棲した女と別れるとき、

「欲しいものは全部もってっていいぜ」

※注・六本木にあった大型CD・ビデオショップ。1999年閉店。跡地は現在、六本木ヒルズの一部になっている。

と見栄《みえ》をはった。何日かそこに帰らず、引っ越しが終わったからと、その女の連絡をうけていってみて、唖然としたことがあった。

住んでいた部屋には何も残されていなかった。テーブルもソファもカーペットも、本も本棚もステレオもレコードも、家具という家具をすべて彼女はもってでていったのだ。

笠井紀美子のレコードも、そのときの一枚だった。

その後、彼女に会うことがあった。私は、レコードと本だけは返してくれないか、と男らしくない頼みをしたことがある。そのとき彼女はいった。

「売ってあげるわよ。百万円で」

平然と、堂々としていた。その頃、『週刊プレイボーイ』に連載していた小説に私はこう書いた。

「泣いたぶんだけ、男は仕事に強くなる。女は男に強くなる」

どんなに泣いた経験を積んでも、女には、勝てないかもしれない。

台風と税金

梅雨《つゆ》が明けた。今年はいつもより遅かったし、早々と台風までいくつかやってきた。また、北海道では地震と津波で多くの人が亡くなった。

病気や事故ですら、身内の人間を失うのはつらい。それがまして天災によるものだったら、怒りやくやしさをぶつける対象が、とり囲む自然すべてであるわけで、気持のもっていき場がなく、本当につらいことだろうと思う。

天災という言葉で自分の中に浮かぶのは「伊勢湾台風《いせわん》」のことだ。読者は当然知らないだろうが、一九五九年、中部地方を襲い、五千人以上の死者をもたらした大災害だ。

私は三つで、名古屋にいた。当時住んでいた家は、屋根が飛び、壁が倒れ、四方を壁で囲まれた狭い空間、便所だけが残り、母と震えて隠れていた。

このままではいけないと意を決した母親は、私をおぶって無事で残っている近所の家へ逃げこんだ。そのとき、風で飛んできた碍子《がいし》（電柱にあって電線を巻きつけてある白い陶器）の破片が私の額《ひたい》に当たり、その傷跡はしばらく残っていた。

父親は何をしていたのか。

私の父は新聞記者だった。つまり、天変地異のときは絶対的に〝仕事〟なのである。家が吹き飛び、家族が生命の危険におびえて逃げまどうような最中、新聞記者はまさに大忙しの〝カキいれどき〟を迎えていた。

だからものごころついて以来、父親がいてくれたら、という不安な夜に、我が家に父親がいたためしはなかった。子供の頃、それが悲しくて父親をなじったこともある。

そのとき、自分の父親がどんな顔をしていたか、私は思いだせない。

今、私は家をあけることが多い。幸いに天変地異という奴を今のところ家族は経験していないので、あけていて困った、となじられたこともない。

が、いずれは何かがくるだろう。地震なのか、それとも別の災害なのかはわからない。

今はもう、父親を恨《うら》む気はない。ただ、長いこと新聞記者にだけはなるまい、と思っていたことは確かだ。

何かが起きたとき、まっ先に考えなければならない、といわれているのは、「弱い者を守る」ということだ。小さな子供や老人、それを体の丈夫な大人が守らなければならない。

確かにその通りだ。だがその考え方の裏側には、弱い者は劣っている、というもうひとつの落とし穴がある。

守ってやる、だから守られる奴は頭を下げるべきだ、という発想だ。

原始、力の強いものが集団を指揮していたとき、統率者の義務とは、まず戦いの場において先頭に立ち、敵を撃破することだった。

ヨーロッパなどで過去、貴族が尊敬されたのは、別に家柄そのものが最初からすぐれていたという理由ではなく、他国から侵略をうければ領地の農民に率先して侵略者と戦い、これを追い払ってくれるからだった。

つまり、ふだんは農民からの貢《みつ》ぎものでのんびりと暮らしているが、いざ戦いとなれば、まず自分の命をはって、その農民たちを守ってやる、という使命があった。

やがて、戦争は、プロの兵隊のものとなり、軍隊というプロをかかえる国家がひとりひとりの貴族にかわって〝税〟をとりたてるようになり、階級制度は崩壊した。単純にいってしまえばこういうことになる。

今の日本には、バブルの頃、階級制度が生まれた。金持ちとそうでない者、土地持ちとそうでない者、という区別だ。

だが、この制度での上位に立つ者は、下位におかれる者に対して何ら義務がない。尊敬されることもあまりない。それは、金持ちがいることで誰か別の人間に何らかの寄与があるかといえば、何

↘るように変わっている。しかし、今でもひとりあたりの平均寄付金額で、日本はアメリカの1割にも満たない。

もないからだ。

アメリカ人は慈善事業が好きだ。派手なパーティをやり、大金持ちがそこに出てきて難病の研究団体や恵まれない境遇の人々に大金を寄付する。拍手がおき、ひょっとすると尊敬されたりもする。日本ではめったにない。いや、ありえない。こうした寄付は、日本ではごく一部の団体対象をのぞけば、寄付者には何のメリットもないからだ。

メリット、それは税金の控除である。※注 日本では、寄付をおこないたければ税金を払ったあとにしろ、という。寄付金は自分のものにならないから寄付なのだ。なのに国はそこから税をピンハネする。そして、その一部は政治家の懐に流れこむ。いちばんの金持ちは当然、国家である。

この国では成功者という言葉は意味がない。でかいツラをする金持ちになりたければ、どう税金をごまかすか考えろ、というわけだ。

もちろん、尊敬をともなわない階級制度などあっというまに崩壊する。

オヤジに踏みだした夏

夏がやってきた。昔から一年の中で夏がいちばん好きだった。よくいわれるが、人間は、「山派」と「海派」に分かれるという。

私はずっと夏は海で遊ぶのが最高だと思ってきた。泳ぐだけではなく、寝そべったり、波打ちぎわでぼんやりしているだけで、幸せな気分になれた。

小学生の頃は、海に連れていかれると、朝八時頃には水に入り、五時過ぎまであがろうとしなか

※注・この稿当時は、ごく少数の団体（赤十字、ユニセフなど）への寄付しか課税控除されず、控除対象も寄付金総額の10％程度だった。2015年現在では、控除対象団体が大幅に増え、寄付金総額のほぼ50％が課税控除対象とな↗

った。親に、

「あんたそのうち鱗《うろこ》が生えてくるよ」

とおどかされた。

今はさすがに、そこまで水びたしではない。が、それでも、一年のうちもっとも長い期間、仕事をまったくしないのは八月である。そしてその期間の大半を、私は海辺で過している。

今から十年近く前、私は弟ぶんの男とふたりで、とにかく長く海にいよう、と決めて、遊んでいたことがある。八月が終わり、九月に入っても、自分たちだけは夏が終わったことを認めたくなくて、海パンで毎日、浜にでかけていった。

海の家も畳《たた》まれ、当然人の姿も少なくなる。あれほどの数のパラソルと人で埋まった砂浜は、足跡のひとつひとつがくっきり目立つほどきれいになり、叫びや笑い、そして迷い子の呼びだし放送で喧噪《けんそう》をきわめた海辺は、ひっそりとトンビの鳴き声だけが聞こえている。

夕方、ブギボードにも飽きて、波打ちぎわで体を揺すられながら腹這《はらば》いになっていると、近くの民家の庭先で枯れ草を燃す煙が立ちのぼり、浜千鳥《はまちどり》がぴょんぴょんとかたわらをはねながら、何かを砂のすきまから探しだしついばんでいる。

夕方で、空気が急に冷んやりとしてくるのだが、鳥肌になりながらも、水から体をひきあげる気がしない。真夏に比べ、水は透明度を増している。砂や貝殻のひと粒ひとかけらが、くっきりと見える。

ふとした拍子《ひょうし》に、夏が終わった、本当に終わったんだ、と思った。泣きたいほどではないが、寂しさがこみあげてくる。皆んなどこいっちゃったんだよ——そういいたいのに、人が恋しいわけでもない。

インターハイの水泳選手だった弟ぶんは、やはり寝そべりながら、赤くなっていく空を見上げている。

「――そろそろ女と一発やりたくないすか」

なんてつぶやいたりもするが、私は返事をしない。私より四つ下の、奴の頭には、都会まで車をとばして帰り、その夜のうちにディスコへでもくりだす計画があったのだろう。

だが、そのときの私には、不思議とそんな考えは浮かばなかった。

女を抱くより、このまま水に抱かれていたい、と真剣に思った。そしてそう思った自分に対してとまどいも感じていた。

イルミネーションや、まだ都会には残っている真夏のような熱い空気、陽焼けした女の子の肌や、むきだしの脚や胸、などはすぐに思い浮かぶ。

かつて夏が終わりそうなとき、そのことを思えば、さっと起きあがり、

「帰ろうぜ、都会《まち》に」

そういっていた筈《はず》の自分はどこにいったのだろう。

排気ガスと人いきれの六本木通りに戻って、どこか、

「おお、いつも通りだ。よしよし」

と舌なめずりして、また心を浮きたたせた自分が、想像できなかった。

つまりあの日、私は着実に、オヤジへの一歩を踏みだしていた。

苦痛でもなく、くやしくもなかった。ただ自然に、夏が終わったことを実感したように、ガキか

らオヤジへと、少しだけ変化した。

「思いきり遊んだな」

私はいった。

「海ではね」

弟ぶんはいった。

「いや、思いきり遊んだよ」

「帰りますか」

そうだな、という筈の言葉は、また喉につっかえた。

未練があった。なぜだかわからないが、夏には、もう二度と会えないような、そんな未練があった。

あれからもう何度も夏が過ぎた。いつも寂しくなるが、あのときほど寂しかったことはない。

これから夏の本番を迎えるというのに、私は今、夏との別れを書いている。

それは結局、夏には終わりがある、ということをあのとき思い知ったからなのだろう。どんなに楽しいものにも、いつかは終わりがある——それをしぶしぶ、私はあの日、認める気になったのだ。

だから——いや、今回はそれ以上の結論はない。

ログハウスを作る人

今年の夏は、確かに夏だった。天気予報をテレビとにらめっこした去年に比べ、勝浦にいても、何の心配もしなかった。

海か、プールか、釣りか、ゴルフか……。とにかく好きなことを天候に左右されずすることができた。

そんな幸せな夏であっても、終わりがくるとやはり寂しい。秋がくるのがどうしても早すぎるような気がしてならない。

だがそうもいっていられない。というわけで、取材のために山梨にいってきた。

何の取材かというと、私が今、連載をもっているもうひとつの週刊誌、S学館PST誌に書いている小説※注のためだ。

これから書くシーンに、ログハウスがでてくる。しかもそのログハウスには暖炉があるという設定だ。

私はログハウスというものをあらためて観察したこともなかったし、さし絵を描いている河野治彦はベースに写真を使うため、その撮影も必要だったというわけだ。

PST誌の「ちゃりんちゃりん」ことN沢が八方捜しまわってようやく見つけてきたログハウスが、山梨県の北巨摩《きたこま》郡武川《むかわ》村（現・北杜《ほくと》市）というところの先にあったのだ。

ログハウス一軒をなぜそれだけ捜しまわったかというと、「暖炉つき」にネックがあった。読者もわかると思うが、ログハウスとはつまり丸太小屋である。丸太小屋は木造建築だ。そこに裸火を扱う暖炉がある、というのはやはり珍しいことなのだ。もっとも、ログハウスというのは、実は燃えにくく、また燃えても、通常の家に比べるとなかなか焼け落ちてしまわない構造だというのを今回の取材で知った。


（別原５）
※注・『天使の牙』。2015年９月現在、単行本が小学館、文庫が角川文庫より刊行。

だがとにかく、ログハウスに多いのはやはり「ストーブ」で、暖炉は少ない。それをなんとかN沢が見つけだしてきた。

オーナーはCさんといって、五十二歳になる、デザイン会社の社長さんである。ファックスでもらった地図を頼りにあたりを走り回《まわ》り、ようやくそのログハウスを発見した。ログハウス自体は二棟あり、そのうちの一棟はまだ建設中である。

私は「棟」という言葉を今使った。「軒」ではなく「棟」、つまりそれだけの大きさのある建造物なのだ。特に建設中の方は、ログハウスというより、ロッヂと呼びたいほど堂々とした建物で、完成すれば三十人以上が寝泊まりできる施設になるという。

かたわらには二面のテニスコートがあり、作りかけだが、駒ケ岳《こまがたけ》を一望する庭先には四阿《あずまや》もある。屋内には自然石を組みあわせた暖炉、吹きぬけのホール、そしていくつものベッドルーム。さらにいずれは四阿のかたわらにジャグジーバスも作る予定だという。

それらの建物を、Cさんは、ほとんどひとりで作ったのである。ログハウスにはキットもあるそうだが、これはキットではない。材料となる木材の輸入に始まり、一本一本の皮剝《は》ぎ、製材、組みあげ、配線から配管に至る、すべてを、である。

話を聞き、私は啞然《あぜん》とした。スタートしたのはCさんが四十五歳のときだそうだ。まずカナダにいって、ログハウス作りの基本を勉強した。昔から工作は好きで、インダストリアルデザイナーだから図面をひくのは難しくなかった。大工仕事は、子供の頃からの見よう見真似と基礎工事を手伝ってくれた大工さんの仕事ぶりを見て覚えたという。

建物の大きさは、東京にもってくれば優に三階建てはある。おそらく一本が百キロを越すであろう丸太を天井まで組み上げるため、Cさんは中古のオンボロクレーン車を買う。自分の敷地内のみで使用するため、車検その他のわずらわしい手続きは必要ない。

自分でクレーンを操り、組みあげ、内装を施し、シャンデリアまで自分で作って吊るしている。そのシャンデリアのデザインは、初めこういうタイプの商品はないかと自分で描いた絵を大手の照明器具店にもっていったら、ないといわれ、翌年その店の商品カタログを見ると〝新製品〟としてそのデザインのものがしっかりのっていた、とCさんは笑った。

現在の大きさ、住みやすさになるまで七年間、Cさんは、毎週土曜日と日曜と夏休み、ゴールデンウィークをついやしてきた。東京から車をとばしてやってきて、ひとりでこつこつと作り、休みの終わる日にまた東京に戻っていく。当初の予定よりどんどん建物は大きく豪華になっていく。

完成まで、あと何年かかるやら、と汗をふき、私たちに笑うのである。

とてつもない話だ。

ひとりでログハウスを作っているCさんの話をつづける。

読者の中には、それを「金持ちの道楽」と決めつける人もいるかもしれない。

確かにCさんは裕福だろう。バブル前とはいえ、千五百坪の土地を別荘用に購入し、さらに必要な原料を個人でアメリカから輸入している。

Cさんには他にも趣味がある。ゴルフもやっていたし、ヨットもやっていた。今でもマリーナには自分の船がおいてある、という。

だが結局、このログハウス作りが、Cさんの遊びのすべてになった。家族の協力なしではできないだろうが、七年かけてここまで作り、さらにあと、五年か十年か、作りつづける。

ちょっと考えてみればわかることだ。たとえば十五年かけてログハウスが完成したとする。そのときCさんは六十歳だ。とすると、平均寿命で考えても、そのログハウスにCさんが住めるのは、作るのにかけたのとせいぜい同じていどの年月でしかない。

ふつうの考え方をすれば、これは馬鹿馬鹿しいことだ。Cさんほどのお金持ちなら、自分で作った設計図を建築業者に渡せば、せいぜい半年か一年ですべての建物が完成する。残りの二十九年間は、不便さを我慢することなく、のんびりとそこで暮らせるのだ。あるいは、その二十九年間、他の遊びもたっぷりと楽しむことができるだろう。

それを捨てているCさんにとり、理由はひとつしかない。

作るのが楽しいからだ。

同時に、楽しい、というただそれだけの理由でこれほどの事業を成しとげるのは並みたいていのことではない。

Cさんは決して筋骨隆々といったタイプではない。たぶん作業で鍛えられて腕や腰にはそうとうの筋肉がついているだろうが、スーツを着て街でいき会えば、恰幅《かっぷく》のいい温厚な紳士という印象をうける。決して、我が手ひとつで、ログハウスを作りあげてしまうような人には見えない。

ログハウスを手作りで建てたがる人は、今、多いという。中には、自分が将来、まったく住む予定もない、無関係なログハウスを作るのを手伝う人たちもいるという。

それはそれですばらしいことだ。

だが、五十を過ぎ、ある種体力の限界なども感じていながら、自分ひとりでそれも素人がこれほどのものを作りあげている、ということに私は畏敬《いけい》の念を抱かざるをえなかった。

「素人が作ったものですからね。住んでみるといろいろと失敗もあるわけです。でも、それをまたひとつひとつ直していくのがおもしろい」

作業のあいまにビールをうまそうに飲みながらCさんは笑う。

「まあ、大人のでっかいプラモデルですね」

と。

——かっこいい
N沢が惚れぼれとしたようにつぶやいた。

本当にそうだな、と私もあいづちを打った。

事業で成功し、金持ちになり、高級車を乗りまわし、女の子にもてまくる——そんなかっこよさのはるか先をいっている。

Cさんにしてみれば、そんなことはもうすべてやってしまったのかもしれない。それよりも何よりも、自分の手で形ある何かを作りだす喜びの方を選んだのだ。

都会で暮らす人間にとり、一から十までをすべてひとりでやるというのは、難しいことだ。経済効率からいっても、たとえば壊れた何かを自分の手で修理したり、何かそこにないものを材料を集めて作るくらいなら、商店でそれらの新製品を買ってきてしまった方がかえって安あがりだったりする。

たとえばテレビやビデオだってそうだ。壊れて修理を頼むと、少し古い製品なら、「買った方が安いですよ」といわれることがよくある。

今、我々が乗りまわしている車のエンジンにトラブルが生じたとする。自分の手ではもちろん、ガソリンスタンドでも、修理することは不可能だ。

町の修理工場でも「メーカーさんにもっていかないと……」といわれることが多々ある。

ほんの二十年か二十五年くらい前まで、車好きの連中は、自分で車を修理していた。廃車同然の車を三台組みあわせ、一台を作りあげたりしていた。そこにはある種のかっこよさがある。

ガールフレンドを乗っけていて、夜、山道で故障しても、あわてずさわがず修理できたなんて、すごいではないか。

Cさんのログハウスを辞去したあと、私も河野もN沢も、うむむ、と自分に（仕事以外の）何ができるのか、考えこんだのだった。

六十五歳のこだわり

今、六十五歳の男を主人公にした物語※注を書いている。六十五歳、私より三十歳上で、親とほぼ同じくらい、読者にとっては親よりも上、ひょっとするとおじいさんやおばあさんの年代になるだろう。

こんな年齢の主人公を考えたのは、同じハードボイルドを書くのであっても、若くて体の頑健な男ばかりではつまらない、とふと思ったからだ。同時に、六十五歳の男が、「闘う」としたら、どんなことを考えるだろうという興味が湧いたからでもある。

たとえば十八歳ならば、二十年というへだたりがあっても、自分の過してきた時間を思いだせば、

※注・『流れ星の冬』。2015年９月現在、双葉文庫で刊行。

あるていど想像がつく。その想像が、今の十八歳から見て、「ちがうよな」というものであっても、自分は事実そういう十八歳を送ったのだから、とあるていど胸をはることができる。

これは書き手としての問題で、その人間の容姿やら職業とはまったく別の次元で、何を考え、どうしたいと自分に願って生きているかを〝描く〟ということだ。はっきりいって、容姿やら職業にはどんな嘘があってもかまわない、と私は思っているが、その人間の考え方や感じ方に嘘があってはいけない、と信じている。

つまり、絶世の美男子や美女がでてきて、この世にありえないような仕事をしていたとしても、乱暴だが小説世界ならそれは許される。だが、そういう人間を描いていく上で、こんな考え方をしている筈《はず》がないとか、物語の前半と後半で理由もなく性格を変化させてはならない、という点にこだわるのだ。

私は、登場人物の性格を考えるとき、当然だが、自分を起点にして同じ部分、ちがう部分をひとつひとつ探っていく。たとえば三十代半ばの主人公をすえるとすれば、ちがう部分はさほど多くない。それは、主人公のモデルが私だということではないにせよ、物語にそれほど「嘘」をもちこまないですむので、楽だ、ともいえる。

六十五歳ではどうだろう。これは楽ではない。六十五歳の男が、三十代半ばの男と同じようにものごとを考えたり、肉体的に活動することはありえないからだ。

だからこそ書いてみたい、と思ったのだ。

まず「死」という問題に対しての意識がちがう。三十代半ばでは、事故にあったり、誰かに殺されたりしない限りは、通常の生活で「死」を考えることは少ない。十八歳よりは考える機会はあるにせよ、まだまだ、といったところだろう。が、六十五歳ともなれば、たぶんそれはちがう筈だ。

実は今回のテーマは「死」である。それにどうアプローチしようか考えて、この六十五歳の男を主人公にした物語のことから書き始めたのだ。

六十五歳の男にとっての死は、たぶんある点では、私が想像しているよりはるかに身近なものにちがいない。それは、単純に死期が近い（つまり平均寿命の終わりに近づいている）ということではなしに、寒さ暑さの感じ方や、ちょっとした動作ひとつをおこなうのに要する肉体的な努力といった面でも感じずにはいられないものである筈だ。

が、一方、死を間近に感じている、という表現から簡単に想像されるような、暗く絶望的な人間は、実はその年代にはめったにいない。

もし私が、あと数年、長くても十年か十五年のうちには必ず死ぬ、と今知らされたら、淡淡とふつうの日々を送るのは、ひどく難しいにちがいない。もっと生きたい、と願ったり、逆にその事実を受けいれるためのアクション（たとえば宗教かな）を起こして不思議がない。

しかし私の知るその年代の人たちで、そういった特別な〝何か〟をしている人はあまりいないように思う。話していても、自分との差をそれほど大きくは感じない。

すると死への意識とはいったいどんなものなのだろう、という疑問がより深まってくる。

まあ、くるものはくるのだからしかたがない――そう考えているとすれば、今の私や大多数の読者とちがわない。いってみれば延長線上だ。読者の延長線上に私がいて、先にその人物がいる、というわけだ。

これがひとつの答え。別の答えを想像する。

いよいよ近づいている。ならば自分の死を、ある〝結果〟として残さなければならない――これはかなり苦しみを伴う考えだ。結果を求める以上、いきなりだせる筈のものではなく、それまでの人生の経過が必要になってくる。その経過がもし不満足なものなら、急いで何かをしなくてはならない。しかし残された時間は、もうあまりない。

そういう人にとっては、急にお金よりも名誉が大切になったりする。あるいは、もっと別の、「自分がし残したこと」に対して激しい執着をみせる。

「し残したこと」への執着は、ときに生へのこだわりにもなる。まだ自分は死ねない、あれをしてからでなければ死ぬわけにはいかない、というわけだ。

物語の主人公としては、むしろこの考え方のほうが向いているだろう。

しかし別の側面から六十五歳という年齢を考えると、そうした執着をもつのがいかにたいへんなことかが見えてくる。

たとえば、十代、二十代、三十代と、自分の生きてきた過程をふりかえってみる。こだわりというものが、どんどん少なくなってきていることに気づく。

というより、本当にこだわるべきものが、人生にはそれほど多くない、と思うようになってくるのだ。

それがよいことなのか悪いことなのかはわからない。自分ではもちろん、他人のとった行為であっても、十代のときなら許せない、と思うようなことが、三十代になると、まあしょうがないか、と感じるようになる。もう少し厳密にいえば、自分ならやはりやらないだろうけど、他人がやったことは、大目に見よう、という気分だ。ひょっとすると四十代、五十代には、同じ行為を自分がやることに対しても大目になっていくかもしれない。

もっともそれはそれで問題がある。他人と自分はまるでちがうのだから、できる限り私は、自分が自分を許せないようなことはしたくない。ただ、「許せないようなこと」の種類が少なくなっているのだ。それは、許せないけどまあいいや、という考え方ではなく、昔だったら許せないと思ったけれど今はむしろこのほうが正しいのかな、という自己肯定である。

こいつはすごく難しい。自己肯定を思いきり広げてしまうと、本当に自己本意の嫌な奴になる。そういうオヤジは、世の中にはいて捨てるほどいる。一方、そうした自己肯定をまったくせずに十代の頃からのこだわりをまるで変化させない人間もいる。それは純粋で確かに本人から見てもかっこいい生き方だ。しかしその生き方を貫くと、ときに他人を傷つけたりする場合があるのも事実だ。

自己肯定のカタマリも人を傷つける。同じくこだわりのカタマリも人を傷つける。

こだわりのカタマリの人にいわせれば、同じ人を傷つけることであっても、それはぜんぜんちがう、といいたいかもしれない。

しかし「人を傷つけてでも自分を守る」という点ではまったく同じだ。

「人を傷つけてでも自分を守る」――純粋だろうが不純だろうが、やはりあまりかっこよくない、と私は思う。

となると、あるていどの妥協をしつつも、自分の内面に自分だけは忠実に生きていく、という生き方を選ばざるをえない。

あんな上司のようにはならないぞ、と腹の中で思い、しかしぶん殴るようなことはせず、自分が上司になったときはいい上司であろうとする、というところだろうか。

しかし、本当にもし、その上司が許せないようなことをしたとき、それも自分になら我慢できるが他人に対してそれをしたとき――これは戦うべきかもしれない。

自己肯定のカタマリだろうがこだわりのカタマリだろうが、強者に対し向かっていくのならそれはいい。しかし弱者に対しても同じように向かうのなら、それは卑怯《ひきょう》というものだ。年下や目下の人間に対して、攻撃を加えるのは、みっともないものだ。はたで見ていてもダサい奴だ、と思われる。

年をとる、というのは、それだけ年下や目下の人間が周囲に増える、ということなのだ。だからこだわりが減るのかもしれない。こだわりつづければ、それだけ年下や目下を攻撃する行為につながりかねないからだ。

だが。やはり人生にはこだわらなければならないことがいくつかある、と私は思う。

それは大声で人に押しつけることではないな。人それぞれであるから。

自分にこだわっていればいい。

ハードボイルドはこだわりの物語だといわれる。酒ならバーボン、ライターはジッポ、コートはトレンチ、左肩の下には拳銃……。

それはこだわりなんかではなくファッションだ。酒を一滴も飲めない主人公だってハードボイルドだ。

私自身、よく酒のムック本などにひっぱりだされ、「バーボンについてひと言」なんて喋《しゃべ》らされたりする。

「酒なら何でもいいですよ。飲みたいときに飲みたいものを飲めば」

たいていそう答える。そう、昔はちがった。ブランデーを飲んでるオヤジを軽蔑し、バーボンを飲んだ。今は何でもいい。

自己肯定かもしれない。だがそれよりも、ちょこっと人生がわかったからだ、と思いたい。そしてもっというなら、十代のときこだわりまくった結果、こだわらないかっこよさがわかったのだとも、信じたい。


六十五歳の男がこだわりをもち、その結果、戦うとしたら――そんな話のつづきだ。

おそらく周囲の無関係な人間はとにかく巻きこむまい、と願うだろう。第三者を傷つけたくない、と強く思うにちがいないからだ。

周囲を巻きこんでもがむしゃらに戦う――その考え方はある種、若さがなければ成立しない。

とはいえ、年をとると、別な点で妙に意固地になることもある。それは、ここでちがう考え方、生き方を選んだら、そこまでの自分の全人生を否定することにイコールする、と感じるからかもしれない。実はとてもささいなことであったりするのだが、そのささいなことにとことんこだわる、という点では十代のときとそっくりだったりもする。

しかし十代のときのこだわりは、つっぱっていてもいい、と私は思う。先の原稿と矛盾するようだが、十代のとき、周囲はほとんど目上であり年上だ。だからこそつっぱる価値がある。叩《たた》かれたり、潰《つぶ》されたりしても、学ぶものもある。

一方、年をとってからつっぱるとなると、それは文字通り、命を賭けたものになる。叩かれ、潰されたとき、立ち直るまでの時間はあまりない。それどころか、精神的な傷が、肉体的な死を早めたりもする。

だから周囲は気をつかう。年をとった人のつっぱりが、まわりを傷つけるようなものであっても、傷つけられる側が年下で元気であれば、我慢しようということにもなる。

もっとも物語の主人公として六十五歳を選んだ以上、そんな風に周囲を傷つける人間にはしないつもりだ。それは今の私の延長線上にその人物の性格づけをするのだから、当然、そんな人間を描きたくない、という理由による。

だから冒頭に書いたように、周囲を巻きこむまいという気づかいをした上で、戦いにのぞむことになる。

さあ、そうなるとこれはすごくかっこよくなければならない。

だってそうではないか。六十五歳が戦う、もうそれだけで命賭けだ。負けたらもちろん死ぬ、勝ってもひょっとしたら戦いの疲れがもとで死んでしまうかもしれない。

主人公はことさらに「命を賭ける」なんていう必要はない。ほっておいたって命賭けなのだから。ハードボイルドや冒険小説の主人公は、いつも心の片隅で「死」を意識している。それは、たいていの場合、敵となる側に、人を殺すことをためらわない〝悪役〟がいるからだ。

手のうちを書くと、実は主人公の描写以上に、この〝悪役〟の描写には気をつかう。

絵にかいたような〝悪役〟では、読者はちっとも恐くないし、当然、主人公が意識する「死」も絵空ごとになってしまうからだ。

しかし老人が主人公の物語となれば、「死」はいつもそこにある。ちょっと殴られただけで、弾みで死んでしまうかもしれない。主人公もそれを知っている。である以上、戦うことへの恐怖は倍増する。

その恐怖をのりこえて戦う、ここもかっこいいところだ。

恐怖を感じないヒーローにはまるで魅力がない。本当はがたがた震えるほどおっかないのに、ちょっと強がりをいってみせるからいいのだ。その強がりさえも、ハードボイルド嫌いの人には誤解されて、「鉄人みたいでリアリティがない」といわれたりする。

恐怖を描くのは難しい。私もふつうの人間である以上、「死ぬかもしれない」恐怖とか、ましてや「殺されるかもしれない」恐怖など、味わったことがないからだ。

もちろん、あとになって、「あのときは恐かった」とか「一歩まちがっていたら死んだな」と思うようなことはいくつかある。しかし、じっくりと向かいあって味わうほど長くは、そういう恐怖を経験していない。

恐怖は誰にでもある。肉体的な死や怪我への恐怖。精神的な攻撃に対する恐怖。恐怖はときに人を大きく動かすし、人間をかえもする。

だからこそ物語のテーマになる。

一方、人への恐怖を武器にして生きている人間もいる。そういう人間は恐怖を知っているからこそ、武器にするともいえる。ただし、それは最低の行為だ。

六十五歳の男が恐怖をこらえ、命を賭けて戦う理由は何か。三十八歳の男と同じなのか、ちがうのか。それは書いてみなければわからない。この物語は書き始めたばかりだ。

だが書いていくうちに「死」というものに対する自分の考え方をじっくり見定められたらいい、

と思う。もちろん結論などだせる筈はない。「死」と「生」が裏表である以上、「生」に対する考え方もそこにはある。

書くという行為は、いつも自分の中をのぞきこむことと同じだ。やれやれ。

写真

絵描きの河野治彦夫婦と旅行にいったときの写真をもらった。河野は今、写真を使ったイラストで、週刊誌数誌や月刊小説誌の仕事をしている。彼とは四分の一世紀にわたるつきあいだ。写真を絵に使うため、最近はどこにいくのにもカメラをもち歩いている。私は逆にカメラをもって旅行をすることはめったにない。

もらった写真の中に、私の子供のものが数枚あった。一瞬、ほーっと思うほどよく撮れている。仕事場に飾ろうかと迷ったが、やめることにした。やはりそうした生活感は排していたい。

私が子供の頃、カメラは高価で貴重なものだった。父親のもつ「神器」のひとつで、オモチャにすることはおろか、みだりに触ることすら許されなかった。

父親は、記録として子供——つまり私の写真を撮りたがった。だが幼稚園から小学生にかけての私は写真を撮られるのが嫌で逃げまわった。たまにどうしようもなくて写されるときは、しかめ面《つら》やアカンベーをした。

今ならさしずめビデオカメラなので、そういう努力は無駄になるだろう。五分も十分もカメラをまわされて、ずっとしかめ面ではいられない。

不思議なことに、子供時代の写真は十歳くらいまでが非常に多く、中学生になったあたりから、ほとんどない。せいぜいクラス写真や修学旅行の写真くらいのものだ。

考えてみると、中学生あたりから、親と行動を共にするのが嫌になっていたし、学校の友人とどこかに遊びにいってもカメラまではもっていっていない。インスタントカメラもなかったのだから、当然といえば当然だ。

写真が再び増え始めるのは、大学生時代からだ。といっても、ガールフレンドとふたりのもの、あるいは夏にグループで旅行したときのようなものが、一年に二～三枚くらいの量である。だがそうした写真もすべて友人が写して、くれたものだ。私自身はカメラをもち歩くことには興味がなかった。

仮りに、もしもっていたら、たぶんやたらに撮るにちがいないと思う。何か妙なもの、かわったものを見つけると、撮らずにはいられなくなるのではないか。

写真はやはり人物のほうがおもしろいのだが、人を写すという行為には、撮る側にも何か照れのようなものが生じるので、きっと風景ばかりを撮るだろう。

よく、失恋をすると恋人の写真を捨てる、という話がある。私は捨てたことはない。もちろん写真をとりだして眺めては悲嘆にくれるためではない。

いずれにせよ思い出になっていくことがわかっている以上、たとえつらくとも捨てるまではしなくてよいと思うからだ。

捨てればきっと、あと何年もして、ああ捨てなければよかったと後悔するような気がする。

この仕事を始めてからは、当然撮られる機会が増えた。自慢ではないが、写真うつりは悪いほう

だ。初めて会う人から、

「いやあ、写真よりぜんぜんお若いのでびっくりしました」

といわれることが多い。それは、まだ私が撮られることに対して、どこか「構える」部分があるからだろう。

構えを通りこせば、今度は自分のいちばんいい表情をカメラに無意識に向けられるようになるのではないか。それは本当に難しいだろうが。

俳優やタレントといわれる人たちは、その無意識がたいへんにうまい。それは経験や訓練のたまものかもしれないし、また天性の才能なのかもしれない。

自分の写真が雑誌などで紹介されるたび、彼らをうらやましく思ってしまう。

『週刊プレイボーイ』カメラマンの塔下氏などは、私を撮る際は、一切注文をつけないので、私の写真の中では珍しく「本物」に近いものが多い。

撮る側の話をしよう。

以前、小説の取材のため、ベトナム戦争の経験をもつカメラマンの方の話を聞く機会があった。戦争カメラマンといえば、ロバート・キャパに限らず、日本人カメラマンの多くも戦場で命を落としている。

自分の国とは直接関係のない戦場に取材にいき、(もちろんその気などなかったのだろうが)流れ弾にあたったり、地雷を踏んだりして命をなくした日本人カメラマンが、なぜそこまでの危険を冒《おか》したのかを知りたかったのだ。彼らを動かしたものが「金」や「名声」だけであったとは、私には思えなかった。

そのときに聞いた話では、ファインダーごしに戦闘を見ていると不思議に恐怖感が麻痺してしまうのだ、というものがあった。なるほど、そういうものか、と私は思った。たぶん撮ることに気持がいってしまうのだろう。

ところで、塔下氏に、ふたりめの息子が生まれたそうだ。名前は「新人《あらと》」くん。塔下氏、おめでとう。新人くん、踏んばれよ。

年の瀬

年の暮れから正月にかけて、私は、自分がかわったのだということを強く感じる。それは簡単にいってしまえば、人の子から人の親にかわった、ということだ。

かつてクリスマスは、一年で最も大きなイベントだった。小さいときは親からもらうプレゼントに思いをめぐらせ、大人になってからは恋人とどう過すかに心を砕いた。

今、私にとってクリスマスはさほどの意味をもたない。家族いっしょに過すことができればベターだが、それが無理であったとしても、仕方がない、と思っている程度だ。クリスマス・イブをひとりで過すことに抱いたかつての恐怖は、何だったのだろう、と思うほどだ。

一方、子供の頃の私は、年の瀬のあわただしい空気がとても好きで、正月の静けさがひどく嫌いだった。

ひとりっ子だった私は、休みに入ると常に家で親の監視の目にさらされるようになる。だが十二月の三十、三十一日といったあたりは、親も正月を迎える準備に忙しく、監視の目がいきとどかなくなる。口うるさい母親がばたばたと掃除をしたり、おせちの仕込みに走りまわる中、ぼんやりテレビを見たり本を読みふけったりするのは、なかなか楽しい気分であった。

ところが年が明けると空気は一変する。私の父親は謹厳《きんげん》な人間であったから、お屠蘇《とそ》に始まる元旦の儀式をきちんとやらなければおさまらなかった。

威儀を正して家族三人が向かいあい、

「幾久《いくひさ》しう」

とやるのだ。そのあとお年玉がでてくるが、親戚が近所にいない我が家では、両親から貰《もら》えばそれで終わりである。そして、昨年一年の反省と今年一年の目標について、きっちりと問い質《ただ》される。かたくるしくてたまらない。外に遊びにいこうといっても、まず、初詣でをすませてからでなければならず、友だちを誘おうとすると、新年早々から、とたしなめられる。

正月には窮屈な思い出が多い。

が、自分が親になると当然、年の暮れはばたばたし、子供にはお年玉を渡す立場になるわけで、みごとに気分が逆転する。
十九、二十の頃から正直いって自分はどれほどかわったのだろう。たいして中身はかわってないんじゃないか、と思うことが多いが、この時期だけはまざまざとオヤジの立場を思い知らされる。
ところでボクシングの試合のあと、敗れた側のコメントが新聞に載るのを見てて気づいたことがある。

それは、「判定に不服はない。が、次にやれば必ず自分が勝つ」と述べる敗戦者と、「判定は納得できない。自分が勝っていた試合だ」と憤《いきどお》る敗戦者のちがいだ。

正直いって、この数年、日本でおこなわれた世界戦のタイトルマッチの判定には、首をかしげたくなるようなものもあった。敗者と判定された側が憤るのも無理ないと思える試合もある。が、それをさしおいても、いさぎよく結果をうけいれ、しかし次は勝つ、という奴のほうがたいていの場合、いいゲームをしている。結果は結果としていいものにこしたことはない。しかしそれよりも何よりも、戦う側にとっては、自分がベストを尽したかどうかが重要になる筈《はず》だ。

一年が終わるとき、自分が限りなくベストに近い努力をしたかどうか、私は気になる。

そのことは、他人の目から見てどう、とか、やったのに結果がでなかった、とかいう問題とはちがう。

ベストを尽したのに結果がでないことは、決して少なくない。いやむしろ、六対四や七対三くらいの割合で、結果がでないことのほうが多いのが社会という奴かもしれない。

ただ、だからといってベストを尽すのをやめてしまったら、絶対に結果はでない。また、ベストを尽したことを声高らかにアピールするのも必要ない。ベストを尽している人間は、それだけでちがう雰囲気をもっている。自ら人にいわなくとも、周囲はそれを敏感に感じとるものだ。

そしてそのときは結果がでなかったとしても、持続はやがて必ず結果を生む。

私が自分のベストを気にするのは、いずれは嫌でもベストを尽せなくなるときがくる、と思っているからだ。

体力も能力も、ある年齢を過ぎれば下り坂がやってくる。そのときに、過去にベストを尽してきたという、自分への自信をもちたいからだ。

結局のところ、ベストを尽したかどうか、最終的に判定するのは自分でしかない。真面目くさった話だが、ふだんけっこうチャランポランに生きているように見える奴でも、こだわる奴はこだわっている。真面目そうでもただ漠然と真面目なだけで、こだわっていないようなのもいる。どっちがかっこいいだろうか。

お洒落

新しい仕事場にはケーブルテレビが入っているので、仕事が終わった深夜など、ぼんやりとMTVやスペースシャワーTVなどの放送を眺めている。

七十年代のアメリカ製テレビドラマなどもやっていて、今見るとけっこう他愛ないストーリーだったりするのだが、なつかしさも手伝って、つい見てしまう。

そういえば、日本人ミュージシャンのビデオクリップを専門に放映する番組の司会役の女の子が七十年代風のファッションで登場して、おやっと思ったら、先日横浜の元町《もとまち》を歩いていたときもそれと似たような服装の女性を見かけてふむふむと感じた。

七十年代とひと言でいったところでその幅は広い。私が今のべたファッションとは、ストレートのロングヘアを額《ひたい》の中心で分け、上半身は体にフィットしたニットウエア、下半身は裾の広がったパンタロンにロンドン風のブーツ、といういでたちである。

おそらく七十年代も初めの頃の流行だったような気がする。

女性のファッションについてはともかく、私自身が自分の服装が気になるようになったのは、高校二年から三年生にかけての頃だった。これは、受験校という条件下にあっても「おくて」のほうだろう。

当時、ファッションは「アイビー」と「コンチ」のふた通りだった。「アイビー」とは、いうまでもなく、アメリカの東部名門大学グループ「アイビー・リーグ」からきたもので、洋服メーカー『VAN』がはやらせたファッションだ。ボタンダウンのシャツにレジメンタルタイを締め、マドラスチェックやチャコールグレイの少し細身のパンツをはいて、ネイビーブルーやキャメルのブレザーを着る。「トラッド・ファッション」ともいわれるもののジュニア版である。『メンズクラブ』——通称、メンクラと呼ばれる雑誌があって、これはアイビー小僧のバイブルであった。髪は短めでリーゼントが基本。学生、それも、体育会系のファッションである。

「コンチ」は「コンチネンタル」の略だろうと思うが、正反対にヨーロッパ風ファッション。シャツは襟が長く、体にフィットする感じで、ネクタイは太め。パンツはパンタロンやベルボトムのジーンズなど、裾の広がったもの。『JUN』とか『BIGI』などのファッションである。

髪は当然、長髪で、それが似あうからには、体型は痩《や》せ型であることが要求された。バイブルは『男子専科』だった。

私は太めの体型であったことから、アイビーに向かった。大学に入ると、遅ればせながら、スーツやブレザーの類《たぐい》をそろえ、ダンスパーティには必ず着ていった。本当の一張羅《いっちょうら》という奴で、パーティの前の晩などは、布団で寝押しをしたものだ。

それが大学一年の終わり頃から「ニュートラ」というファッションにかわった。「ニュートラ」というのは、「ニュー・トラディショナル」の略らしかった。「コンチ」よりは細いが「アイビー」よりは裾の広がったニット地のパンツ（メーカーは『ファラー』や『ハガー』などという、ジーンズ系のメーカーだった）に、わりに体にフィットするニットシャツを着て、セーターなどを羽織る。特徴は、幅広の皮ベルトに金具のついた靴だった。『グッチ』などのばかでかいバックルのついたベルトを締めていた。ひと昔前のおっさんゴルファーのいでたちがそれに近い。

この「ニュートラ」は、アイビー系の女の子たちにもあっというまに広まった。たぶん『ＪＪ』という雑誌がその火つけ役だったと思う。女子大生にはやった「ニュートラ」ファッションとは、白のブラウスに紺のスカート、スカーフというのを基調にしたもので、『クリスチャン・ディオール』のカーペット生地で作られたような箱型バッグが定番だった。

「ニュートラ」と第一次のディスコのブームは重なりあっている。当時私がよくいったディスコは、六本木『アフロレイキ』、赤坂『ビブロス』などだったが、やがて六本木にスクエアビルが建ち、ブームは最盛期を迎えた。

考えてみると、最近のディスコブームは、ボディコンファッションの流行と重なっている。ただ、あの頃、「ニュートラ」ファッションは、女子大生に固定した流行だったようだ。当時はディスコも、今ほど「健全」ではなく、どこか悪い遊び場というイメージがあった。大学の同じクラスの女の子で、一年生の段階では、まだディスコに一度もいったことがない、という子のほうが圧倒的に多かった。したがって、ディスコで見かける女の子たちのファッションは初めのうちは「ニュートラ」よりも、ジーンズやつっぱり風のロンタイ族などが多かったと思う。

お洒落の話をもう少し、しよう。この季節、「年をくったな」としみじみ感じることで、薄着ができなくなったというのがある。

真冬のさなか、「ニュートラ」がはやっていた頃、ニットパンツに素肌の上のニットシャツ、その上に厚手のカーディガンというなりで、私は六本木を歩きまわっていた。それでほとんど風邪もひかずにいた。

なにしろディスコの中は暑く、二十七、八度。踊れば汗だくという気温だったから、逆に外にでれば、ほっとするという状況だった。

今とちがって当時のディスコには、五曲に一曲くらいチークタイムがあった。アップテンポのナンバーで踊るあいだに目星をつけておき、チークタイムになると、さっと声をかける。その間に、向こうに連れがいるのか、いるとすれば男か女か、何人か、というのも見極めておく、というのがナンパの極意だった。

六本木の『アフロレイキ』には、黒人の客が多く、それを狙う女の子たちもよくきた。赤坂『ビブロス』は、遊び慣れた東京出身の女の子が多かった。ナンパして年を訊くと、十六、七だったりして、そうなると「お友だち」になるよりしかたがなく（やはり高校生にはちょっと性欲が湧かなかった）、がっかりしたものだ。

ディスコから少し話を戻そう。

家賃にもこと欠くほど洋服代に金をつぎこむ必要もないとは思うが、十代の終わりから二十代の初めくらいにかけては、少しお洒落にはまるのも悪くはない。

人間は不思議なもので、まったく同じ服装をしていても、それがお洒落に見える者と、ダサく見える者のふた通りがある。

これはやはり、いっときお洒落に凝った人間とそうでない人間のちがいのような気がする。

また、着慣れた格好というのはやはりさまになるもので、スーツやタキシードという、固いでたちも、とにかく場数をこなすうちにそれなりにさまになってくる。

ただ、何もかもをガチガチに決めてしまう、というのは、若いうちはかえってマイナスになるような気がする。どこか一点、抜いた場所を作っておいたほうがいい。頭の先から爪先まで決めているると、逆にファッションばかりが目だち野暮ったくなる。

とはいえ、最近の私にファッションを語る資格はあまりない。

ふだん仕事場にいるときはスウェットの上下、ちょっと外出するのは、コーデュロイのパンツにトレーナーと、とにかく楽な格好しかしていない。楽ばかりしていると、どうしても、かちっとした格好が似あわなくなる。

これと逆もあって、ふだんスーツ姿の多い友人は、休日のファッションがどうも似あわずダサくなる。スーツは似あうのに、パンツにトレーナーというのが、かえって生活感の漂う、オヤジファッションになってしまうのだ。

若いうちのお洒落というのは、いずれにせよ、生活感があっては成立しない。ジーンズにしろタキシードにしろ、値段や住居がすけて見えてしまうようでは駄目だろう。

そういえば何年か前、ロンドンで競馬にいった。アスコット・タイの由来となったアスコット競馬場だ。紳士はモーニングを着ていくのがマナーとされている。

生まれて初めて、モーニングを着た。もちろん貸し衣裳だ。ロンドン市内の貸し衣裳屋にいくと、私のような旅行者ばかりでなく、明らかにロンドン子とわかる連中も、モーニングを借りにきていた。

ホテルの部屋で借りたモーニングを着て、山高帽をかぶった。がっくりきた。悲しいほど似あわない。だいたい私はかぶり物が似あわない。

その日、リムジンに乗って、ホテルまで迎えにきてくれたのは、イギリスのとあるビール会社の重役だった。もう五十くらいで、俳優のロジャー・ムーアをもっとお人好しにしたような顔立ちのおっさんだった。背が一九〇センチくらいある。

彼は我々をエスコートして、フルコースランチに招待し、エリザベス女王の入場を迎える時間には観覧席へと案内した。

たいへんな人込みで、イギリスでは小柄になってしまう私は、はぐれてしまった。そのとき、彼は、階段状の観覧席の中腹に立ち、さりげなく山高帽を頭上に掲げてみせた。ここにいますよ、という合図だった。これが実にさまになっていて、私はしびれた。

あとで彼のそばにいき、そのモーニングをしげしげと観察した。

貸し衣裳ではなかった。膝やお尻は、もうてか光りしている。袖口や肘《ひじ》には、ほころびをかがった跡がある。そこまでモーニングを着こんでいるのだ。

なるほど、似あうわけだ、と納得した。

二十代よ、スタートは今すぐ切ろう

新担当のO上が、これまでの「オヤジ」をリストにして、今後どういうテーマで書いていくか、参考になる資料を作ってくれた。

O上は、ラ・サール、東大法学部、集英社という、超エリートコースから『週刊プレイボーイ』にきたN村に比べても、ひけをとらない妙なキャリアをもっている。灘《なだ》校中退、大検※注合格、京大哲学科、南米放浪、集英社というコースだ。しかも、キンタマがいっこしかない、「片タマ男」である。

今のところやたらに真面目な面しか私に見せてはいないが（もちろんネコをかぶっている、という意味とはちがう）、どこかホワーンとして、マトモじゃない神経の持ち主だと私は思っている。そのマトモじゃなさと、週刊誌記者としての好奇心が合体して炸裂すれば、とんでもない仕事をしそうなのだが。

O上の年は二十八で、黒乳首のN君と同じ年である。

見ていると、ふたりとも似たところがある。それは「自分の内側にためこむこと」に懸命で、放出をしていない、という印象だ。

物書きを志すN君も、編集者として一級をめざすO上も、ためこむことに熱心なのはすばらしいことだとは思う。しかし二十八は十八とはちがう。放出していくこともかなり要求されるし、またそれに応えるべき年齢のような気がする。

自分に投資をするのはすごくいいことだ。勉強をする、旅行にでる、さまざまな職業経験を積む――やがて……と、考える人は多い。ことに物書き志望の人間にはそういう考え方をする人が少なくない。

「三十になったら書き始めようと思っています」とか、「四十になったら……」

と彼らはいう。私はその考え方を認めなくはない。彼らがスタートの年齢を未来に設定するのは、

※注・大学入学資格検定。2004年度まで行われていた国家試験。合格者は高校卒業者と同等の資格が得られた。2005年度より高等学校卒業程度認定試験（高認）に移行。

「若いうちの俺が書くものなんて……」

という謙虚さの表れともとれる。

しかしやはり私は、

「でも今から書いたっていいじゃない」

といいたい。今から書いたとしても、それは才能の消費にはならないからだ。彼らはどこかで、早く書き始めると、せっかくの経験を浪費してしまうのではないかと恐れているような気がする。

そんなものを恐れたところでしかたがないのだ。二十代でスタートせず、四十代でスタートしても、注文が殺到して（それだけのチャンスに恵まれて）ばんばん書けば、ためこんだ経験など、あっというまにつかい切ってしまう。貯金のように目減りさせずちびちびつかう、というわけにはいかないのだ。

——若いうちはいっぱい経験を積んで、ある年になったらそれを役立てて、かっこいい人生を送りたいよね
とても建設的に聞こえる意見だが、その考え方には「罠」がある。経験を積んでいるうちに人生が終わってしまったらどうするのだろう。

「ある年」などというのは、どんどん移動していくかもしれないのだ。自分で、「まだだ、まだ経験が足りない」なんて思っていると、永久に本当のスタートは切れない。結局、スタートを切るのが恐くなって、経験だけの人生に終わってしまう危険性がでてくる。

もちろん、きちっと、計画通りにスタートを切れる人もいるだろう。だが今度は、別の不安が生まれはしないだろうか。計画通りに生きられる人生なんて本当はありはしない、どこかに落とし穴

が待ちかまえているのではないか、と。

落とし穴はやってくるかもしれないし、こないかもしれない。そんなことはわかりっこない。

何かをやりたいのなら、すぐに始めるべきだ。経験の蓄積は、同時進行であっても十分可能なのである。

たとえば、小説の新人賞の話をしよう。応募資格に年齢制限などない。これは当たり前だ。受賞作も、作者の年齢に関係なく決まる。これも真実だ。

しかしその後の「作家としての可能性」を、編集者は必ず年齢で見る。二十代ならば、あと、三〜四十年は書いていける、と踏むし、五十代ならば、十年か、もって二十年だな、と読むだろう。しかもその年数から、一人前になるのに要する時間をひかねばならない。

確かに高年齢でデビューする人には、若い人とはちがう「即戦力」がある。しかし、若い人がかりに十年かかって戦力を得たとしても、高年齢の人よりはるかに時間がある。

高年齢のデビューを無意味だといっているわけではない。高年齢者には高年齢者の「戦い方」がある。『週刊プレイボーイ』の読者は若い人がほとんどだと思うから書いているのだ。

あせることはない。だが計画倒れになるくらいなら、傷だらけでもいいからスタートを今すぐ切るべきだと思うのだ。若いときの慎重は、年をくったときの臆病にもなりかねない。

新入社員

『週刊プレイボーイ』の版元である集英社の新入社員の人たちと会った。毎年、集英社では、新入社員たちのために、ゲストスピーカーを招いている。そのひとりとして、今年、呼ばれたわけだ。たぶん、集英社に限らず、そういった新入社員のための〝講演会〟のようなものをもよおしている企業は、少なくないと思う。

以前にも書いたことがあるが、私は講演会があまり得意ではない。小説を書く以外、仕事らしい仕事などした経験のない人間が、何を人生のために役立つことが喋《しゃべ》れるか、と考えるからだ。

だが今回は、相手が「出版社」という、私がじかに仕事をしている組織のルーキーたちであることと、その人数が大企業とちがい、十数人という、講演にはなりようのない少人数である、という理由でひきうけた。

新入社員は全部で十四名。全員が四年制大学を卒業しており、男女比は七対七で同数。

彼らと向かいあって机につくと、全員の顔写真と出身校を記したパネルがある。

第一印象は、女性たちのほうが元気がありそうだ、というものだった。

名前を知られた出版社というのは、現代では学生に人気のある就職先である。集英社にも数千人の就職希望者が訪れたという。したがって目前の十四名は、何百倍という難関をクリアしたことになる。

当然、自信をもっていて不思議はない。もちろん、その自信と、これからの社員としての働きは必ずしも一致するわけではないにしてもだ。

私が見渡して、はっきりとその自信を感じさせられたのは女性たちだった。皆、きらきらと輝く目で、私の視線をはね返してくる。彼女たちにしても、「生きた作家」を生身で見るのは、初めてかそれに近い経験なのだろう。好奇心にも溢《あふ》れている。

一方、男性たちのほうは、くたびれているというわけではないが、どこか距離をおいているような雰囲気がある。「冷静になろう」とつとめている風《ふう》にも見える。中にはノートを広げ、メモをとろうとしている人もいた。

「それはやめるように」

私はすぐにいった。この日、私が話すよう求められていたのは、編集者と作家のつきあい、というような内容のものだった。編集者と作家の関係は千差万別である。私が誰とどのようなつきあい方をしていたとしても、別の人間にはまったくあてはまらない。ひとつの例としての話であって、私が話した編集者と同じやり方を彼らが別の作家に試みたとしても、うまくいくという保証はない。第一、私が彼らに告げたかったのは、一度その優秀な頭脳を溶かしてしまえ、ということであったのだ。

編集の仕事に、大学での勉強は、まるで役に立たない。作家に学歴が問われないのと同様、その作家とつきあう文芸編集者にも、学歴は意味がない。必要とされるのは、回転のいい頭脳、粘り強さ、そして人間的な好奇心の大きさである。加えて一般常識というものもあるが、大学での授業でこれは身につかないし、また一般常識という〝知識〟があることと、その人間が「常識ある人」かどうかは別の問題だ。常識のない行動をとるくせに、豊富な知識を身につけている人間が多いのも、編集者という職業の特徴だ。

ではなぜ、編集者に高学歴の人間が多いのか。四年制大学、それも名を知られた一流大学の出身者が多い。

基本的に、出版社は大学卒の人間を採る。私のように大学中退や、高卒の人間は、編集セクションへの就職ができない。道がまったくないわけではないだろうが、かなり厳しいといわざるをえない。

学歴による差別ではないか、と思う人もいるだろう。だが、こういう考え方がある。

就職試験とはそういうものだが、その人の能力を判断するのに、簡単なペーパーテストや小論文、面接などで、いったいどこまで可能なのか、という疑問がある。

まさしくそのていどでは、人の能力などはかりようがない。しかし会社はどこかで選別せざるをえない。会社が生きのびていくためには優秀な人間が欲しい。この場合の優秀さとは、学校の成績ではない。先に書いた頭の回転であり、粘り強さであり、好奇心だ。

その判断は、おおよその場合、面接官の直感によるものだ。トロそうな奴、もろそうな奴、ボケている奴は、まずまちがいなく落とされる。結果、とんがっていそうな人間が残る。しかし、とんがっているだけでは優秀とはいえない。一度そのプライドを叩《たた》き潰《つぶ》され、しかし這《は》いあがってくる奴がいい仕事をするのだ。

入社したときから〝社長〟までを、〝一直線〟のエリートなど、この社会には存在しない。「受験」というひとつの地獄をかいくぐり、「出身校」という形で結果を残した人間が評価される——根性の証《あかし》というわけだ。

プータローだった

今日の原稿を書き終わったら、私は飛行機に乗る。一週間の休暇だ。たいしたことはしない。ハワイにいって、ワイキキビーチに近いごくありふれたホテルに泊まり、ゴルフを一回か二回やって、あとは海辺でごろごろする。今どき、高校生や大学生でも「卒業記念旅行」でそれくらいの旅をする。

まあ多少、彼らよりは贅沢かもしれないが、それは許してもらおう。何しろこのふた月というもの、一日のすべてを休む完全休日を、全部で三日間しかとっていないのだ。

いくら私が図太い神経でも、さすがにこの二ヵ月はこたえた。賞をもらって、本も売れて、何をいってやがる、という人もいるかもしれない。だが本当、くたびれるぜ。一日でもいい、朝起きて、うーんと背のびをして、

「さあて、今日は何やって暇潰そうかな」

と、思ってみたいものだ。

ほんの十七年（ほんのでもないか）前まで、私は毎日がそうだった。絵描きの（今は、だ。当時は私と同じでただのプータローだった）河野治彦といっしょに暮らしていて、ときどき女と遊んだり、麻雀《マージャン》をする以外は、毎日、何もすることがなかった。

金はもちろん、ない。ふたりの仕送りは、あわせて月に十二万円だった。親が所有していたマンションに住んでいたので、家賃こそかからないが、たまっている電話代や電気代、ガス代などのもろもろを払うと、あっというまに残り一ヵ月を日割りで、一日ひとり千円などという懐《ふところ》具合だった。

しかしそのぶん時間は腐るほどあった。映画館の名画座をハシゴしたり、古本を買いあさって読んだり、それに飽きると、絵と小説のちがいについて何時間でも議論したりした。

住んでいたのがマンションの一階で、ひと坪ほどのせこい庭があったので、そこを耕し、枝豆の種を植えて収穫したこともある。

口癖は、

「あー、暇だな。なんかおもしろいことねえかな」

だった。

本当はふたりとも、何にもましてやらなければならないことがあった。絵を描くことであり、小説を書くことだった。

それが頭の片隅にあって、チカチカと点滅している。にもかかわらず、なんだかんだと理由をつけて、やらなかった。

やるのが恐かった、という部分もある。

「小説家になる」「絵描きになる」といったって、決まったコースがあるわけではない。

誰かに指導を受けていたのでもない。要は当人の「なりたい」という気持と、「どこかの新人コンテストに応募してチャンスをつかむ」という、漠然とした希望があったにすぎない。

だからひょっとしたら、才能なんかカケラもないのではないか、応募したら受賞どころか候補にすらならず弾《はじ》きとばされるのではないか、という不安もあった。いや、それ以前に、作品を作ろうとした段階で、自分で自分の才能のなさに気づいてしまうのではないか、という恐れがあった。

だからぐだぐだと、「やらなければならないこと」を先延べにしていたのだ。

今から考えると、それがずいぶん長かったような気もするが、せいぜい一年か二年のことだった。

実は今でも、ふっと、あの頃に戻ったような気がして、どきっとすることがある。目が覚めて、あたりを見まわすと、まるですべてが夢だったように、私が書いた筈《はず》の本など一冊もなく、まして直木賞をはじめとする、これまでのトロフィがひとつ残らず消えている。

げっ、これは長い夢だったんだ。俺は自分の理想を夢で見ていただけだったんだ――そう気づいて愕然《がくぜん》とする……そんなことを思い浮かべる。

そうだったらどうしよう、と（どうしようもないのだが）あたりを見まわし、仕事部屋で、（自分の）本が並んでいるのを目にして、ほっとするのだ。

と、まあ、こんな話を書いてみると、二ヵ月間に休みが三日でぶうたれるのは贅沢じゃないか、という気もまたしてくる。

だが、と強気になっていう。とにかくも、この二ヵ月、一生懸命私がやったことは、確かである。

十七年前のように、

「やらなきゃいけないのに、やっていない」

という焦りが点滅することはなかった。

「まだか、まだやらなけりゃいけないのか」

むしろ、そんな気分だった。それがようやく、ほんのわずかだけ解放される。

誰にも「うらやましい」なんて、いわれたくない。「その十倍、遊んできていいですよ」

といってほしいくらいだ。

やれやれ、あと五行（原稿用紙にして）だ。おっ、四行になった。

なんていって、実は、この原稿のあと、別の週刊誌の小説を一本分、書かなけりゃならないのだ。

今日は長い一日になりそうだ。

六本木ホステス　二十三歳

「なんか駄目なんだよねぇー。このままじゃいけないって思うんだけど、出勤時間が近づいてくっと、ああ、も嫌だ！　休んじゃおって思うんだ」

そう電話でいうのは、六本木のクラブで働いている二十三のお姐《ねえ》ちゃんだ。スタイルもいいし、顔も悪くない。ただイカニモ遊ンデマシタ、という雰囲気が全身に漂っている。

「ディスコなんかさ、もうめったいかないしさ、カラオケも興味ないんだ。酒飲めないし。だから休んでも男いないと、どこもいくとこない。第一、店休んでばっかでしょう、給料ぜんぜんないもん。家賃払って、洋服のローンとケイタイ（電話）の料金払って、ほんと、貧乏」

「家賃いくらなんだ？」

「うん？　十七万」

「いいとこ住んでんじゃねーかよ」

「なんかさ、引っ越すのメンドくさいし。あーあ、バブルんときに、本当、ハゲつかまえときゃよかったなぁ」

「店さぼって家にいて、何やってんだ？　お前」

「うーんとさ、ファミコンでしょ。そいでお腹《なか》すいたら、チャリンコでコンビニ」

「決まったね。お前はもう、次はお湯商売（ソープ）だな」

「そしたらさ、きてくれる？」

「まあ、とにかくその怠け癖《なま》で落ちるとこまで落ちな」

「助けてくれるんじゃないんだ」

「馬鹿。ここでスケベ心起こして、面倒みようなんてオヤジが現れるとな、お前の復活はもっと遅れるんだよ」

私はいって電話を切った。

怠け癖が私の骨に巣食っていた時代の話は前にも書いた。

とにかく何もしたくない。遊びにいくのも、よっぽどおもしろいことがなけりゃかったるい、働くのはもっとメンドくさい、それでもって、これじゃいけないと思ってはいるのだが、つい、やらなければならないことを先延ばしにしてしまう――こういう状態にはまった経験のある読者は多いだろう。今、現在はまっている人もいるかもしれない。

だいたい十代の終わりから二十代の初めにかけて、はまるものだ。

で、これを抜けだす方法はあるか、というと、たぶん、ない。絶対的にこれ、という代物《しろもの》はない。人からの説教では、まず駄目。恋人から三下《みくだ》り半（というのは、縁を切るぞという宣言）をつきつけられてようやく、というケースがたまに。

あとは、もうとにかく落ちるところまで落ちるだけだ。女の子はまだいい。落ちるところまで落ちて、月のうちに何回か体を売って、あとはのんべんだらりと生きていても、とりあえず人に迷惑はかけない。もちろん悪い病気でももっていて、うつしまくるというのは別だが。

男はどうしようもない。働くのがかったるいと、もう人の金をアテにする他ない。借り倒し、踏み倒し、そして鼻つまみになった挙句《あげく》、残っているのは犯罪者への一本道。

女の子も、オバアになれば似たようなものだ。だから、体を売っているうちにそれに気づき、将来のために貯金をしだす、なんてこともある。

ともあれ、この怠け癖状態の女の子と話すと、こっちまでがっくりくる。彼女らが一生こうだとは思わない。大半はどこかで気づき、下りから上りへの道に転じる。

つまりはそういうことだ。どん詰まりまでいかなければ、かえられない自分という奴がいて、簡単にはかえられないなら、うだうだいわず、落っこちてしまうしかない。

軽蔑はしない。自分もそうだったときがあるからだ。ただ、どん詰まりまで落ちて、上がってこられない人間はそこまでだ。

「え？　そんな奴いたっけ？」

一年もすると、皆んなに忘れられている。

こういう人間は水商売ばかりではない。

水商売は、月のうち十日しか働かなくてもクビにならないことが多いし、そのわりには食べていけるだけの金が稼げる。結果的に怠け癖がつきやすい、というだけの話だ。

水商売の世界で成功している人間は、ふつうの勤めの人の何倍もの努力をしている。ただ若くてきれいなあいだだけ稼ごうという女の子たちは、自分が「消耗品」であることに気がついたほうがいい。

「どうせあたしのこと、馬鹿なやりマン女だと思ってんでしょ」

彼女があるとき、そう叫んだ。くやしそうな顔だった。私はいった。

「やりマン女ってのは、もっとかわいげがあるもんだぜ。お前はただの怠け者だよ。セックスだってメンドくさいだろうが」
「がくっ」
そうつぶやいたときの彼女は、少しだけかわいげがあった。

東京タワー

仕事場の窓から、下半分をビルにちょん切られた東京タワーが見える。めったに帰ることのない東麻布の自宅の窓からは、かなり近くに立つ、この大きなタワーのつけ根からてっぺんまでが見える。

午前零時きっかりになると、東京タワーのライトアップは消える。自宅にいてその時間、外を眺めていると、東京タワーを見ていなくとも、不意に視界が暗くなるので、ああ消えたんだ、とわかる。

仕事場にいると、なかなかその瞬間に気づかない。だいたい、窓ぎわにおいた長椅子に寝そべって、酒を飲み始める時刻なのだが、ふと気づいて目をやると、六本木交差点の方角に屹立《きつりつ》していたオレンジ色の塔は姿を消し、赤い点滅灯だけが点《とも》っていたりする。

先日、銀座でつとめている若い女の子と話していた。

「わたしの友だちの彼氏が、その子のために、誕生日に東京タワーがきれいに見えるホテルのスイートルームをとってくれたんだって。そして時計を合わせておいて、十二時きっかりにタワーにふっと息を吹きかけて、明かりを消してみせるっていうのをやったの」

「今どきバブリーな奴だね。それに今さらって手だ」

「そう。でもね、結局、ふたりで話に夢中になっちゃって、ふと気づいたら十二時を過ぎていて、東京タワーの明かりは消えちゃっていたんだって」

「マヌケな奴」

「でもいいと思わない？」

ん？　と思って、女の子の顔を見直した。

「その彼氏っていくつ？」

「もう四十くらいかな」

「オヤジじゃん」

「そう。でも、同じ色のスポーツカーを二台買って、彼女とペアで乗っているんだって」

「四十のオヤジがねぇ」

つぶやいて、それから微笑《ほほえ》ましくなった。
二十四、五の「ヤンエグ」といわれるような連中が、ホテルのスイートをとり、「君のために魔法を見せてあげる。ほら、ふっ」
なんて窓の東京タワーに息を吹きかけるところを想像すると一瞬、この！　と思うのだが、四十にもなったオヤジが同じことを試みようとしているのを考えると、なんだか、「しょうもないやっちゃな」という気分になる。男の本質であるところの、スケベをいつまでたっても捨てられない、いい奴じゃないか、という感じだ。

私に話した女の子がいった。

「けっこうすれっからした銀座のホステスでもさ、いいトシをした人にそうやってもらうと悪い気がしないよね」

「そのあとにサインで、アークードショッピングなんていうんじゃないだろうね」

一晩のお泊まりで二百万買わせた、という豪の者の話を聞いたことがある。

「そんなのいらないよ。だって相手のこと好きじゃなかったら、そんなキザなシチュエーションにのらないって」

「なるほどね。そんなもんかね」

私はふむふむと頷《うなず》いた。オーソドックスな手、というのは、やはりどこかで女性の心をとらえるようだ。

ひょっとしたらその四十歳氏だって、あまりにミエミエのパターンに、自分でも内心恥ずかしく、その瞬間わざと気づかないふりをしたのかもしれない。

だとすればよけい、いい奴じゃないか。

そういえば、こんな話もあった。

私と仲のいい某売れっ子作家が、彼女といるときに葉巻を吸っていた。彼はキューバ産のぶっとい葉巻を吸っている。

女の子が訊ねた。

「ねえ、わたしとその葉巻、どっちが大事？」

アホな質問を、と思わないように。女の子というのは、ときに男から見るととんでもないことをいいだす。これをかわいい、と思うのは惚れているからだろう。何いってやんだコイツ、と思ったら、気持は醒《さ》めかけている。

「決まってるじゃないか」

彼は答え、葉巻をふってみせた。

「こいつだよ」

「なんでよ！　ひどい！」

女の子が柳眉《りゅうび》をさかだてる。彼はいった。

「くやしかったら、お前、煙になって消えてみな」

女の子はしゅんとなったそうだ。なんだかなぁ、という話だが、これも微笑ましい。

男も馬鹿、女も馬鹿。いくつになっても、こういう馬鹿さかげんがないと、「陽のあたるオヤジ」にはなれないだろう。

お利口で女にもてる奴って、確かにいないものな。

ギャンブル・ゴルフ・女

釣りにいきたい。いきたくてしかたがない。仕事場にいても、積んである釣り雑誌をぱらっとめくると、いきなり頭の中は、これまでに通った堤防や磯、そして今度いってみたい釣り場のことでいっぱいになる。

私はもともと、野外での活動が苦手な、おたくだった。中学の頃は一応、運動部に入っていたが、体を動かすことより、本を読んだり、自分で書くことのほうが楽しかった。

大学に入って夜遊びを覚えるまで、趣味といえば、読書であり、小説を書くことしかなかった。前にも書いたが、その頃は酒を飲めなかったせいもあり、とにかく集団行動が苦手だった。草野球などをやっている仲間もいたが、試合のあとの飲み会を考えると駄目だった。無理に飲まされて苦しい思いをするのでは、と考えただけで、参加する気持がおこらない。

だから、小説を書くことと、本を読むこと、それに女遊びをすること以外で、自分が夢中になる何かがでてくるとはとても思っていなかった。

例外なのが麻雀《マージャン》で、大学時代、これにはハマった。とにかく毎日、毎日、ディスコにナンパにいかないときは徹マンだった。昼頃、学校でメンツができあがると、そのまま近くの雀荘にいき、打ち始める。その店の営業時間が終わってしまうと、違法の終夜営業をやっている店に移って打ちつづける。

朝、八時頃になるといいかげん、そういう店でも嫌な顔をしだす。ミソ汁の匂いが奥からぷーんとしてきて、そのうち、「いってきまーす」なんて、ランドセルをしょった子供が、我々の打っている卓の横を通ってでていく。「かんべんして下さい」と店の人間にいわれ、よしそろそろ、きのうの店が開店する頃だ、と初めの雀荘に戻って打ちつづける、というのが、学校での麻雀ライフ。

そのうちに、タクシーの運転手たちが集まる、半チャン精算の雀荘に通うようになった。メンツはその場でのできあがりで、初対面の相手ともよくやった。正直いって、負けたほうが多いだろう。

あるいは友人の別荘に五人でいき、とにかく交代で打ちつづけ、それを三日三晩つづけて、しまいに外が薄暗いのが、朝だからなのか夕方だからなのか、まるでわからなくなった。家に戻ってくると、体重が三キロ落ちていた、というのもざらだった。

それほどハマった麻雀だが、二十一、二のときに、本当に憑《つ》きものが落ちたように、ぴたっと止《や》んだ。なぜだかはよくわからない。

今は、牌《ぱい》を手にするのは、せいぜい年に一度か二度で、それがもう十年近くつづいている。ギャンブル嫌いか、といえばそうではなく、むしろ好きなほうに入るだろう。ブラックジャックやポーカー（ゲーム機のではない）、チンチロリンも、けっこうやったほうだろう。総じて負けが多かったが。

ただ、いわゆるギャンブル好きにも、二種類あるのではないか、と私は思っている。正確にいえば、真性と仮性、ともいえるかもしれない。

真性のギャンブル好きとは、とにかく賭けごとに目がない、というタイプで、儲かる金が千円だろうと、百万円だろうと関係なく、対象も、競馬競輪、パチンコ、ポーカー、麻雀から、走ってくる車のナンバーを使ったオイチョカブ、果ては、道の向こうからくるのが、男か女か、というのに至るまで賭けごとにしてしまう、という人種だ。

仮性の場合は、まず、賭ける対象と金額にこだわる。たとえば麻雀はやるが、競馬はやらない、とか、麻雀のレートも、高いのはやっても安いのは馬鹿ばかしくてやる気がしない、という奴だ。

私の場合は、こちらにあてはまる。ギャンブルそのものよりも、金のやりとりが気になってしまうのだ。年があがり、収入もそれなりに増えてくると、以前のようなレートではギャンブルに刺激を感じないのである。

これはひどく危険だ、と自分でも思う。ここに金額は書けないが、今、賭けてみて、自分がひりひりするような額となると、やはり常識的な数字ではない。それは、「負けてこの金がなくなってしまったらどうしよう」と思うほどの額でなければならないからだ。健全（？）とはいえないギャンブル精神である。

ではあるが、それとは別に、私が好きなもののひとつに、ギャンブル場、それもカジノといわれるようなところの空気がある。生まれて初めてそういう場所に足を踏みいれたのは、大学一年生の夏、訪れたラスベガスだった。その後、いくつかの外国の（日本には公《おおやけ》にはカジノは存在しない）カジノを見た。

なんともいえない倦《う》んだ空気が、それぞれのカジノにはあった。それが私にはたまらなかった。

カジノの話だ。本当なら、私などよりはるかに世界のバクチ場のことを知っている作家はたくさんいる。だが書く。

あたり前の話だが、カジノには勝者もいれば敗者もいる。とてつもない金額を勝っても平然としている大金持ちがいたり、浮き足だっておさえてもおさえても、顔が笑いでにやけてしまう田舎者。そして渋面《じゆうめん》、あるいは、本来はそこで使うべきでない金までつぎこんで負けてしまい、目も虚《うつ》ろになって、それこそ首吊りにいい、枝ぶりのよい松でも探そうかという風情《ふぜい》のオヤジもいる。

さらにそこに、泥棒、詐欺《サギ》師、売春婦、売春夫がまぎれこんで、虎視たんたんとカモをあさっている。

そこには、すべて人間が作りだした、人工物によってしか得られない楽しみと苦しみと興奮があって、大げさにいえば、秘境とはまったく別の意味で「この世の果て」といった雰囲気がある。

これがたまらない。自分がそこではいかにセコいギャンブルをやっていようと、あるいは加わらずに見《けん》をきめこんでいようと、その中の空気に身をひたしているだけで背筋《せすじ》がぞくぞくしてくるような、生きているんだな俺は、という実感がある。

ロンドンのある会員制のクラブ（ホステスのいるクラブではない。レストランやバー、カジノを備えた社交場という奴だ）に連れていかれたことがある。

私はルーレットのテーブルにいた。東洋人の姿は少なく、いても、華僑の大金持ちとわかる大人《たいじん》風のが数人。あとは、ぎんぎらぎんに派手なドレスを着た厚化粧の、ひと目でプロとわかる白人女ふたりを両腕で抱きよせ、ぶっとい葉巻をくわえたアフリカの独裁者を思わす黒人。こいつは、一枚五百ポンド（当時十二万五千円）のチップを山のように積みあげている。そして、イタリア人らしい銀髪でやけに目つきの鋭い、痩《や》せた鶴のような爺さんなどだ。

クルピエ（ディーラー）がこの爺さんを「マエストロ」と呼んだときは、私は目をむいたものだ。まったく、『００７』の映画の世界そのものだった。

あるいは、マレーシアの高地にあるカジノでのことだ。ここではブラックジャックをやっていた。親カジノでのブラックジャックは、親（ディーラー、つまりカジノ側）対子（客）の対決になる。親が、十二とか十三、十四などの弱い数字をさらし、さらにもう一枚ひこうとするとき、客はいっせいに声をそろえて、「ピクチャー！（絵札）」と叫ぶ。二十一をオーバーすれば自動的に負けで、全員に払いがでるためだ。その瞬間、国籍や懐具合《ふところぐあい》を越えた連帯感が漂う。

そこではこんなこともあった。子は一枚を伏せて配られ、もう一枚をオープンでもらう。オープンの札が十または絵札（これも十にカウント）であれば、伏せたカードにＡ（エース）を期待する。Ａ（エース）と絵札の組みあわせはブラックジャックで、賭け金の一・五倍がその場で支払われる。

絵札がくると、それを伏せたカードの裏側にもっていき、客は楽しそうに少しずつずらしていく。「トンガレ、トンガレ」といった感じだ。A（エース）がでればブラックジャックなので、A（エース）の頭のとんがりを、さあ出ろ、今出ろ、といった具合にのぞいていく。

そのA（エース）ととんがりがよく似た数字がある。4だ。4の頭の部分とA（エース）の頭は、最初の二ミリくらいだと見分けがつかない。A（エース）だと思って喜んで開けると4、十四というのは、悪い数字である。

そんなとき、彼らが決まって口にする言葉があった。

「ジャパニーズ・エース」だ。

くそっという感じで、「ジャパニーズ・エース！」と吐きだし、カードを叩きつける。

私は気になった。隣でやっていて、ときおり言葉をかわしていた中国人の若い女性（彼女も金持ちの囲われ者風で、ちょっと危ない雰囲気のある美人だった）に意味を訊ねた。

彼女は「ジャスト・ジョーク」と答えた。

が、本当にジョークなのだろうか。そのとき、ふと、私は東南アジアにおける、日本人の本当のイメージを感じたような気がして、少し心が重くなった。

マリオ・プーヅォという作家がいる。『ゴッドファーザー』の原作小説を書いた人だ。この人の作品に『愚者は死す』※注というやつがある。ラスベガスのカジノを舞台にした物語で、これはすごい。ドライもドライ、超辛口な登場人物がやたらにでてきて、いっけん華やかで、ひと皮むけば地獄のカジノを描きながら、どうしようもなく〝落ちて〟いく人間たちの姿に心をうたれる。

特に、人生の幸運にすべて見はなされたような不眠症の男がラスベガスにやってきて、自殺願望

※注・ハヤカワ・ノヴェルス刊行。2015年９月現在、中古品でのみ入手可能。

にとりつかれながらギャンブルを始めると、つきにつきまくり、やってもやっても勝ちつづける。しかし彼が本当にほしいのは、わずかでもいい睡眠で、寝ようとして寝られず、女を抱いても駄目、そしてまたカジノに戻ってさらに勝ち、ついには……というエピソードは強烈である。

日本のギャンブル小説なら、阿佐田哲也《あさだてつや》氏の『麻雀放浪記《マージャン》』につきる。これをこえるギャンブル小説、悪漢小説は、書かれてから二十五年近くたった今も、マンガの世界を含めてさえ、存在しない。

断言できる。亡くなってしまったが、阿佐田さんほど、乾いていて、しかし本物の男の友情を表現した日本人作家はいない。

日本のハードボイルドがウェットである、とされる中で、ひょっとしたら初めてドライなハードボイルドを生んだのは、阿佐田哲也氏かもしれない。

強《したた》かな、プロのバクチ打ちの世界がそこにはある。プロである、ということは、技術や才能ばかりではなく、生き方そのものだ、と痛烈にうたわれている。麻雀に興味がない人間であっても、読んで絶対に損をしない作品である。

さて、麻雀の次は、ゴルフの話だ。読者の中には、ゴルフはオヤジのやる遊びだ、と思っている人も多いだろう。日本では金もかかるし、たいして体を動かすこともないので、スポーツには入らない、と。

その通りである。オヤジくさくやろうと思えば、ゴルフはいくらでもオヤジくさくなる。ただこれだけはいっておきたい。

一生、ゴルフをやらないつもりならともかく、オヤジになってから始めようと思っているなら、始めるのだけは早いほうがよい、ということだ。

年をとってもやれる遊びであることはまちがいないが、若くなければできない面もある。そして、体が若者からオヤジにかわっていく過程で、悩み、新たな方法を模索する楽しみがゴルフにはある。他のスポーツ、テニスや野球にはそれがない。体力が落ちればベンチウォーマーとなるのは宿命である。

もうひとつ、若いうちからやっておいたほうがいい理由がある。すべてのスポーツがそうだが、若いうちから始めれば始めるほど、早くうまくなる。ゴルフには〝教え魔〟という人種がいて、やたらに人をいじくりたがる。

概して〝教え魔〟にはたいした腕のもち主ではないのが多いのだが、でかい顔をして、「君のグリップは――」だの「そのスイングじゃ――」だのといいたがる。早くうまくなってしまえば、そういう〝教え魔〟からも早く逃れることができるというわけだ。

私が二十代の半ばでゴルフを始めたとき、真顔《まがお》でやめたほうがいい、と忠告した編集者がいた。理由はこうだ。

大沢さんは若い、だからすぐにうまくなる。コンペなどにでて、ドライバーショットを飛ばしたり、いいスコアでまわったりしたら、年輩のベテラン作家からにらまれる。

あるいは、
ゴルフは若いうちから始めるにはおもしろすぎる遊びだ。すぐに夢中になって、いい仕事ができなくなる。

どちらにしても作家として大成しなくなる、というのだ。

アホか、と思った。先輩作家にゴルフ代をだしてもらうわけではない。ゴルフがうまいから気にくわないなどという、ケツの穴の小さい人間に好かれたくはない。まして、おもしろすぎるからやるな、なんて馬鹿げている。

結局、ゴルフを始めてから十年がたった。にらまれた覚えもないし、もし私が作家として大成できないとしたら、それはゴルフのせいではなく、しょせん私にそれだけの力しかないからなのだ。

ゴルフを始めた当初は、本当に夢中だった。独身で、同世代のサラリーマンよりは、自由になる金もあり、さらに平日にプレイができるとあって、月に十回、コースにでるというのもざらだった。

ゴルフにこれだけいれこんだのには、理由がもうひとつあった。

物書きの仕事は、二十四時間営業である。オンとオフの境《さかい》がない。原稿を実際には書いていないときであっても、つづきのストーリーを頭の中でひねりまわしている。ひどいときは眠っていても、夢にそれがでてくる。

これはかなりしんどい。頭の中からきれいさっぱり仕事を追いだせないのだ。

ところが、ゴルフをやるとそれができる。丸一日、頭の中がゴルフのことしかなくなる、というよりは、空っぽになる。

私はもともと、リラックスするのが苦手な人間だ。別に始終、緊張しまくっているわけではないが、何もしていないときであっても、頭の中ではいつも何かしら考えている。

よく、ボーッとしている状態というが、はたからはそう見えていても、いやそう見えるときほど、けんめいに頭を動かしていることが多い。

だが人間には、このボーッとしている状態が必要なのだ。身も心も、スイッチを切ってぼんやりさせてやることは大切なのである。

その方法が長いこと、私にはわからなかった。


ボーッとする、スイッチを切る——結局、自分自身にめりはりをつける、ということだ。これができないと、いざというときに集中力を発揮できない。

いつもはりつめていれば、どこか体や心に変調をきたす。たとえ若く、体力があるとしても、疲れはたまってくる。いってみればガスのようなもので、初めは薄くモヤモヤとしたていどであっても、じょじょに濃くなってくると、体の芯《しん》に淀《よど》むようになってくる。

淀みは結局、頭の動きを鈍くし、スイッチの切りかえを遅らせる。

酒を飲んで発散する、という方法もある。

確かに仲間と飲んで大騒ぎするのは楽しい。が、そんな状況であっても仕事のことはなかなか頭を離れない。

私には親しい同業の友人が何人かいる。たとえば年輩では、生島治郎《いくしまじろう》氏、同期（年齢はちがうがデビューした時期が近い）では、船戸与一、逢坂剛、北方謙三、井上夢人《いのうえゆめひと》などの各氏である。これらの仲間と集まり、互いの悪口をいいあったり、業界の噂話をしあいながら飲む酒はすごくおいしい。

であっても、いや、だからこそか、仕事のことは頭を離れない。作家は、年齢や立場がいくら異なろうと、仲間であると同時にライバルである。

誰かがいい仕事をすれば、よくやったな、と認める反面、負けてたまるか、という闘志もおきてくる。当然、その闘志は我が身にふりかえってくる。ぼやぼやしちゃいられねえぞ、とか、よし今度も気合いを入れてやる、という思いだ。

この思いが結局、物書きとしての自分を前進させる。この仕事に、立ち止まるという状態はない。前へ進まなければ、周りに追いこされるわけで、それはすなわち後退と同じだ。

ペース配分を考えてもなお、この連続はしんどい。くそっくそっと自分を叱咤《しった》しても、やはり疲れる。

どっかでガスを抜きてぇなあ……つくづく思うことがある。

仕事のことを考えない時間、というのは、まさしくそのガス抜きにあたるわけだ。

では女はどうなのか。

女遊び――これはガス抜きにならないのか。

ならなくはない。だが、読者も心あたりがあるだろうが、女性といっしょにいる時間というのは、これはこれで別の種類の緊張がある。

女遊びというのは、ある種のハンティングである。真剣な恋愛関係であろうと、初めのうちは状況にかわりがない。

つまり、獲物を手中にするまでは、相手の心を逃さないよう、嫌われそうな言動をなるべく避け、逆にたぐりよせるための「演技」をしている。

俺は演技をしていない、あたしはしてないわ、という人もいるかもしれない。だが出会った最初からそうできる人はいるだろうか。

顔を見た瞬間から惹《ひ》かれそうだ、と直感した人間に対し、よく思われたい、というのは、人間の必然的な心理である。いいなあ、と思っている相手に、わざと嫌われるような言動をとる奴はいない。やるとすれば、よほどの子供か天邪鬼《あまのじゃく》だ。

もちろん何年ものつきあいを経て、〝自然体〟になることはある。そうなるのがふつうだ。だが、そうなると、〝ふつうの状態〟でのガス抜きは成立しない、ということになる。

つまり、相手によく思われたいと緊張しているあいだは、ガス抜きになるが、そうでなくなると、ガス抜きにならないのだ。

私は女性にもてたかった。今でも、もてたい。だから素敵だと思う女性の前では、どうしてもカッコをつける。「つけてねえよ」と乱暴な口をきくときもあるが、それはそれでつけているわけだ。だから、もてたとしてもそれは、緊張の結果なのである。

楽しいといえば楽しい。しかし、本質的な仕事からのガス抜きには役立っていない。

しかも、ひどくガスがたまっているときなど、女性に対してのスタンスを崩すことすらある。

この話を書くと、ガス抜きの話からやや遠まわりするな。

本当は、ゴルフと釣りが、今の私にとってどんなガス抜き効果があるか、という話をするつもりだったのだが、まあいい。

どうせこのエッセイは、より道、遠まわりの連続である。女も酒も仕事もゴルフも釣りも、みんなごちゃまぜで思いつくままに書いているようなものだ。

で、女に対するスタンスの話だ。これはおそらく一生の課題だろう。

女のことしか考えられない時期があった。

寝てもさめても、女を口説《くど》くこと、いいかえれば、新しい女と一発やることしか考えていない。十九、二十《はたち》の頃だ。その状態は、二、三年つづいた。

当然、つきあっている女の子の他にも、何人もの別の相手がいる。何人いても、それで満足はない。常に、次の新しい相手はいないかと物色している。

不思議なもので、自分がそういう状態でいると、必ず満更《まんざら》でもないような反応をかえしてくる女の子がいた。

いわばアンテナをあげ、電波を発信しているようなものだ。四方八方に電波を発信しながら、街に学校に、でかけていく。そうすると、派手めで遊んでそうな女の子の中に、必ず反応がある。

——キャッチしたよ、あんたの電波
そういう返事がかえってくるのだ。

もちろん、その段階でやれるというわけではない。そこではとりあえず、他の何十人何百人という有象無象《うぞうむぞう》の中から、互いを認知しあったというにすぎない。

先に進めるかどうかは、それからの会話や行動のとり方、つまりはハンティングのテクニックにかかってくる。

女とやりたくてたまらない頃、私はいつもそういうアンテナを立てていたと思う。

今でも同じような若者を何人も街で見る。

彼らが特別だとは思わない。健康な男性であれば、ある一時期は、実践的な性欲で頭がいっぱいになるのはふつうのことだ。むしろ、若いうちにそういう状況を経験しておいたほうがいい、とすらいえる。

さて、先にふったスタンスの話をする。スタンスというのは、いってみれば、女の子とのつきあい方のことだ。もし複数の女の子と同時につきあうとしても、A子、B子、C子とでは、それぞれにつきあい方がちがうのが自然である。

ここでは倫理的な問題にはふれない。複数の相手と同時進行するのが、よいか悪いかなんて話は意味がない。よい奴にはよいし、悪い奴には悪い。傷つける人間は、一対一でつきあっていても相手をボロボロに傷つける。

三人とのつきあいがあったとして、たとえば、本命、浮気、セックスフレンドなど、分け方にもいろいろあるが、これもまあ、あまり意味がない。

だがここでは仮りにA子を本命としよう。B子、C子は、〝遊び〟のつきあいだと、君が思っているとする。

たとえばA子には「愛してる」というが、B子、C子には、それをいわない。あるいは、B子、C子も、それぞれ他にもつきあっている男の子がいる〝気楽な関係〟だったとする。

スタンスとは、守りぬくべきものだ。これを守れないとき、男女の関係はまずややこしくなる。スタンスを守っていても、ときにややこしくなることはある。が、まず君がスタンスを守ることからすべては始まる。

スタンスが守れない、とはつまりこんなときだ。

君がある日、ひどく落ちこむようなできごとに遭遇したとする。

孤独を強く感じたり、自分の存在価値を世の中に対して見つけられなくなったりする。ひどく悲しく、あるいは情けなくて、とにかく誰かに、自分を認めてもらいたいと強く思う。

年に一度や二度、たとえいくつになろうと、そんな気分に襲われることはあるものだ。

その状況で、人は必ず自分にとっていちばん大切な人間のことを思う。この場合はA子だろう。

だが、たまたまA子と連絡がとれず、会うことはおろか、話すことすらできなかったとする。そして、B子がそばにいた。

B子が慰めてくれる。やさしさに心を打たれる。心のガードが下がり、パンチをくらいやすい状態だからだ。

君は思わず「愛してる」と口走ってしまう。本当に愛《いと》しくて口にしているのか、B子のやさしさにこたえたくて口にしているのか、判断はつかない。

君のスタンスは崩れる。B子に対し、口にすべきでない言葉を発したからだ。

当然のことだが、B子には決して責任はない。が、しかし、一度スタンスを崩した瞬間から、今まで安定しているかに見えた、君とA子、B子、C子との三通りの関係は微妙に狂いはじめる。

やがて君はC子にも「愛している」と平気で口にしている自分に気づく。

そして泥沼がやってくる。

泥沼が悪いとはいわない。君にとっては。

だが、不用意なひと言が、結局、全員に傷を負わせるできごとの始まりになる。

スタンスの話をもう少し書く。十代の終わり頃に女を知り、肉体関係を含めたつきあいを始めた私は、多分、その時点では決して、進んでいるほうでも遅れているほうでもない、一般的な若者――男の子だったと思う。

そして、自分がやりたいやりたいとしか考えられなかった頃、女にもやりたいときがある、というのを、理屈でなく理解することができなかった。

つまり言葉をかえれば、女は常に受け身だと思いこんでいた、ということだ。

俺はやりたい、だけどあの女はやらせてくれるだろうか――そんな考え方しかできなかったことになる。

彼女がやりたがってる、それにこたえて、やろうか――そう考えられるようになったのは、二十代の半ばをこえ、女性と暮らした経験を得てからだった。

男がやりたいように、女もやりたいのだ。生理でそれを理解するには時間がかかった。

さらにそれを一歩進める。

女のやりたい生理をわかっていない男は、常に自己中心的である。俺がやりたかった、そして女はやらせた――その関係は、男の中では、「あの女は俺に気がある。だからやらせたのさ」という結論になる。

しかし、女の生理が少しわかってくると、

「別に俺に気があったわけでもないのかもしれない。たまたまあのとき、彼女もやりたかったのかな」

ととらえられるようになる。

このちがいは大きい。よくあることだが、

「一回や二回やらせたからって、オトコになったような顔しないでよ」と女にいわれ、愕然《がくぜん》とする男がいる。そして挙句《あげく》に、「あの女は性悪《しょうわる》だ」とか「インランだ」とかいう。

これは考えちがいではないだろうか。

やりたいときにやる男は、性悪でもインランでもなくて、やりたいときにやる女がそうだなどといったら、性差別以外の何ものでもない。

「いや、女は自分からセックスなんて求めちゃいけないんだ」

もし、そう思っている男がいたら、そいつは一生、楽しいセックスには縁がない。自分が射精《だせ》ばそれでいいんだと考えているのなら、「陽のあたるオヤジ」になろうなんて期待しないことだ。

そして、そのあたりの生理が少しずつ理解できるようになると女の恐さもわかってくる。

恐さなんていうと、また性差別になるかもしれない。が、男と女の思考回路のちがいから、コワい状況は起きうる。女が男をコワいと感ずることもあるように、男も女をコワいと思うことはある。

そして状況はそれぞれ、ちがう。

私に関してはこうだ。

女を恐い、と思ったことはある。殺されるんじゃねえか、と感じたときもあるし、反対に、目の前で死なれるのじゃないか、とアセったこともある。だがどちらにせよ、原因は相手のものだけではない。こちらにも半分、あるいはそれ以上、あった。

――お世話になりました。アイツを殺してわたしも死にます

そう、四方八方に電話をかけられたこともある。あるいは、信号が赤の片側四車線の交差点にノ

ーブレーキでつっこまれそうになり、運転をしている女の子に、危ないよ、といったら、

——あなた死ぬの恐いの？　わたしは恐くないわ
と泣き笑いされたこともあった。

こんな話は自慢にならない。いきがかりだからどうしようもなくて書いている。今思っても、そのときの自分の、女の子とのつきあい方は、ダサかった、と思う。

だが同じ意味で、別れの修羅場《しゅらば》を経験したことがない、とうそぶく男も、ダサい奴だ、と私は思う。

ひょっとしたら死ぬほど苦しめていたかもしれないのに、女の子が耐え、許してくれたことで、修羅場を経験しなかったのだ。

要は、女の子の情けで苦しまずにすんでいるにすぎない。

以前、知りあいの知りあいに、こんな男の自慢話を聞いた。

その男には結婚を前提とした本命の彼女がいる。そして浮気の彼女もいる。本命の彼女は、国際線のキャビンアテンダントという職業があるため、なかなか彼氏に会えない。そこで、浮気の彼女を公認にしてくれているという。浮気の彼女は、せっせと彼のアパートに通い、世話を焼いている。それでも、結婚は期待していない（と、男はいっている）。自分は浮気相手でかまわないのだ、と。

その話を聞いたとき、そいつは馬鹿か、と私は思った。物事、そんなに甘い筈《はず》はないのだ。

無償の愛というのは、与えるものではあるかもしれないが、求めて、得られるものでは、絶対に、ない。

拳銃

アメリカで、若い留学生が撃たれ、死亡した。再び銃の規制問題が大きくなるだろう。

初めに書いておく。私はモデルガンマニアだった時期がある。今でも拳銃のもつメカニズムが好きだし、外国で機会があれば射撃をすることも多い。

また自分の作品にも銃を登場させることは多いし、ガンアクションに凝《こ》った映画などにも目がない。

アメリカの、銃規制に反対する人物が、

「人を殺すのは、銃ではなく、その銃をもった人間なのだ」

という意味の発言をしているのを聞いたことがある。その説を進めていけば、ナイフでも車でも、規制すべきだ。だから銃を目のカタキにするのはおかしい、となる。

だが車やナイフと根本的にちがうのは、銃の存在理由が殺傷にある、ということだ。車は移動、ナイフが料理や工作であるといった点に比べ、銃はあくまでも殺傷のためにしか存在しない。

また銃に関する認識も、土地土地でまったくちがう。

大学一年のとき、ひと夏をアメリカ中西部の田舎町でホームステイしたことがあった。

私の寄宿先は、元ハイウェイパトロールの警官で、現在は郡の保安官補をつとめているというおっさんの家だった。おっさんはマイクといい、夫婦で警察の射撃大会などに入賞した経歴をもっていた。

※注・1992年10月、ルイジアナ州バトンルージュで日本人留学生が射殺された事件のこと。

家にはずらりと拳銃のコレクションがあった。初めてそれを見たとき、私は興奮した。本物の拳銃を見るのは初めてだった。だが触れてはいけないだろうと思い、自分の気持を口にだせずにいた。

ある日、私は寄宿先の家族とともにキャンプにでかけた。帰り道、車の後部席でうとうとしていると、急に走っていた車が止まり、バックし始める。どうしたのかとふりかえると、山のドライブウェイを一匹の大きな蛇がくねくねと渡ろうとしていて、それをひき殺そうとしているのだ。

「あの蛇はとても危険だ、見つけたらすぐに殺さなければならない」

マイクはいった。その地域はガラガラ蛇の生息地なのである。

車でひくのに失敗したマイクは、降りたち、今度は石を投げ始めた。それを見て私は半分あきれた。別にこの場で被害があったわけではないのだ。だが、ここで殺しておかなければいつか被害者がでるかもしれない、とマイクの妻はいった。そして不安そうに夫の姿を見守っている。

フロンティア・スピリットとはこれなんだ、と私はそのとき思った。自分の身を自分で守るという考え方は、こうした予防行動にもあらわれている。マイクが保安官補であることとは関係なく、彼は危険の芽を摘《つ》みとろうとしているのだ。

私はしかし不安だった。ガラガラ蛇がもし反撃をしてきたらどうなるのだ。砂漠で立小便をしにいくときですら、

「気をつけな、嚙《か》まれたら三十分でアウトだよ」

とおどされていたのだ。

そこへ一台のキャンピングカーが通りかかった。運転していたのは、マイクの教え子で、現役のハイウェイパトロールだった。こちらも子供連れだ。状況をマイクの妻から聞いた彼は、すぐにキ

ヤンピングカーにとってかえした。そして、

「ヘイ！　マイク！」

一挺《ちょう》の拳銃をマイクにさしだした。三十八口径の短銃身リヴォルバーだった。

あ、あ、と私が思っているうちに、

「サンキュー」

マイクが受けとり、二発の銃声が轟《とどろ》いた。マイクはナイフを抜きだし、蛇の死体にかがみこんだ。教え子には拳銃を返し、私にガラガラ蛇の尾を切りとってもってきた。

「いい記念だ。お前にやるよ」

私は夢を見たような気分だった。目の前で本物の拳銃の発砲を経験したのだ。口が止まらなくなり、

「今の、三十八口径でしょ」

といった。マイクは驚いたようにふりかえった。

「アリ（私のニックネーム）、銃が好きなのか？」

「大好きなんだ」

すると、

「撃ってみたいか」

と訊かれ、私は夢中で頷《うなず》いた。

翌日、私はマイクに、警察の射撃訓練場に連れていかれた。もうひとり、十二歳になる、マイクの孫もいっしょだった。

マイクはいった。

「私の家にも、息子の家にも銃はたくさんある。子供は銃に興味をもつし、さわりたがる。だから私は早い機会に、子供に銃の扱い方を教えることにしている。それが事故を防ぐ、いちばんの方法だ」


こうして、私はマイクから、拳銃とライフル、双方の基本的な撃ち方を教わった。銃がたとえカラであっても、決して人に向けてはいけない、とか、装填《そうてん》した銃をもち歩くときは、用心鉄《がね》（ひき金のある部分）の内側には絶対、指を入れてはならない、と教えられた。しかし、こうしたマナーは一時的には身につくが、忘れかけているのも事実だ。

ガラガラ蛇の多い田舎町ということもあって、私の寄宿先に限らず、そのあたりでは拳銃を家庭においている家は多かった。

中には弾《たま》を抜いた実銃を、幼児のオモチャにさせている、とんでもない家もあった。車で五分も走れば砂漠なのだ。訓練場といっても、土のうを積み、チェーンを張った、砂漠の一角だった。

あるとき、私はマイクに訊ねた。

「これまでに人を撃ったことはある？」

「ない」

マイクは即座に首をふった。

「私は二十年以上ハイウェイパトロールに勤めていたが、実際に生き物を撃ったのは、馬の輸送車が事故を起こし、大怪我を負った馬を楽にさせてやるために射殺した一回だけだ」

「じゃ、なぜ今でも銃をもってるの？」

「ひとつはスポーツとして楽しむため。もうひとつは、自分と家族の命を守るためだ。この国の犯罪者はほとんどが銃をもっている。銃には、素手では決して対抗できない。だが逆に、相手がどんな大男で、こちらが弱い女性であったとしても、銃をもっていれば対等なのだ」

おそらくこの言葉に、銃規制の難しさが集約されているだろう。

アメリカで、もし当局が銃の規制をおこない、今の日本のように民間人の所持を一切禁止したとする。そうなれば、バトンルージュで起こった、一般人が一般人を犯罪者と誤認して射殺するという悲劇はおこらないだろう。

反面、日本でもそうであるように、犯罪者は違法と知っていても、銃を所持する。まわりがもっていないのに自分がもてば、その威力はたいへんなものがある。銃をもつ者は、生殺与奪《せいさつよだつ》の権利を周囲に対してもつに等しい。

一般人ばかりが非武装化され、犯罪者のみが武装すれば、犯罪はむしろ多発する可能性を招きかねない。

これが規制反対論者の拠《よ》りどころになっている。しかもすでに出まわっている何十万、何百万挺という銃をすべて回収するのは不可能に近く、たとえそうなっても、犯罪者はその気になれば、いくらでも周辺国からの密輸入が可能なのだ。

ここではっきりというが、私は拳銃が一般家庭に装備されている状態を決して健全とは思わない。最初に書いた通り、銃は、車やナイフとはちがう。銃がもつ存在意味は、生物の殺傷にしかない。

ガンアクションが好きで、そういう映画にわくわくする私だが、もし日本がアメリカと同じ状況になったとき、自分が銃をもち、家庭におくかどうか、正直いって悩むだろう。そしてもしもったら、果たして今のように、映画や小説のアクションシーンを、カッコいいと感じて楽しめるかどうか、自信がない。

銃の規制と犯罪の発生率は、ニワトリと卵のような関係である。銃の規制をおこなうには、まず犯罪の発生率が低下するのが不可欠な条件であり、また銃そのものが本当になくなれば、アメリカで今ほど殺人はおこらないだろう。

銃の規制に反対するアメリカの一般市民は、結局のところ、司法当局の能力を信じられないのだ。警察官が百パーセント、自分たちを守ってくれるとは思っていない。

たぶん、残念ながら今のアメリカではそれが真実だろう。

しかしだからといって、どこかで何かを始めようとしなければ、今の状況は永久にかわらない。

かつて銃器メーカーは、アメリカでも大きな産業のひとつで、そのグループの政界への影響力は大きかった。

冷戦構造が崩れた今、その力はじょじょに小さくなりつつあるかもしれない。

だとすれば、変革に向け、踏みだす、今がそのよいチャンスともいえる。

一九八六年、仕事でロサンゼルスを訪れ、ダウンタウンにいったときのことだ。アパートの各部屋のドアにべたべたと、同じシールが貼られていた。拳銃を握った人の手の絵が描かれ、「この部屋の住人は武装している」と記されていた。強盗、泥棒よけである。

こんな部屋の住人には、道を訊ねるわけにもいかない——そう思ったのを覚えている。

だが、銃が人の心を荒廃させている原因ではないことも、また事実なのだ。

釣り・その始まり

このところ、週末になると釣りにでかけている。釣りといっても大げさなものではなく、岸壁でサビキをたれたり、せいぜいがボート（あの、公園の池なんかによくある手こぎのあれだ）からの釣りだ。

私が釣りにはまったのは、五年くらい前からだ。それまでは、釣り人の心理というのが、どうしても理解できなかった。

特にゴルフを覚えた頃がそうだった。

もう十年も前になるだろうか。いっしょにゴルフを始めた、永久スクラッチ仲間のYと、毎週末のように、彼の所属するコースにでかけていたことがあった。そこは、千葉県の印旛沼《いんばぬま》の近くで、早朝車で通りかかると、岸辺に鈴なりになった釣り人を見かけた。

そのとき、私が思ったのは、

（世の中に、こんなにおもしろい遊びがあるってのに、釣りなんかやる奴の気が知れねえや）

という考えだった。

このことは今でも鮮明に覚えていて、そのとき、川にかかった橋の上から眺めた光景もはっきりと思いだせる。

それからわずか五年で、私は暇さえあれば釣りにいくことを考える人間にかわってしまった。

きっかけは、夏の堤防で見た、小アジ釣りだった。

私がよくいく、外房《そとぼう》の海では、夏になると、ジンタと呼ばれる小アジの群れが、漁港などのある湾内に回遊してくる。アジは目がよい魚なので、まっ昼間よりも夕方や夜のほうがよく釣れる。イワシのミンチやアミ（小さなエビのような甲殻類）の冷凍ブロックを水で溶き、びしゃびしゃの色つき水を堤防の上からまくと、匂いにつられて寄ってくる。それを、遊びのフナ釣りで使うような竹製の安いのべ竿《ざお》とトウガラシウキで釣るのである。

本格的な釣りというよりは、夕涼みを兼ねた暇つぶし、といった雰囲気で、見ていて楽しそうだった。

それまで釣りといえば、小さな頃、父親にフナ釣りに連れていかれたくらいの経験しかない。が、それほど難しくもなさそうに見えた。

実際問題、やってみると、釣果《ちょうか》を優先するならそれなりの努力が必要だが、せいぜい四〜五匹を楽しんで釣ろうと思うなら、誰にでもできる釣りだった。

ビーチサンダルで堤防のへりに腰かけて、仕掛けをふりこむ。群れがまわってくるまでは、並んでいるいくつものウキはぴくりともしない。それが、まわってきたとたんに、みごとに水中に沈んでいく。夜釣りには、リチウム電池をしこんだ赤い豆電球の入ったウキを使う。その赤い光が、暗い水面に消しこまれると、ぼんやりとにじんで、なんとも気持がいい。

細い竹竿をしならせて、海面を割り、魚があがってくる。

アジは、魚をあまり食べないような人間にとってもポピュラーな魚である。魚屋の店先で見たことのない人はいないだろう。私もどうようで、アジの開きは好物のひとつだった。

そして、初めてそのアジを自分の手で釣ったとき、いいようのない感動があった。

感動、と書くと、何を大げさな、と思うかもしれない。だが聞いてほしい。

ふだん、東京で暮らしていて、自分の食料を自分の手で確保する、という経験がない人間は多い。

たとえば私は料理が好きだ。豪華なものはあまり作れないが、煮物やちょっとした炒《いた》め物の類《たぐい》なら自信はある。夏になると、二十人ぶんの食事を、朝晩、作っている。しかし、その材料は、すべてお金で買ってきたものだ。自らの手で、自然から得たものではない。

初めてアジを釣ったとき、それが見たこともない魚ではなく、自分も名前を知っていて、しかもこれまでに何度も食べたことのある魚であったことは、私を本当に嬉しくさせた。

これは食料でありながら、お金をだして買ったのではなく、この手で自然からぶんどったのだ——そう思うと、なんともいえず、自分が誇らしくすら感じられた。

田舎で、特に海の近くで育った人には、何をそんなことに驚いているのだ、と思えるかもしれない。しかし、その人が都会暮らしをしているなら、今はそんな機会がないはずだ。

自分で自然からふんだくってきた食物を、自分や友人、恋人に食わせる喜び、これはもう、原始的な狩猟本能にすらつながるものがある。

この経験は、私をかえた。アジ一匹が、私を釣りにひきずりこんだのだ。

アジで釣りのおもしろさを覚えたものの、しばらくのあいだ、私はそれ以外の釣りには手をださなかった。

海辺で釣れる魚はたくさんある。しかし、釣る魚種を増やそうと思えば、のべ竿ではなく、リール竿がどうしても必要だった。私の周りに、釣りを趣味にしている人は、当時いなかった。

ひとりだけ、ゴルフの好敵手で、「ナカさん」という人がいた。この人は、ゴルフよりも、むしろ本業が漁師ではないかと思えるくらい、本格的な釣り人で、しかも狙うのは、タイやヒラマサ、カツオといった、船釣りの大物が専門だった。自分でもクルーザーをもっていて、船中泊を含んだ遠征にでていく。

「ナカさん」とは、二十代の初め、六本木のクラブで知りあった。

酒を一滴も飲まないくせに、毎夜のようにクラブに足を運んでくる、派手な格好のオヤジがいる。年のわりに背も高くて、カッコがいいのだ。といって、気どってる感じではなく、女の子に、

「オメエ、一発やらせろよ」

などと、冗談とも本気ともつかない調子で迫っていた。

あのオヤジは何者だ――そう思っていた。とうていカタギのサラリーマンには見えない。といって、やくざという雰囲気でもない。

実際、その店には、某広域暴力団の六本木事務局長もきていて、「ナカさん」は、彼やそのとり巻きにも一目《いちもく》おかれている印象があった。

私は私で、二十四、五のくせに、連夜のようにそのクラブに通っていた。当時、六ヵ国の血をひく女の子とつきあっていて、元モデルのその子が、年がいって売れなくなったため、その店で働いていたからだ。

互いに始終、顔をあわす。「ナカさん」は、私をスネかじりのボンボンだと思ったようだ。

中国の大連《だいれん》で生まれ、戦後ひきあげてきて、さまざまな仕事につき、小さな会社のオーナーとな

った「ナカさん」から見ると、私は人の金で遊んでいるお気楽な坊ちゃんにうつっていたのだ。ある日、「ナカさん」は、店の子に私のことを訊ね、それで私がスネかじりでないと知った。それならつきあってみよう、と思ったのだという。

「ナカさん」は、私より十五も年上だが、同じ時期にゴルフを始めた。

酒を一滴も飲まずに銀座をハシゴし、六本木で朝まで遊んで、一睡もせずゴルフ場に現れる。そして朝イチのティーショットを二八〇ヤードは軽々とかっ飛ばすのである。

とんでもないオヤジである。

話していて、その経験や遊びにつぎこむ自己投資は、本物だ、と私は思っていた。

世の中には、遊びはいろいろやった、とうそぶく人間はたくさんいる。ゴルフ？　釣り？　女？　バクチ？　みんなやったよ……こともなげにいう奴だ。だが、そのどれひとつでも、本当に自分のお金と時間を投資した人間は、うまい下手を別にして、必ず、ある種の〝遊びの哲学〟をもっている。それが感じられない人間は、どれほど自分が遊んだ経験を吹聴《ふいちょう》しようと、私は信用しない。

「ナカさん」の、特に釣りは、本物だった。何回か、私は「ナカさん」の船釣りに誘われ、同行した。魚を海上で締める、「血抜き」ひとつとっても、「ナカさん」はその辺の船頭よりはるかに手際《てぎわ》がいい。そしてあたり前のことだが、釣った魚は必ず自分の手で料理する。この「ナカさん」の影響かもしれないが、私は、自分の手で魚をおろさない人間には、釣り人の資格はない、と思う。もちろん、料理の技量がそれに伴わなければ、頭《こうべ》を垂《た》れ、教えてもらうのはいい。が、できるのにやらない、という人間は、遊びだけで魚を殺しているのと同じだ。

外道《げどう》が釣れると、堤防に放置したりして殺してしまう釣り人がいる。卑《いや》しい、としかいいようのない行為だ。どんな仕事をしていて、どれほど尊敬されている人間だろうと、クズのような奴だな、と私は思う。

この「ナカさん」からは、船釣りを勧められた。だが、船釣り自体を嫌いではないものの、もうひとつ、私は心が動かなかった。

船酔いが恐かったのではない。いくどかの船釣りの経験では、軽い酔いを感じたことはあっても、吐くほどはなかったからだ。

それよりもむしろ、好きなときに好きな場所で釣る自由がない、というほうが苦痛だった。堤防からなら、釣れる釣れないは別にして、釣りたいときに竿をだすことができる。地磯《じいそ》でも同じだ。だが船に乗ってとなると、時間にも海域にも制約が生じてくる。

したがって、船釣りに向かわなかった私には、釣りを手ほどきしてくれる人間はいなかった。

私は活字人間である。寝るときも、トイレに入るときも、手もとに活字がないと落ちつかない。当然、釣りを始めてからは、釣りの本や雑誌を読むことが多くなった。

そこでは、釣りのクラブというものがあって、初心者でもていねいな指導が受けられると書かれていた。

釣りクラブに入ろうか、私は考えたこともあった。が、集団行動の苦手な私は、きっと生意気でつきあいにくい若造と思われるだろう。さらにそこでは、船釣りと同じように時間や場所が制限される。

その上、釣り雑誌に寄稿している、ベテランの釣り師の文を読み、

「釣りにも、釣り道というものがある」

などと書かれてあるのを見ると、もう駄目だった。

柔道、剣道、茶道、華道、古来からある、そうした技《わざ》の道を、私は否定はしない。だが何もかもを、「何とか道《どう》」といって、やたらに難しいだの、道のりが遠いだのいう人間は苦手である。

どんなことでも、それは初心者とベテランでは差がつく。しかし、ベテランがわかった気になって、たかが遊びの奥義《おうぎ》を極めることで人生の師匠ヅラをされてはかなわない。

もちろん、人生の師匠と仰ぎたくなるような、すばらしい釣り師もいるだろう。が、もしそうなら、そういう人は、釣りを「釣り道」などとはいわない筈《はず》だ、と私は思う。

本物の名人上手は、自分がやっていることを、ことさらに難しくいったりはしないものだ。それではただの自慢とかわりない。

釣りたい、でも釣れるようになるために、「釣り道」とやらを押しつけられるのはごめんだった。

あとは、釣りの手引き書だけが頼りだった。正直いって、釣り具屋さんというのは、常連やベテランには親切だが、ビギナーにこと細かく教えてくれるところは少ない。

まあ、だいたいが釣り人が仕掛けやエサを買いに訪れる時間帯は決まっているため、忙しい最中にゆっくり相手をしていられない、という事情もある。

釣りの本や雑誌に、堤防から釣れる魚で、人気があるものの代表に「クロダイ」という名があった。マダイと同じタイ科の魚で、写真で見ると姿形もいい。しかも、好奇心が強いわりに神経質で、なかなか釣れない、とある。

この、なかなか釣れない、というのが曲者《くせもの》なのだ。

釣り人というのは、いざ自分が竿をだすまでは、やたらに楽天的である。人には釣れなくても、自分には釣れるだろう——どこかそう思っている。

また実際、一つの堤防に、鈴なりになった釣り人がいて、そのほとんど全員が丸ボウズでも、必ず誰かしら、「おおっ」という魚を一匹くらい釣っていたりするものなのだ。

もちろん、自分がその誰かしらになる確率は限りなく低いのだが、釣りにでかけなければ、ゼロでしかないわけで、かえり討ちを覚悟ででかけていく。

クロダイを釣りたい、と思った私は、リールと竿、ウキその他を、せっせと釣り具屋で買いそろえた。外房に通って、顔なじみの店もできた。

釣り具屋も、やがて、

「今日はあそこであがるんじゃないですか」

と教えてくれるようになった。

釣り具屋さんにも、ふた通りのタイプがある。楽観派と悲観派だ。

「きのうあそこですごくあがってたから、いってごらんなさい。きっと釣れますよ！」

「ようし！　釣るぞぉ」

となる店と、

「きのうは釣れてたけどねぇ、ま、釣り人もちがうし、やってみなきゃわかんないね……」

「そっか……。じゃ、まあ、駄目もとでやるか」

となる店だ。行きは楽観派がいいのだが、やってみて釣れないとなると、文句をいいたくなる。

もちろん釣れないのは、釣り具屋のせいではない。ただ、釣れる釣れる、といわれると、つい、話がちがうじゃねーか、といいたくなるものだ。

クロダイを釣ってみたい、そう思って、釣れないまま、二年が過ぎた。雑誌には、釣果として、ばんばんクロダイの写真が載っている。しまいに私は、疑いを抱き始めた。

ばんばんなんて嘘じゃないの？　釣果のこの写真、十年くらい前に一匹だけ釣れたものの写真をずっと使いまわしてるのじゃないか？

実際、その頃でかけていった堤防では、周囲の釣り人ですら、クロダイを釣った姿を見たことがなかった。


この原稿を、私は今、千葉県の勝浦で書いている。外は雨だ。きのうの夕方から降り始めたのが、十一時頃から強くなった。

釣りを始めてよかった、と思うことのひとつに、天候に対して敏感になったというのがある。単に晴れや雨を気にするということではない。風向きやその強さに対し、神経を配るようになった。たとえば外房では、南風が吹くと海水温が下がり、水が濁る。反対に北風が吹くと海水温が上がって水が澄む。

ちょっと考えると、暖かな南風が吹きこんで水温が下がり、冷たい北風で上がるというのは奇妙なようだが、実際そうなのだ。

魚は水温が下がると口を使わなくなる。つまりエサを食わなくなるということで、釣れにくくなる。

ところがクロダイのように警戒心の強い魚は、水があんまり澄んでいるとなかなか釣れてくれない。濁《にご》りがあったほうが食いがよいのだ。

とすると、いつがよいのか。

南風が吹き、海がシケて濁りが入り、そのあと北風が吹いて水温が上昇に転じたとき、ということになる。これに潮の動きの大きい日が重なれば、条件としては最高だ。あとは釣り人の腕しだい、というわけだ。

潮の動きとは、月の満ち欠けにともなう、干潮満潮の水位の差である。当然、満月と新月がいちばんその差は大きい。

釣りを始めたとき、こうしたことがまるでわからず、やたらに海にでていっては、ボウズの憂《う》き目をくらった。上手な釣り人というのは、やはり釣れる条件の日をなるべく選んで釣行《ちょうこう》しているのだろう。

とはいえ、条件がよくても、仕事でどうしても動けない日もあるし、最悪であっても釣りにいける日なら、やってしまう、というのが釣り人のアホらしくもかわいい点だ。

天候が重要な鍵になる、ということでは、山登りもそれにあたる。こちらのほうも、雲の位置、動き方などで今後の天候の変化を予測するようだ。

釣りは――特に堤防などでは――天候が裏目にでても、せいぜいボウズをくらうだけだが、登山だと命にかかわる。

たぶん山登りをする人も、釣りをする人とどうよう、都会にいても、気圧配置や風向きなどの天候の変化が気になるのではないだろうか。

釣りにいくなどの〝下心〟をもっていると天気予報というのはとにかく気になるものだ。外れることは少なくなったが、情報量が多いため刻々と変化するし、そう思って見ているとなかなかスリリングな番組である。

ところで、このページの担当であった『週刊プレイボーイ』編集部のN村とカメラマンの塔下氏とは、つきあってもらって二度ほど釣りにいった。

釣りにはやはり才能というのがあるらしい。塔下氏は、勝浦に同行してもらってその日の夜にでた釣りで、いきなりメバルを五尾かけ、私は驚いた。一方、私はクロダイに挑戦し、あえなく玉砕。次に観音崎《かんのんざき》のボート釣りにでたときは、塔下氏はカレイを一尾、メゴチを無数、そしてきわめつきは五十センチ近いクロダイをかけ、これは仕掛けがちがうのであるていどしかたがないが、ハリス切れでバラした。

今まで担当編集者や友人が釣りをやってみたいというので、いっしょにいったことがいくどもあるが、これほど高確率で釣果をあげた人物はいない。

この本の初めで登場した、〝乳首の黒い〟N君など、数知れず私と釣行しているが、なぜかいつも、悪い日にあたる。悪い日、というのは、釣り人にはおなじみの、

——きのうまでは釣れてたんだけどねえ

や、

——今日は魚より釣り人の方が多いやね

というセリフを聞く日だ。

ハワイにいったとき、地元の人間が釣りをするポイントがあるというので、連れていってもらった。磯よりの公園のような場所で、ずらりと竿がならんでいる。日本でいうブッコミ釣りのような、

投げ釣りの一種だ。

バケツがあると必ずのぞきこむのも釣り人の習性である。で、ひとりひとりのバケツをのぞいてみた。

魚が入っていたのはひとつだけ。それも大きめのキスのような魚が一匹だけだ。

「釣れますか」

と訊くと、

「人間の方が魚より多いようだ」

と返事がかえってきたのには笑ってしまった。皆んな同じなのだ。

私の勘では、近々、塔下氏は釣りにはまる。教えこもうと、手ぐすねひいている、集英社のベテランカメラマンもいるらしい。

でも一応、〝筆おろし〟したのは俺だからな、といばっておこう。

初秋のユーウツ

二週間の夏休みが終わった。その間、私はずっと勝浦にいた。一日平均十五人（子供も含めて）の朝と晩の食事をずっと作りつづけていた。泳いだのは二回、ゴルフを三日プレイし、釣りには十度以上でかけた。

過去最低の夏休みだった。理由はこの冷夏だ。

通常、夏休みのあいだは、ゴルフをする日をのぞけば、ほぼ毎日、海かプールにでかけている。

それが、天候不順のため、ごろごろとして時間を潰《つぶ》すという日が十日近くあった。釣りにでるのは、たいてい、子供連れでも安全な足場のよい堤防で、夕方のいっときの小アジ狙いである。のべ竿をもたせてやり、電気ウキをセットする。陽が沈み、あたりが薄暗くなってくる一瞬、体長十センチ前後の、「ジンタ」と呼ばれる小アジが入れ喰いになる——のが、この時期のふつうである。

しかし冷夏は、海の中にまで奇妙な影響をおよぼしているらしく、今年はやけにムラがある。

どこそこの港内できのうは一束《いっそく》（百匹）釣れた、という情報を仕入れ、翌日駆けつけると、四時間あまりでわずか三匹しか釣れなかったりする。

もちろんガイド役の私がヘボなせいもあるのだろうが、これでは子供たちも飽きてしまう。

自分で釣った魚を、おいしいといって食べる夏をぜひ体験してもらいたいと願ったのだが、そうもいかなかった。

毎日、天気予報を見ては、ため息をつくことが多かった。気圧図によれば、要するに梅雨は結局、明けておらず、前線が日本列島上に停滞する格好になっている。

だらだらと二週間が終わり、東京に戻ってきた。相手が天気では、愚痴《ぐち》もこぼしようがない。

戻ってくると、この時期、夏休みの宿題にも似た、仕事の山が待っている。九月からは、週刊誌と月刊小説誌で、新しい連載が二本スタートするし、その進行をにらみながら、現在連載中の週刊誌の作品を早めに書きあげてしまわなければならない。

一日の休みもない状況が半月以上つづく。

二週間も休みをとったのだからいいだろう、といわれればその通りだ。楽しみも苦しみも人より多い。さしひきすれば、プラスマイナスゼロ、そんなところだろう。

いったい何のためにそんなに仕事をしているのか、正直いって、私も考えるときがある。俺はいったい何のために働いているのだろう、と。

まず第一番は金のため、か。しかしどんなに多く仕事をして、何千万、億と稼いでも、しょせん人ひとりが、右手一本とペンで生みだす金だ。稼げば稼ぐぶんだけ、税金は重くなる。ぶっちゃけた話、一万円稼げば、六千円は税金である。したがって、一万円ではなく、七千円くらいでも、手取りはさほどはかわらなかったりする。仕事の量は三分の二くらいでいい。

正直、これでもずいぶん仕事を断わっている。フリーの人間にとって、仕事を断わるというのは、勇気のいることなのだ。

「あ、そう。じゃいいよ、次から仕事頼まないから」

口にだしていわないまでも、心の中でそう考える者がいるかもしれない。

この仕事はたいてい納期（締切）が決まっている。そのために、納期がいくつも重なれば、物理的に不可能という事態が生じるわけだ。しかし注文する側も必死である。少しの枚数だから、とか、締切を二日遅らすから、といってくる。相手の厳しい立場もわかる。だが、そういった譲歩に応じれば、こちらも限界があってないことになってしまう。限界は、どこかで決めねばならない。

この場合、決めるのは私だ。

無理すれば書ける。だから無理をする。無理をつづける。頭と体ががたがたになる。作品がイモになる。

――あいつも駄目になってきたな
読者が離れていく。その責任を、無理を要求した編集者に求めることはできない。

私が悪いのだ。

人から何かを命じられ、仕事をする、というのは、命じた人間に責任の一端がある。仕事のできが悪ければ、命じた人間も責められるし、うまくいけば、命じた人間の手柄にもなる。

フリーにはそれがない。よくても悪くても、すべて自分だ。とりあえず籍をおくことで、給料という金を与えてくれる、〝会社〟はない。

働いたぶんだけしか、金は入ってこない。

なぜこんな話を書いたのか。

つまりは自分にいい聞かせているわけだ。これから突入していく地獄に、我《われ》と我《わ》が身に覚悟させるため。

でも、フリーになりたいと思う読者は多いだろうな。

ヌカミソを漬けていた

今回は料理の話を書く。読者の中には、ひとり暮らしをしている人が少なくない筈《はず》だ。

自炊、という奴を私が経験したのは大学一年のときだった。だいたい、高校を卒業したあたりで、ひとり暮らしをするようになると、いやがおうでも自炊をせざるをえなくなる。

私は料理を作るのは好きだ。洗い物も好きではないが、作りっぱなしでおくことがもっと好きではないので、やる。

自炊をするのは、たいていふたつの理由による。ひとつめは経済的なもので、学生時代、仕送りが底をついてくると、外食より安く、しかも量が食べられるからと、飯を炊《た》き、ありあわせのオカズを用意する。

ふたつめは、もう少し凝《こ》ったもので、経済的な理由での自炊から一歩進んだ段階ともいえる。あの味を食べたいとか、食べさせてやりたい、といった理由で始めるものだ。田舎のお袋の味だとか、東京では食べられない郷土料理の味だとかを狙ってこしらえる。こうなると、立派な料理である。

私は料理を好きだ、と書いたが、フランス料理や中国料理のような本格的なものは作れない。ポークチョップやチャーハン、鍋物など、家庭料理に毛が生えたか生えないていどのものだ。肉じゃがだって芋《いも》の煮っころがしだって、私にいわせれば立派な料理である。

今どき、「男が料理なんて」などという、とんでもないタコはいないと思う。面倒くさいからやらない、というのならまだわかる。だが、「料理は女のやることであって、男はやるべきでない」なんて考えているとすれば、君はまあ、それほど女の子にはもてることはないだろう。

女をたらすための料理だってあるのだ。

学生時代のある一時期、私は自分でヌカミソを漬《つ》けていた。ヌカ漬けが昔から好きで、スーパーなどで売っている品の味ではどうしても満足できずに始めたのだ。

ヌカミソは、最低、朝と晩の二回は、かき混ぜてやらなければならない。これを怠《おこた》ると嫌気性菌という奴が繁殖し、悪臭が生じたり味が悪くなったりする。

女の子たちと夜遊んでいて、ぱっと腕時計を見る。

「あ、いけね。そろそろ帰ってヌカミソかき混ぜなきゃ」

そういうと、私が親元にいないのを知っているから、たいていの子がぶっとんだ。

「嘘！　ヌカミソなんて漬けてるの!?」

「うん。好物だからな。古漬けにショウガ刻んで、茶漬けにすると最高でさ」

「食べたーい」

「食べにくる？」

食べていただいたあとは、食べさせていただく。趣味と実益がみごとに一致していた。

料理は、人間の口に入るもので、食欲という本能に直結している。つまり、性欲というもうひとつの本能と、きわめて近いところにある。

概して、料理を嫌わない男は、女にもてる。料理を含め家庭的なことはいっさいやらない、という男ほど、外でもたいした仕事をしていない。

ただ、料理というのは、仕込みや買いだしも含めると、それなりに時間がかかる。だから社会人になると、なかなか毎日は難しくなる。しかも慣れていないと、それだけ余分に時間を食う。したがって時間のある学生時代に始めておくべきだ。試行錯誤もそれなりに楽しいし、売っているものを材料にする限りは腹痛をおこすこともめったにない。

男女の関係において、古い考え方だと、まだ料理は女性の領域ということになっている。もちろん料理の得意な女性はそれだけで素敵だ。が、それを逆手《さかて》にとれば、男で料理ができるというのは、女性に対するアドバンテージになる。

いい車に乗っている、とか、高級な食事を奢《おご》る、などというアドバンテージよりは、確かに速効性には欠けるかもしれない。しかし、何かのプラスアルファとして、料理があれば、これは絶対、役に立つ。もしバイトなどで、小料理屋や喫茶店といった、そうした勉強をできる場に勤めるチャンスがあれば、ぜひやってみるべきだ。

車やファッションは、いわば外側の魅力で、誰にでも身につけられるものだ。しかし料理は、一度覚えてしまえば、一生自分のものだ。たった一種類でもいい。これは得意だ、という料理があれば、それで一回は女の子が口説《くど》ける。

さらにいえば、料理のできる男を馬鹿にする男はいても、料理のできる男を馬鹿にする女はいない。馬鹿にする奴の前では、料理の話などしなければよいのだ。

何もいわなかった奴が、実はできる、とわかったとき、人間的な魅力はぐっと増すぜ。

陽のあたるジジイに脱帽

勝浦から東京に戻ってきて、ダンボール箱に詰めこんでいった仕事道具や原稿の束《たば》をだしていたら、中に一枚枯れ葉が入っていた。

どうやら六本木の駐車場から仕事場までこのダンボール箱を運んでくる途中に舞いこんだようだ。先日もテレビでアナウンサーがいっているのを聞いて、そういえばと思ったのだが、十二月に入ってもなお、落ち葉が舞っているというのは珍しいらしい。

十一月中に本来なら葉をすっかり落としている筈《はず》の落葉樹が、今年はまだずいぶん枯れ葉を枝に残している。つまりそれだけ冬の入りが遅れているのだ。

仕事場にあがって、窓から六本木の街を見おろして気がついた。六本木七丁目の細い路地にあった大きな桜の木が消えている。どうやら再開発のためそこにあったアパートが壊され、敷地をすべてさら地にされてしまったようだ。桜は、アパートの庭に植わっていたものだ。

同じように、仕事場のあるマンションのすぐ真下にあった空き地も再開発が始まっている。地面を掘ったり、コンクリートをはがしたりする音が、八階にまでよく響いてくる。

あちこちでこうした工事が始まっているのを見ると、どうやら少し景気が回復しているというのは本当かもしれない、と思う。

そのせいかどうか、新しい大型ディスコもオープンした。

正直いって、もうあまり興味はない。チェックしておこう、とか、とりあえず見ておかなければ、という義務感のようなものを感じないのだ。

「卒業」という言葉すら虚《むな》しいような……オヤジだね。

ところが先日、行きつけの六本木のクラブで偶然、七十一歳になる、家族ぐるみのつきあいをしている某氏のお父上とばったり会った。今風《ふう》のダブルのスーツを着て、にこやかに、

「やあやあ、いつ会えるかと思って楽しみにしていたんだよ」

と私の手を握りしめる。

この、我が家では「パパさん」と呼んでいる紳士と、私はゴルフをごいっしょさせて頂いていた。二年前に長年連れ添った奥様を亡くされ、その後なかなかお会いする機会がなくて、どうしていらっしゃるのかと思っていたのだ。

大正十二年生まれ、昭和を「遊び」に徹して生きてこられた人だ。私と仲のいい、その方の息子さんは、今年四十八歳になる。

夏に彼と食事をしていて、

「どうも近ごろうちの親父が、六本木のクラブによくいってるらしい」

とは聞いていた。さらにいろいろ聞くと、いくようになったきっかけは、神楽坂《かぐらざか》のディスコで知りあった女の子が、そのクラブでアルバイトのホステスをしているからだという。それを聞いて、よもやと思ってはいた。

パパさんがガールフレンドにした子は、私もときおり話す子で、ナンパしたの」

「ひとりでディスコにきている、かっこいいお爺さんがいて、ナンパしたの」

というではないか。確かにパパさんはロマンスグレイで、お洒落《しやれ》にも年季が入っている。その筈《はず》で、ある昭和を代表する文豪の御子息なのである。

まさかパパさんと行きつけのクラブが、それも六本木のが、重なるとは思わず、私は驚いた。パパさんはにこにこと笑い、

「遊んでますか？　いっぱい遊ばなけりゃ駄目よ」

と片目をつぶる。

そしてオープンしたばかりの六本木のディスコにも、すでに何回か足を運んでいるという。

「いやいや、踊ると翌日は太腿《ふともも》が張っちゃって……」

それを聞いて、参ったと思った。

ナンパした女の子も、別にこづかいをせびろうとか思ったわけではないことも、私にはわかった。パパさんはお酒をほとんど飲まない。だが銀座で五十年、六本木で三十年、遊んでいる。かつては欧州車の名車をさんざん乗りまわし、今は国産のファミリーカーがいちばんだという。

「ときどき寂しくてね」

名刺入れには、亡くなられた奥様の写真が入っている。

そこには親友のYと前にここで書いた私の釣りの師匠「ナカさん」もいた。たまたま彼らもその店をいきつけにしているのだ。

「これが本当の陽のあたるオヤジか……」

「陽のあたるジジイだよ」

「長生きしなけりゃな――」

私たちは顔を見あわせた。パパさんはその夜の話題をさらい、いちばんホステスたちにもてて、さっと店をでていった。

「今夜もこれからいくのよ、あのディスコに」と。

野沢菜がバクハツした

バレンタインのシーズンだ。世の中がチョコレートで騒がしくなったのはいつ頃からだろう。私の大学時代――二十年前（いやんなるね）は、それほどチョコレート、チョコレートということはなかったような気がする。

女性からものをもらうのが、あまり得意ではない。チョコレートにせよ、それ以外のものにせよ、何となく負担をかけたような気がして落ちつかない。だからバレンタインデイであっても、むしろ人前にでるのがかえって億劫《おっくう》になったりする。

世間には「プレゼント魔」と呼ばれる人がいて、男女を問わずやたらに贈り物をしたがったりする。こういう人が身近にいると気が重い。

もらいっぱなしでは何となく気がひける。とはいえ、お返しをするにしても、何を選ぶか考えなければならないし、そこまでしないとしたら今度は礼状の一枚も書かなければならない。これがまた億劫である。

まあ、バレンタインのチョコレートくらいなら、礼状ほどのこともあるまい、とも思う。ホワイトデイに何かを返したなどということもまるでない。

正直いえば、甘いもの嫌いではないが、チョコレートばかりそうそうもらっても、どうしようもない。手作りだったりすると、捨てるわけにもいかず、とりあえず冷蔵庫にしまいこみ、それきりほったらかしということになってしまう。

ずいぶん前、独身時代のことだ。ある日つきあっていた女性が私の部屋を訪ねて冷蔵庫の中を見た。もらいもののチョコレートが七〜八枚入っていたろうか。食べる気にもなれず、おいておいたものだ。ちなみにその女性は自分が甘いもの嫌いのせいで、私にチョコレートは贈らなかった。

——これもう、食べないんでしょ。捨てるわよ

有無《うむ》をいわせぬ口調でいうなり、さっさと処分されてしまったことがある。

それを後日、大先輩の生島治郎さんたちと麻雀《マージャン》をしているときにぼやいた。すると生島さんがいった。

「お前ね、チョコレートが、七つも八つもあったからそれですんだんだぜ。もし一コだけ大切そうにしまってあったら、そんな穏やかなことじゃすまなかったのじゃないか」

なるほど、と私は思った。確かにその通りだ。ひとつだけしかなくて、ましてそれが手作りででもあったひにには、血の雨が降ったかもしれない。

ところで、今度は別の品で女の子からもらったもののことを思いだした。それは「野沢菜《のざわな》」である。

この時期、スキーにでかける人がお土産にくれるものの代表が野沢菜だ。あるとき、仲良くしていた女の子がスキーのお土産に野沢菜をくれたことがある。ビニール袋に入り、発泡スチロールの箱に入った、よくある品だ。その頃私には、本命の彼女がいて（前述の彼女とはまた別）、その子は大学のスキー部に入っていた。冬になると合宿でスキー場にでかけていく。

野沢菜を仲良くしていた子からもらった翌日、本命の彼女から電話があった。合宿が終わったので東京に戻ってきたが、お土産があるから寄る、という。

私はぴんときた。野沢菜にちがいない。

ちなみに、私はスキー、スケートなどのウインタースポーツは一切やらない。

本命の彼女が現れる直前、冷蔵庫から前日もらった野沢菜をだしキッチンの棚の中に隠した。スキーをやらない私の冷蔵庫になぜスキー場土産の野沢菜があるのか、追及をうけるのはまちがいないと思ったからだ。

案の定、本命の彼女のお土産も野沢菜だった。

――冷蔵庫、入れとくね

彼女は私の部屋に着くなりキッチンにいき、よかったと私は胸をなでおろしたものだった。

ところが、この話には後日談がある。私は最初にもらった野沢菜のことをすっかり忘れてしまったのだ。当時の私の部屋にはスチーム暖房が入っていて、真冬でもTシャツ一枚でいられるほどあたたかかった。そして一週間もたった頃だろうか。

深夜私は、キッチンで起こった、ゴロゴロドスン！　という音にとびおきた。ひとり暮らしである。ネズミでもでたのだろうか、いやそれにしても音が大きすぎる。

おっかなびっくり、キッチンをのぞいた。そして唖然とした。キッチンの棚が開き、床に野沢菜の箱が落ちている。発泡スチロールの蓋《ふた》をおしあげて、なんと風船のようにぱんぱんにふくれあがった野沢菜の袋が転げでているではないか。あたたかさに発酵し、ガスを噴きだしたのだ。袋は今にも破裂しそうなほどふくらんでいた。

ひとりで大笑いし、それからふと、不気味な気分になったことだった。

自動車事故と自動車学校

一泊二日で、福島の北、松川浦《まつかわうら》というところまで車を走らせて帰ってきた。釣りをしたくていったのだが、二日間とも土砂降りの雨で、結局は、いって帰っただけになってしまった。ちょうどそのドライブのあいだに、この秋、一回めの車検を通した車が、五万キロの走行距離を超えた。往復で六百キロ以上を走った。

三年で五万キロというのは、仕事では乗ることのない社会人としては、まあまあ走っているほうだろう。

免許をとって十五年ほどたつが、事故らしい事故もなく、駐禁以外の違反もこれまでにはなかった。

　車の運転がうまいか下手か、というのは、十代の終わりから二十代の初めにかけては、男の子のあいだではかなり重要な問題になる。

　私が免許をとったのは、二十《はたち》を過ぎ、数年たってからだったので、むしろそれほどうまい下手にこだわることはなかった。

　うまいところを見せようとして、事故を起こしたのではどうしようもない、と思っていたのだ。

　それには理由がある。

　私は二十のとき、友だちの運転する車に乗っていて、かなり大きな事故にあった。場所は第三京《けい》浜《ひん》の下り車線で、時間は金曜の深夜だった。

　横浜においしいホットドッグを食べさせるスタンドがあり、十二時過ぎまで東京でビリヤードをやっていた私たちは、そこへいこうと飛ばしていたのだ。

　季節はちょうど冬だった。第三京浜の料金所をでてすぐ、私たちの車は、アメ車に追いぬかれた。若かったので友だちは熱くなり、一気にスピードをあげた。友だちの車は、今も若い人に人気がある国産スポーツタイプの二千ccだった。当時一九〇キロまで、同乗していて、でるのを見たことがある。

　ぴったりとつくようにしてあおりながら、コーナーにさしかかった。不意に白いモヤがたちこめてきた。我々がさしかかるほんの数分ほど前に、自爆事故をおこした車がいたのだ。横転し、ラジエターからまっ白な水蒸気が洩《も》れていた。それがモヤの正体だった。

　モヤの中につっこんだ。そして抜けたと思った直後、友だちが、がっとフルブレーキを踏んだ。

私はそのときカーステレオをいじっていた。気配に顔をあげると、目の前でアメ車がくるりとスピンする姿がまるでスローモーションフィルムのようにとびこんできた。

あおられたアメ車がスピードをあげ、モヤにつっこんだ瞬間に、その前を徐行して走っていた別の車のオカマを掘ってスピンしたのだ。

我々の乗った車は、アメ車の横っ腹に正面からつっこんだ。

シートベルトなどしていなかった。次の瞬間の記憶はない。

意識が戻ると、ファーンとクラクションが鳴りつづけ、私は粉々になったフロントガラスの破片の中にいた。頭でフロントガラスをつき破り、またシートに戻ったのだ。

脳震盪《のうしんとう》を起こしていた。ここがいったいどこで、なぜ自分がいるのか、まるでわからない。

友だちが肩をゆすって、私の意識をとり戻させたのだ。私は友だちを認めると訊いた。

「ねえ、なんで俺、ここにいるんだよ」

友だちは以前にも野球の試合で脳震盪を起こした人間を見たことがあり、すぐにそうだとわかったようだ。

「お前、頭打ってるんだ。とにかく車降りろ。火噴《ふ》くとヤバいから」

そういって、助手席から私の体をひきずりだしてくれた。私は右膝を強く打ち、耳のうしろをガラスで切って血を流していた。友人はハンドルで顔を打ち、両鼻から鼻血を流している。彼の鼻血が私の肩にかかった。彼にひきずられ、私は路肩にしゃがみこんだ。

ちょうど第三京浜では夜間工事がおこなわれていた。事故の騒ぎに、その作業員の人たちが駆けつけてきた。私の姿に目をとめ、

「ひでえ血だ。助かんねえや、ありゃ」

そういう声を、私はしっかりと聞いていた。

頭を打ったんだ、確かに俺は死んじまうかもしれない——そのときそう思ったことを私はよく覚えている。が、恐さよりも、しょうがねえな、やっちまって、という情けない気分のほうが強かった。

救急車はすぐに到着した。降りてきた係員が仰天したように、

「なんだぁ、こりゃ」

と叫んだ。最初の一台の自爆事故のために出動してきてみると、他に三台もがクラッシュしていたのだ。

驚くのも無理はなかった。


事故現場で最も重い負傷をしていたのは私だった。私は歩いて救急車に乗りこみ、病院に運ばれた。

麻酔なしで側頭部と膝を縫《ぬ》われた。交通事故のときは興奮しているので麻酔は効かないのだ——担当の医者がいった。本当なのか嘘なのかわからなかった。

縫合がすみ、じっとしているように、といわれて人けのなくなった診察室にいると、扉を押して入ってきた人物がいた。

痛む頭をあげると、そこに立っていたのは父だった。

父は何ともいえない表情で私を見つめ、ひと言だけ、

「生きてたのか」

とつぶやいた。

「すいませんでした」

私はあやまった。

父のもとに高速機動隊から電話で連絡がいったのは、私が病院に運ばれてすぐだったらしい。連絡先を訊かれ、救急車の中で答えたような覚えがある。

夜中に電話で叩き起こされた父に、係員は、

「息子さんが第三京浜で事故にあわれました」

とだけ告げ、あとは病院の名を教えて切ったのだ。当時私は、仕事で東京に単身赴任をしていた父のもとで暮らしていた。母は実家の名古屋にいた。

父は新聞記者を経て、新聞社の役員になった人間で、ひどく冷静なものの考え方をする人だった。いっしょに暮らしてはいたが、連日遊びまわっていた私は、ほとんど父と話す機会はなかった。その日ももちろん、父が帰宅する前に私はでかけており、帰るのは夜明け頃のつもりだった。

私が事故にあったと聞き、父がまず思ったのは、私が免許をもっていない、ということだった。加えて、第三京浜が高速道路であることも父は知っていた。

即ち、助手席に乗っていて事故にあったのであろうと想像したのだ。高速道路で助手席、考えるまでもなく死亡率ナンバーワンの状況である。

父は着ていたコートを脱いだ。今でも私は覚えている。コートの下に父が着こんでいたのは喪服だった。父は私の死を覚悟して病院に駆けつけてきたのだ。

そのときは、なんて親父だ、と私は思った。が、今、自分にも子供のいる身になると、冷静さに驚くとともに、悪いことをした、と強く思う。私と父が当時うまくいっていたとは必ずしもいいきれないが、ひとり息子の事故の報を聞き、喪服を着る覚悟までさせて、深夜、タクシーで病院までとばしてきた父親の気持を思うと、どうにもいいわけはできない。自分が逆の立場におかれたら、これはもう、怒りを通りこした感情としかいいようがない。

幸いに、その事故による肉体的な後遺症は何も残らなかった。高速機動隊の警官にも、ぐしゃぐしゃになった車を見て、死人がでなかったのは不思議だとまでいわれたのだが。

つっこんだとき、我々の乗った車は一二〇キロはだしていたろう。確かに奇跡的な軽傷である。

精神的な後遺症はそれからしばらく残った。乗っている車がスピードをあげると――それがわずか六〇キロていどであっても――体が硬直するのだ。安全であるとわかっていても、両脚がつっぱるのを抑えることはできない。だから高速道路を走ると、全身が冷汗《ひやあせ》でびしょびしょになるほどの緊張感を味わった。

この状態はかなり長くつづいた。完全に治るまでには四～五年かかったろう。私が免許をとったのもその間だった。この時期、免許をとらなければ、たぶん私は一生とらなかったと思う。

この、免許をとった自動車学校というのがすごいところだった。今ではそう珍しくもないが、全寮制の短期集中教習で、そこにくるのは、無免許運転の常習犯や、取消をくった者など、まったくの素人がほとんどいない。そこでは毎週入ってくる新入生は、班単位で分けられていた。生徒といっても、暴走族だの背中に刺青《いれずみ》をしょった元トラック運転手だのが大半で、教官のほうもトサカスタイルのリーゼントで、男子生徒が相手だとダッシュボードに足をのせる、といった調子である。

初日、私はいきなり教習車に乗せられた。自動車学校についた日の夕方だ。

「これ何だ？」

「アクセルです」

「これ何だ？」

「クラッチです」

「おうし、知ってるな。走らせてみろ」

「えっ。そんな……できません」

私がいうと、教官は驚いたようにいったものだ。

「お前、車の運転できなくて、この学校きたの!?」


この話はほんとうだ。車の運転を習いたくて入った自動車学校で、初日いきなり、と教官にいわれ、私はぶっとんだ。

「この学校くる奴で車の運転ができない奴はいないぞ」

理由は、暴走族と免許取消ドライバーの御用達《ごようたし》学校だから、というのだ。私はたまたま雑誌の記事でそこを知って、入ることにしたのだ。そういわれてみると、ガラの悪そうな奴ばかりだ、と合点がいった。

なにせ、若い生徒はほとんど眉毛がない。

ないのはもちろん剃《そ》っているからだ。年のいったおじさんが生徒にいるな、と思うと、風呂場で背中に刺青をしょっているのを見たりする。小指の欠けているのもいて、本人はトラックドライバーだったといっているのだが、どう見てもその筋の人間だった。

そんなのばかりが班を組んで、同じ寮のひとつ屋根の下で暮らすのだ。ガラの悪さはハンパではない。

なにしろ、これは書いても信じてもらえないだろうが、歴代生徒からすでに死者を数名だしている、という自動車学校である。

のちに私が、元暴走族だった友人に、あそこの自動車学校にいった、と話したところ、友人は一瞬絶句し、

「お前、よく無事で帰ってこれたな」

といったものだった。暴走族のあいだでも悪名が鳴りひびいていたのである。

死者のうちわけは、ケンカとシンナーだった。地元の暴走族ともめて袋叩きにあって死んだのと、夜中にシンナー吸って、池か何かにはまり溺《おぼ》れて死んだのだ。

寮の風呂は、なんと薪割《まきわ》り風呂で、食事はすべて仕出しの弁当だった。学校側は、風呂当番と飯当番を交代でやりなさい、というが、そんなものが守られる筈《はず》はない。寮はひたすら力の世界で、いってみれば牢名主《ろうなぬし》のようにいばる奴とひたすらこき使われる奴に分かれてしまう。

私はそこで副班長ということになった。あるていど年がいっていた(二十三だった)のと、東京を知っている、というのが効いたのだ。つまりその自動車学校は田舎にあったのだ。

当然ながら、ワルはワルの匂いを嗅ぎつける。自動車学校の中に作られた寮で暮らしていると、地元の暴走族が夜やってくる。暴走族連中も、その自動車学校の、寮制ではないほうのOBだったりするのだ。

にぎやかにクラクションを鳴らし、学校のまわりを走りまわる。挑発しているのだ。

私たちの班には、悪いのを集めたので有名な某私立高の番長というのがいた。やたらに血の気が多く、すぐにいきりたって表にとびだしていこうとする。

止めるのは私の役だった。私たちの班は、「卒業するまではケンカとツッコミ（強姦）はやらない」というルールを決めたのだ。

寮制ではない部に、地元のつっぱり風のお姐《ねえ》ちゃんもたくさん生徒できていて、これにちょっかいをだすと、けっこう満更《まんざら》でもなさげな態度をとる。当然ながら、そういうお姐ちゃんたちには、地元の族の彼氏がいるので、トラブルを招く。

結局、その番長も、一度は地元の連中とやりあったが、目のまわりを腫《は》らしたていどですんだ。

教官もハンパではなかった。我々がつけた仇名《あだな》で「トサカ一号」「トサカ二号」という、超リーゼントのふたり組がいて、とにかくガラが悪い。生徒が女の子だとシートの背に片腕をまわし、

「さぁいこうか」

猫なで声をだすくせに、男の生徒のときはダッシュボードに足をかけ、

「いけ」

である。仮免許をとって路上実習を受けていると、制限速度を守る教習車はどうしても前の一般車と車間距離が開く。そうするとこの教官たちはぐいとアクセルを踏むのだった。

「割りこまれるだろう、馬鹿」

学科の授業では、電線のショート（短絡）を、「短落」と黒板に書き、

「短く落ちるから、ショートなのだ」

と、平然という講師もいて、私は呆然《ぼうぜん》とした。

だがそんな学校で、私は最短時間で免許をとることができた。免許証の交付をうけたときには、妙に晴れがましい気分になった。

何といっても「国家試験」なのである。たとえ誰でもとれるといわれようと、それなりの努力はしたもんね、という思いだった。

今思いだすと、あれは貴重な体験だった。なかなかおもしろくもあった。

ところで事故経験者としてこれだけはいっておきたい。事故は誰にでもおきる。避けようのない事故もある。だから妙な自信はもたないことだ。自分だけは事故にあわない、なんてありえない。

そして、交通事故で死ぬことくらい、自分にも周囲にも虚しいことはない。そいつを胸に刻んでおいてくれ。

人間・大沢在昌

この『陽のあたるオヤジ』の七十回分を集めた単行本が発売された。

見本を受けとり、私は久しぶりの興奮を感じた。自分の本の見本というのは、いつでも興奮するものだが、『陽のあたるオヤジ』の見本は、なんだか初めての単行本をだしたときのことを思いだすような気分に、私をさせた。

小説ではなく、最初のエッセイ集というのがその理由だろう。正直な話、小説ならば、自分の読者の数がどのくらいのものか、おおよその見当がつく。発売されてみて、その数を実際の売れゆきが上まわるという嬉しい誤算はあるにせよ、下まわることはめったにない。

それは私が長いあいだ〝本の売れない〟作家だったからだ。自分の本が、「きっと売れる」とは、どうしても思えないのだ。だから、いつも自分の中にあるミニマムの読者数を想定する。

ところが、その読者数というのは、本の形によってちがってくる。本には、四六判ハードカバー、新書判（ノベルス）、文庫と、みっつの形があり、当然値段もその大きさでちがう。

文庫がいちばん安く、四六判がいちばん高い。では文庫が最も売れるかといえば、私の場合、最も売れているのは新書判だ。

本は判型によって読者がちがう、といわれている。たとえば四六判ハードカバーを読む人は、新書判を読まない。また、新書をいつも読む人は、あまりハードカバーに目を向けない、ともいう。

極端なのが文庫の読者で、文庫以外はほどんど本を買わない、という人がかなりの数、いる。

文庫というのはだいたいの場合、オリジナルではなく、すでにハードカバーや新書で売られたものが数年して文庫に入るという形をとっている。

いってみれば、映画とビデオの関係に近い。映画を映画館で観なければ気のすまない人もいれば、ビデオになってから自宅でゆっくり観る、という人もいるのと同じだ。ビデオのレンタル料が映画館の入場料金より安いというのも、ハードカバーと文庫に似ている。

だが、ビデオ派の人であっても、大ヒットして話題になったり、何らかの理由ですぐにも観たい、と思えば映画館に足を運ぶことがある。ビデオになるまで待ちきれない、というわけだ。それは作品のもつ力で、ハードカバーでも、そういう作品はあって、ふだん文庫しか買わない人が手をのばすと、ベストセラーになったりする。

『陽のあたるオヤジ』※注は、四六判のハードカバーである。定価は千五百円。

高いのか、安いのか。正直いってわからない。私は、自分の小説ならば、「高くはない」ということができる。読者におもしろがってもらうことを念頭に書いてきた以上、たとえば映画館で千五百円を払ってもそれきりなのに比べ、本は一生残るし、嫌なら売れば、そのぶんの数百円は戻ってくる。

しかしエッセイとなるとわからない。

エッセイにももちろんすぐれたもの、おもしろいものはたくさんあって、下手な小説よりよほど感動したり夢中になって読んだ、という経験はある。そういう本なら、千五百円は安い、といい切ることができる。

今のこの気持は、やはり最初の本をだしたときと似ている。自分の書いたものを、それだけの値段の価値があると読者が思ってくれるかどうか、自分では判断できないのだ。

――エッセイなんかいいから、早く小説を書け、あの話のつづきを読ませろ
そう思っている読者もいるかもしれない。それはそれで作家としては幸せなことではある。

『陽のあたるオヤジ』で私は、等身大の大沢在昌を書いた。これは、すべてが作り物の小説とは、やはりちがう。

『陽のあたるオヤジ』がおもしろくないのであれば、それは大沢在昌がおもしろくないのだ。

小説とエッセイは似てはいるがまったく別の作品である。だからエッセイがつまらないといわれても、小説までつまらないといわれたわけではない、というエクスキューズは自分にある。

それでも、つまらないといわれるより、おもしろいといわれたい。本が売れる、というのは、お

（別原６）
※注・『陽のあたるオヤジ』。2015年９月現在、集英社文庫で刊行。単行本は中古品でのみ入手可能。

もしろいの証明の、すべて、ではないが、重要な一材料だ。

だから私は『陽のあたるオヤジ』が売れることを願っている。試され、その結果がでるのを待つ気分だ。

千五百円が高い、と感じる読者は、何年かあとの文庫版でもよい。とりあえず、立ち読みでも読んでもらいたい。

そして大沢在昌への感想を聞かせてほしい、と思う。うーむ、これは宣伝なのだろうか。

たぶん宣伝なのだろう。

釣り・謎の大物

乗っこみのクロダイを狙って、二泊三日の釣り合宿にでかけた。相棒は、おなじみ、黒乳首のN君である。

いった先は、フランチャイズである外房。途中、一日、館山《たてやま》にも足をのばした。

桜前線とともに、クロダイは乗っこむといわれている。

乗っこみというのは、冬の間、沖の深場にいた魚が、春の水温上昇にともなって、産卵のために浅場にあがってくることをいう。大型を釣るにはいいチャンスなのだ。

釣りにもシーズンがあって、春の乗っこみと秋の荒食いが、型や数を求めるにはよいとされている。

さて初日、勝浦に着いたのは夕方のことだった。東京をでる前にテレビで見た天気予報では、低気圧が発達し、海や山は大荒れになる、とのことだったが、まさしくその通りである。

パイプラインができそうな大波がどんがらがったと押しよせている。磯はもちろんのこと、堤防ですら危くて寄りつけない。

それでも私とN君は、港の入口近くで竿をだすことにした。

雨はそれほどでもなかったが、とにかく風がすごい。私は、荷物置場代わりに使われているらしい古いコンテナの裏側に釣座《つりざ》をとって、川の流れこみを狙ってウキをふりこんでいた。あっというまに日が暮れ、ますます風が強くなってくる。河口には、満潮と重なったせいもあって、怒濤《どとう》が逆流してきた。

三時間ほど竿をふったところでギブアップである。早々に別荘にひきあげることにした。

シャワーを浴び、NHKでスポーツニュースを見ていたら驚いた。「千葉県南部地方に暴風雨警報」とテロップがでた。そのあとのニュースで、「勝浦では瞬間最大風速三十メートルが観測されました」というではないか。N君は思わずひっくりかえり、

「死ぬとこでしたね」

と笑いだした。

まったくだ。釣りにいって風に吹きとばされて死んだのでは、阿呆である。

その日は早々に布団にもぐりこんだ。

二日め、早起きして、風をよけられそうなポイントを何ヵ所か車でまわってみた。外房はことごとくアウトである。まだ、壁のような大波が港の外から押しよせ、かなり大きな港であっても、水の色がミルクコーヒーのようだ。

いくらクロダイが濁りを好むといっても、これでは釣りにならない。第一、モクズが舞ってしまって、一投ごとに海草の入れ食いだろう。

そこで南風では比較的荒れない、内房《うちぼう》までいってみることにした。

一時間ばかり海沿いを走り、館山の香港《こうやつこう》で竿をだした。水の色も、かすかに濁りは入っているものの、外房とはまるでちがうし、大波も打ちよせてこない。

釣り始めて一時間ほどした頃だった。突堤の先から潮にのって左に流れていた円錐《えんすい》ウキがずるずると沈んだ。根がかりのような沈み方である。

竿をたてると、重い感触が返ってきた。海草をひっかけたのかな、一瞬そう思い、さらに強く竿をあおった。

するとその「かたまり」がずるずると動いた。明らかに魚の気配である。それもかなり重い。

私は立ちあがって、リールを巻こうとした。ところが巻けない。それどころか、反対方向、沖側に向かって魚が動きだしたのだ。

「でかい!」

私は叫んだ。N君がこっちを見やる。

竿は満月にしなっている。それでも魚は平然と沖に向かっている。しめておいたリールのドラッグがジジジジ、と音をたてて糸を吐きだした。

こうなったら根比《こんくら》べだ。相手が止まるのを待ち、私はリールを巻く。しかし数メートルもよせると、相手はまたでていく。

クロダイではない。乗っこみのクロダイはこんな強烈なしめこみはしないものだ。

私はやりとりを少しでも有利にするために、堤防の一段高い部分にとびあがった。悠然とその突端をまわりこむように、敵は動いている。ハリスは一・五号だが、これほどの大物では心もとない。堤防や磯でかけた魚としては、まちがいなく一番の大物だろう――そのとき思った。

私は堤防を走りまわった。魚はひかれると反対の方向へ走る習性がある。根《ね》のほうにつっこみそうになったら、わざと根のほうへひっぱってやる。そうすると、反対へ泳ぐのだ。根というのは、糸のからみやすい岩などの、海底のでっぱりのことだ。

しかしとうとう根に入れられてしまった。糸がからみ、とれないかもしれない。

せめて正体が見たい――そう思った。

「くっそう、根に入られたぁ」

叫んだ。堤防の突端に私は立っている。五分は経過したろう。糸をゆるめたり、ひっぱったりするが、相手はぴくともしない。

半ばあきらめ、大きく竿をあおった。すると、根から、抜けだしたではないか。

ドラッグを鳴らして糸をひきだしながら、反対方向に走り始めた。

再び私は堤防の反対側にとび降りた。

相手が止まると糸を巻く。しかしまた糸をひきだして出ていく。

私の動きにあわせ、N君はバケツやイス、道具箱などを私がひっかけないよう、素早くどかしていく。

頭の中がまっ白になるほどのスリルだ。

とにかく、たとえバレてもいい、正体を見届けたい――そればかりを思っている。

じょじょに相手が堤防に近づいてきた。

まずアタリウキが切れた。ウキが切れるとは、水中から姿を現すことだ。アタリウキの下には水中ウキがあり、そこからハリまでは、もう一メートルちょっとだ。

水面が近づくと、魚は激しい抵抗をする。それをもちこたえ、頭を水面にださせ空気を吸わせると、一気に弱まるものだ。

とにかく空気を吸わせてやろう、そうなればとれる――そう考えた。

私の立っている位置から四〜五メートル右手の堤防ぎりぎりに魚は寄っていた。

水中ウキが見えてきた。N君が玉網を手に立った。

「何だ、これ――」

茶色い、四角いものが私にもちらっと見えた。

次の瞬間だった。ふっと竿が軽くなった。ハリスが切れたのだ。

「あっ、畜生！」

私は叫んでいた。ガン玉オモリを打った場所で、ぷっつり切れている。

「ヒラメですよ、多分。ひょっとしたらエイかもしれないけど……」

N君がいった。大きさは五十センチ四方くらいだったろう。

私は脱力感でぐったりとすわりこんでいた。くやしい。何でとれなかったのだろう。

自分の攻めがまちがっていたのか。

エイかもしれないし、ヒラメかもしれない。これが船からの釣りであれば、それほどの大物とはいえないだろう。

磯でも、七〇～八〇センチの魚がしとめられることはよくある。

しかし私にとって、堤防で、クロダイ狙いの細じかけで掛けた獲物としては、まちがいなく最大の相手だった。

とりたかった。

こんなにくやしい思いをするのはどれくらいぶりだろうというくらい、くやしい。

気をとり直そうと煙草《たばこ》をくわえた。手が震えていた。

「今夜は眠れそうもねえや」

煙草を吸い終え、N君にいった。N君もくやしそうな顔をしている。

ふと思った。

でもいい思い出ができた。とれれば最高だろうが、とれなくても、こんなに興奮させてくれて、くやしがらせてくれて。

都会でこれほど興奮することはめったにない。どれほどお金をつかおうと、有名になろうと、こんな興奮はない。

釣りをやっててよかったな――つくづく思った。

その日は、十一時過ぎまで粘った。別荘に帰ったときには、疲れで目がかすんでいた。

三日めは、ようやく波が少しおさまり、渡れるようになった興津《おきつ》のテトラ堤にでた。風がやや強かったが晴れて、のんびりと竿をだせる。

N君がお湯をわかし、カップラーメンを作ってくれた。

フグの猛攻にあって、つけエサが一分ともたない。テトラ堤の上で七時間は粘った。腕が悪いのか潮温が下がって、クロダイが動かなかったのか。

結局、二泊三日の合宿は、本命をしとめられずに終わった。

いつものことだといえば、いつものことだ。別荘に帰ってシャワーを浴び、車をふっとばして東京に戻ってきた。まっ暗な、千葉の田舎道を抜けて、飯倉《いいくら》で首都高速を降りると、六本木の街はまだ宵《よい》の口である。

ネオンが輝いていて、交差点をおおぜいの人がいきかっている。

「何だか現実感がないですね」

N君がぽつりといった。

確かにそうだ。N君は私と焼肉を食べ、

「お疲れさまです」

といって自分の車に乗りこみ、帰っていった。

私はこの原稿を、帰ってきた日の夜に書いている。長い一日だった。

だがこんな長い一日は、悪くない。

旅にいきたい、沖縄の商店街へ

この頃、私にしては珍しく、旅行にいきたいと思う。元来が出不精で、特に飛行機嫌いの私は、旅というものに対してあまり熱心ではない。

とはいえ、車を使った一泊ていどの〝旅〟なら、平均すれば月に一度くらいはしている。距離、行先、交通機関、人によって〝旅〟という言葉からうけるイメージはさまざまだろうが、車を使って何となく自宅の延長線上にでかける行為は〝旅〟といえるほど大げさではないような気が、私にはする。

実は、私が今、「旅行」と考えているものには、はっきりとした行先がある。そこにいきたいと思い、なおかつ、そこにいくというのは確かに〝旅〟だなと思える場所なのだ。

それは沖縄《おきなわ》である。沖縄には、これまでに何回いっただろうか。そのすべてが、海で泳ぐこと、浜辺でのんびりすることが第一の目的だった。

しかし今、沖縄でいきたいと思う場所は、海ではない。海辺でのんびりするのもいいが、それよりもっといってみたい場所がある。那覇《なは》の国際通りを外れた、公設市場《いちば》周辺のアーケード街である。お土産物や食料品、衣料品などを売る店がアーケードの下にひしめきあっている。ちょっと薄暗いが活気があって、生活の匂いに満ちている。気候や食文化のちがいが、どこか独特の雰囲気をかもし、ちょっとした外国の気分を味わせてくれる（どうも女性誌の紀行文のような文章だな）。

いくどかいったことがあるが、最後にいったのは、もう七年くらい前だろう。そのときははっきりとした目的があった。

私の愛読書に『百魚歳時記』※注という本がある。岩満重孝《いわみつしげたか》という人が書いたもので、さまざまな魚介類の、著者による絵とともに、各地方名、食習慣などが語られている。文庫本で何巻かでており、寝る前に読むと不思議に心が落ちつく本なのだ。

その中に「スクガラス」あるいは「カラスグァ」という食べ物の話があった。これは沖縄の食べ

（別原７）
※注・全３巻。第１巻『百魚歳時記』のみ中公文庫BIBLIOより電子書籍で刊行。紙の書籍は３巻とも中古品でのみ入手可能。

物で、アイゴの幼魚を塩漬けにしたものだとあった。豆腐にのせて食べるとうまい、とある。塩辛やアンチョビの類の好きな私は、これを食べてみたい、と前々から思っていた。そして最後に那覇を訪れたとき、このアーケード街の食料品店で見つけ、買って帰ったのである、味はだいたい想像していたものとちがわなかった。やや癖はあるが、酒の肴《さかな》にはぴったりである。こうした、土地の生活の匂いが濃くたちこめた商店街を歩くことは、妙に有名な観光名所をめぐるよりはるかに〝旅〟を実感させてくれる。沖縄に限らず、東京都内であっても、各地域の商店街にはそれぞれ個性があり、退屈はしない。一時、日曜になると、車を走らせて、商店街を捜しては巡ったことがあった。

単に訪れるだけではもちろんおもしろくないから目的を決めている。そのときは「しょっぱい鮭の切り身」が目的だった。魚屋や干物屋で、

「しょっぱい鮭の切り身あります？」

と訊いて、あるといわれればひと切れずつ、買って帰った。高塩分が体に悪いといわれるようになって、箸のひとつまみでご飯がすすむような「しょっぱい塩鮭」がなくなった。あれが好きなのである。

話が脱線した。

沖縄には毎年いっていた時期があった。宮古島《みやこじま》、水納島《みんなじま》も訪れた。島では海を楽しんで、本島ではそうした買い物や散策を楽しんだ。

こんな話をこのあいだもK書店のS戸と話していたら、

「いきましょう、沖縄」

と、S戸は盛りあがった。取材に連れだして、何か書かそうという魂胆が丸見えである。

「仕事でいくのは嫌だよ」

仕事でいく旅は、どこかに気持の貧しさがつきまとう。ストーリーで使えるエピソードはないか、シーンの要になる舞台はないか、そっちが気になってしまうのだ。

そういう雑念なしで、ぶらぶらと歩きまわりたいのである、こっちは。

外国でも、商店街の雑踏を歩くことはよくある。ただし、これには気を使う。ひと目で観光客とわかる外国人が、妙に好奇心をむきだしにして、異文化をのぞきこんでいたら、人によっては反発を感じることもあるからだ。好奇心は、その表れ方によっては不快感を与えかねない。そうした行為が、いらざる危険を招くこともある。

ぷらぷら、のんびりと、旅先の商店街を歩いてみたい。

沖縄の梅雨はじき明ける。

海ごもり

勝浦にきている。このところ年に一度、恒例となった「海ごもり」のためだ。これは休暇とはちがう。仕事をもっていくし、それ以外のこともする。

それ以外のこと、とはつまりダイエットである。

十代の半ば頃、私はすごく太っていた。どれくらい太っていたかというと、いちばん太っていたときで九十キロ近くあった。身長は当時、今とかわらないか（一七四センチ）、それより低いくらいだから、かなりのデブである。

それが、高校二年から三年にかけての約二年間で二十キロやせた。理由は簡単だ。朝・昼の食事をとらず、煙草ばかりを吸っていたからだ。当時、ハイライトを、一日二箱から三箱、吸っていた。体を壊さなかったのが、不思議なくらいである。

大学に入ったときは、六十七キロだったが、それ以来ゆるやかに太りづつけている。

以前本で読んだ、怪しげな記憶によると、子供の頃太っていた人間は、「脂肪細胞」というのがふつうの人間より多くあり、その後やせたとしても太りやすい体質になるという。他の人と同じ量の食事しかとらなくても、太る、というのだ。

どうやら私はそれらしい。そこで年に一度、短期のダイエットで、三キロから四キロを落とす。

「何だ、たったそれだけかよ」

と思うかもしれない。十代から二十代の初めというのは、一日徹夜をするくらいですぐ二～三キロが落ちた。だがオヤジになるとそうは簡単にはいかないのだ。それにダイエットは食事制限なので、打ちあわせや対談等、メシつきのある東京では、なかなかうまくいかない。

N村のあとの担当となったO上は、若いせいもあってひょろっとしている。このゴールデンウイーク、勝浦にきて、観察していたらけっこう大食いのくせに、である。こういう奴は憎たらしい。

私の減量メニューはこうだ。朝起きたら、まず走る。へとへとになるほどではないが、まあ息があがり、全身に汗をかくくらいだ。それからアレイを使って、三セットの腕と胸筋の運動。シャワーを浴びて朝飯。主食はすべて米だが、料理には一切、油を使わない。朝は比較的、ふつうの量を食べる。

食事が終わったら仕事を始める。東京の仕事場にいるときより、二時間くらい早い開始だ。そして三時から四時にかけて一日の仕事を終える。それからすぐに夕食の支度だ。五時には夕食を終えてしまう。そして天気がよければ釣りにいく。

なぜ釣りにいくかというと、夕食が早いため、部屋でのんびりしていると、腹が減って何かとつまみたくなるからだ（情けないね）。

釣り場には何もないし、好きな遊びをしているのでそれほど空腹を感じない。十時か十一時に帰ってくるとアルコール（焼酎と決めている。ビール、日本酒、ブランデーは太りそうだから）を少し飲んで、寝てしまう。

一週間で三〜四キロ減だ。で、一年たつと、たいてい元に戻っている。つまりこれをしないと際限なく太るというわけだ。

自炊が苦にならないからできるのだろう。

今から八年くらい前、絵描きの河野治彦と、初めての「ダイエット合宿」をしたときは、こんなものではなかった。二人で運動メニューを決めたが、気合が入りすぎ、まるで体育会運動部のようなハードなものを作ってしまった。

腕立て伏せ、腹筋、ジョギング、バーベル等、二日こなしただけで、風呂に入るために足をあげることすら苦痛なほどの筋肉痛になった。夜眠っていて、寝返りを打っただけで呻《うめ》きがでた。

そのときは知人の軽井沢の別荘を借りた。旧軽井沢の奥の一等地にあった。二人でいでたちをばっちり決め、ジョギングにでる。

長いこと走ってなどいなかったので、あっというまに息があがった。目がくらみ、よろよろと、走っているのだか、歩いているのだかわからない状態になる。

が、軽井沢という土地柄か、きれいな格好をした上品な親子連れや、女の子たちのグループが通りかかる。いでたちがいでたちだから、歩いていてはみっともないと思い、その人たちとすれちがうまではミエをはって走る。通りすぎたとたん、ふたりともしゃがみこんで、

「吐きそう、俺……」

と、ぼやいた。が、そのかいあって、かなり締まった覚えがある、
今、同じことをやったら突然死かな。

そういえば近頃、街であまり太った人を見ない。男も女も皆、スマートだ。

あれはどういうわけだろう。

筆談でアタック

何十年も前の香港《ホンコン》での話。

二十三だった私は、知人の家族と香港旅行にでかけていた。相手は親子三人、こっちは若い者がひとりである。三泊四日くらいの短い旅だったと思う。

明日東京に帰るという晩、いっしょにいった家族の御主人が私に気をつかってくれ、ひっぱられるようにディスコに入った。若い者ひとりでは夜、さぞ退屈しているだろうから、というのが御主人の理由だった。ちょうど泊まっているホテルの地下にディスコがあったのだ。

正直、おっさんとディスコにいってどないすんねん、と私は思っていた。案の定、一時間もたた

ないうちに、御主人は「義理は果した」という感じで、部屋に戻ってしまった。

あとに残された私は、やれやれ……という心境だった。ディスコはけっこう混んでいた。地元香港の若者に人気のある店だったようだ。まあ、混んでいるお蔭で、ひとりで踊っていてもそれほど寂しくもない。

そのうち、私はひとりの女の子に目をつけた。女どうしの二人連れできている客だった。もちろん中国人である。

当時のディスコが、ナンパのメッカである点は、日本も香港も同じだった。私としては、先のことはともかく、今夜だけ楽しく過せればいいや、と彼女に声をかけてみることにした。

ふられても、外国でのことだ。それに、踊りながら目があったときの印象がさほど悪くなく、これは何とかなりそうだという予感があった。

話しかけた。案の定、興味を感じてくれたらしく、のってきた。ところが、である。彼女は、英語がまるで駄目だった。誤解のないように書くが、私の英語のボキャブラリーは、中学で習う範囲内のものだ。高度な会話などとてもかわせない。なのにその程度であっても、まるで通じない。

そこで私は筆談に頼ることにした。中国人と日本人には、漢字という共通の文字言語がある。

「我名大沢在昌。東京在住」と書けば、なんとか通じるのだ。

筆談によるナンパが面白かったらしく、彼女は目を輝かせて、ペンを手にした。やりとりしているところへ、今度は救い主が現れた。中国人の男性で、男二人女一人の組合せで来店し、あぶれていたところ、私が二人連れの女の子に声をかけたのを目撃し、残りのもうひとりの女の子を狙って、「通訳しましょう」と英語でもうしでてきたのだ。

これはおかしかった。日中ナンパ共同戦線である。だいたい、互いが英語国民でない者どうしが英語で会話をかわすと、使う単語も限られているし、発音もさほど流ちょうではないので、どちらか片方が英語国民であるときよりも、よほどコミュニケーションがうまくいく。

四人でテーブルを囲み、私が彼に「ハー・アイズ・アー・ベリィ・ラブリィ」なんてこっぱずかしいことを（英語だから）いうと、彼が中国語で彼女に訳す。すると彼女は恥ずかしそうに笑って中国語で答え、彼が、「シー・セイズ・ユー・アー・プレイボーイ」なんていって、ワンテンポ遅れ、爆笑になったりするのだ。

チークを踊り、雰囲気は想像以上に盛りあがった。私も内心、これは期待を越えた結果が待っているかもしれない、とワクワクしてきた。

ただし、問題はとどめの一撃である。まさか彼に、

「僕はこのホテルに泊まっているのだけれど、あとで部屋にこないかと、彼女に訊いてくれ」

とは、いえない。彼女が二十歳になる、ブティックの店員であると、私は聞いていた。つまり娼婦の類《たぐい》ではまったくない。だから、もし彼女にその気があったとしても、第三者を通して、ＯＫという筈《はず》がないのだ。

そうこうしているうちに、ディスコの閉店時間が近づいてくる。二人きりでチークを踊りながら、英語でいろいろいってみるが、彼女は微笑みながら首をかしげ、私の目をのぞきこむだけだ。

かくなる上はしかたがない。数字くらいはわかるだろう。私は、彼女の耳もとで、ルームナンバーをくりかえした。

「一一二〇号室」なら、「ワン・ワン・ツゥ・ゼロ」というわけだ。くり返していい、天井と自分

を交互に指さす。

はたから見ていると、かなりマヌケな光景だが、ナンパというのは、最初から最後まで格好をつけていては、絶対にうまくいかない。

果たして彼女はキョトンとした顔になり、何をいっているのだろうと、私を見つめた。

ルームナンバーの数字を彼女の耳もとで連呼し、自分と天井をさして、「カム・ウィズ・ミー」とやった私である。

チークを踊りながらそれをくり返していたら、ある瞬間、彼女にその意味が通じた。まるで、マンガの、電球が点《とも》る絵（わかった！　というときに使うアレ）そっくりに、彼女の顔がぱっと輝いた。

だが、彼女は残念そうに、「ノー」といい、中国語で何ごとかをいった。

席に戻ると、早速《さっそく》、もうひとりのナンパ青年に、彼女は何ごとかをいった。私はちょっとどきどきした。というのも、もし彼女が、「この日本人は厚かましくも、出会ったその日に、わたしをベッドに誘った」

などといって、いあわせた全員にひんしゅくを買うのではないかと思ったからだ。

だが彼は、にこにこしながらいった。

「彼女はあなたがいつ日本に帰るか、と訊いていいます。明日、香港を案内したいから、と」

「実は、明日、帰るんだ。それも朝の飛行機で」

私がいうと、それを訳されて聞いた彼女は、本当に寂しそうな顔をした。そして、コースターをとり、バッグからだした眉墨《まゆずみ》で書きつけた。彼に何ごとかをいい、私にさしだす。

「彼女の住所です。次に香港にくるとき、手紙が欲しいといっています」

それは嬉しかった。私は、「必ず」といって、そのコースターをポケットにしまった。

残念ではあったが、しかし、いい思い出ができた、と思った。

店内が明るくなった。閉店時間なのだった。いっせいに客たちが立ちあがった。

すると二人の女の子と何か話しあっていた彼が、私にいった。

「僕は今夜、彼女たちを家まで車で送っていきます。あなたもきませんか」

一瞬、私は迷った。ホテルを一歩でたら、私にとって香港は未知の土地である。しかも深夜のことだ。

だが、彼女の「お願い」という目に動かされた。ひょっとしたら、これは旅行者（それもスケベな日本人）をカモにする罠なのではないか、とも思ったが、それよりも、この楽しい時間をもう少しのばしたい、という気持ちが勝った。

青年はワーゲンのシロッコでやってきていた。機械関係の商社マンだといっていて、確かに、眼鏡をかけたインテリタイプだった。

私と彼女は、シロッコの後部座席に乗りこんだ。青年もナンパした、彼女とはけっこういいムードになっている。

シロッコは、夜の街を走りだした。カーステレオから音楽が流れ、やるじゃん、という雰囲気だ。

やがてシロッコは、高速道路のような、暗い道に入り、スピードをあげた。どこへいくのだろう、という不安も半分あったが、ままよ、と隣の彼女を抱きよせた。彼女は素直に体を預けてきた。

頰にキスをしても、嫌がらない、額にキスし、耳にキスをすると、ぞくっとしたように体を震わせるのがわかった。

目を大きく見ひらいて、悪い人ね、というように私を見つめている。私が微笑むと微笑みかえした。

唇を盗んだ。盗みながら目をあげると、車は人家もまばらなような田舎の道をぶんぶん走っている。内心、ヤバいなあ、追い剝《は》ぎだったどうすべぇと思いながらも、止まらない。

そのうち、彼女もだんだん興奮したらしく、大胆になってきた。私の唇の中に、彼女の舌が入ってきて、素早く動く。

テクニシャンだぞ――私は嬉しいような残念なような気持ちになった。キスだけでもこれほど上手なら、ベッドの中だったらきっと……と思いをめぐらせたからだった。

さすがに洋服を脱がせるほどまではできなかったが、ネッキングとしてはかなりのところまで進んだ。

車は――ホテルをでて一時間近くは走ったにちがいない。

その車が不意に止まった。青年がふりかえり、助手席の彼女をさし、いった。

「彼女の家についた。（君といる）彼女も、今夜は、あの家に泊まる」

そうか……と私は思った。彼女は残念そうに、自分から、私の唇にキスし、中国語で何かをいって、車を降りていった。

「グッドナイト」「グッドナイト」

二人の女の子と別れをつげると、青年がいった。

「君をホテルまで送ろう」

帰り道、彼とどんな会話をしたかは、あまり覚えていない。だが何ごともなく、私を送り届けてくれた彼はニヤっと笑っていった。

「シー・ユー・アゲイン」

いい奴だった。

八年ぶりの沖縄

沖縄にいった。しばらく前に、那覇の国際大通りの裏を歩きたい、と書いた。三日ほど暇ができたのでいってしまった。

最後にいったときから、八年はたっている。高速道路ができたことすら知らなかった。

一日目の晩は、沖縄市へでかけてタコスを食べた。最初は那覇の国際大通りへいくつもりでホテルからタクシーに乗ったのだが、食物の話をしているうちに、急にタコスが食べたくなってきた。

運転手さんにいうと、

「それならコザに有名なお店がありますから」

急きょ行先を沖縄市に変更した。沖縄市というのは、コザ市と別の村が合併してできた新しい市なのだが、沖縄の人はたいてい、「コザ」と今でも呼んでいる。アメリカ空軍、嘉手納《かでな》基地のある街だ。

連れていかれたのはメインストリートの中ほどにある「チャーリー・タコス」という店だった。

「創業昭和三十一年、沖縄最初のタコスの店」とある。昭和三十一年といえば、私の生まれた年だ。

店内には、有名人の写真がべたべた貼ってあって、まあ何となく、それ風《ふう》である。タコスの方はおいしくてボリュームがあった。

基地の街というのは、横須賀《よこすか》もそうだが、独特の匂いがある。ミヤゲもの屋や酒場の看板にも、ただの街とはちがうな、と思わせる派手さが漂っている。

このところの円高では、米兵も大変だろうな、というのが実感で、平日の夜のせいもあってかアメリカ人の姿は少なかった。私がいったときは、一ドルが百円を切ったか切らないかくらいだったが、店のレジカウンターには、「一ドル＝九十七円」という、ドルによる買物の際のレートが掲げられていた。米兵には厳しい話だが、店側にしてみれば防衛のため、やむをえないところだろう。

その後、東京に戻ってきて、海外市場だが九十七円レートがついたときは、厳しすぎるということもなかったな、と思った。

それにしても、今から二十年前に、私が初めて海外旅行をしたときは、一ドルが三百六十円だった。乏《とぼ》しいこづかいが、ドルにしたら、ほんの百ドルか二百ドルにしかならなかった。

一ドルが百円を切る、というのは信じられないような気がする。

沖縄も観光客が今、減っていて、地元にとっての重要な収入源が細りつつあるらしい。その大きな理由も、この円高である。

早い話、おミヤゲにTシャツを買うとする。一枚が二千円前後する。ハワイなどで、同じようなおミヤゲ用のTシャツを買うと、二千円で六〜七枚買えることになる。

ホテル代も、外国の方がどんどん安くなってしまう。

ハワイと沖縄では、東京からの飛行時間は倍以上違う。しかもハワイにいくには、成田《なりた》空港という、馬鹿遠い空港まででかけなくてはならないが、沖縄なら羽田《はねだ》である。にもかかわらず、円高の影響が、沖縄から観光客を奪いつつあるようだ。

私が初めて沖縄を訪れたのは大学生のときだった。本土とはちがう建物の形や、つい最近まで（その頃）アメリカ統治下であったという事実に、国内旅行でありながら、まるで海外にきたかのような印象があった。

その後、沖縄出身の女性とつきあったこともあって、何度か足を運ぶ機会はあった。寒いのが苦手な私は、沖縄の暖かさがうらやましく、住みつきたい、と思ったこともあった。

たとえば同じような気候であっても、ハワイに住みたいとは思わない。ハワイはやはり、年に一度か二度、遊びだけを楽しみにでかける場所である。沖縄は、もっと、私の内側に、深くかかわりあいたいと思わせる風土がある。

八年ぶりの那覇は、しかしかつてに比べると、沖縄らしさが薄まっていた。これはしかたのないことかもしれない。日本全国が今、特に都市部は、その地方色が薄まってきつつある傾向にある。それは詰まるところ、そこに住む人の、住みやすさや暮らしやすさを追求していった先が似てしまうということに他ならない。

情緒があるからといって、暮らしにくい、古いタイプの家屋に人を押しこめる権利は誰にもないのだ。大都会のマンションに住み、歩いて数分のコンビニで買物をすます人間が旅行にきて、「味けない」などとほざいたら、張り倒されるだろう。

二日目、O上と塔下氏が東京から合流した。ボートをチャーターして、釣りとシュノーケリングにでかけた。

朝早く東京を発《た》ってきた二人だが、O上は、わずか三時間で東シナ海上をいく船の上にいるのが信じられないという顔をしていた。


担当のO上は、だいたいいつ会っても眠そうな顔をしている。のんびりしているというか、いつも他のことを考えているような顔つきなのだ。

それが東シナ海をつっ走る船の上で、波しぶきを浴びているうちに目が覚めてきたのか、おやっと思うような顔つきになってきた。

前任者のN村からO上に担当がかわって三ヵ月になるが、O上の、こんなにりりしい顔は初めて見た。

そういえばO上は、ブラジルでしばらく放浪生活をしていたと聞いた。東シナ海をいく船上でびしょ濡れになり、南の太陽を浴びたO上の顔に、ちらりとその時代の片鱗《へんりん》がのぞいたような気がした。

約一時間ほどを、ホテルのマリーナからつっ走って、水納島の沖についた。

「カワハギを釣りましょう」

といって、竿を渡される。ハリはビニール片のついたサビキバリで、それにオキアミを刺す。コマセはなし。

本土では、カワハギ釣りはムキアサリをエサにするし、「エサ盗り名人」といわれるカワハギを、こんな大雑把《おおざっぱ》な仕掛けでいいのかね、と思いながら竿をだした。

すぐにアタリがある。が、なかなかハリがかりしない。かたわらの妻は快調に釣果《ちょうか》をあげている。口が固いのか、アワセが弱いと、途中ですっぽ抜けるのだ。

が、ようやく釣れた。あがってきたのはなんと、メジナもかくやといわんばかりの藍色のカワハギである。カワハギはふつう、白と茶のツートーンのような体色をしている。しかもこのカワハギは、尾ビレが異様に細長い。もっとも、色とその尾ビレを別にすれば、確かに形状はカワハギである。

水納島を囲むサンゴ礁のすぐ外側である。その少し手前は、水深が三百メートルもあるという。波はまったくなく、デッキでじりじりと南の陽に焼かれながら、熱帯のカワハギを釣っている。キャビンからは、テープなのかラジオなのか、音楽が流れてくる。地元のレゲエバンドではないかと思うのだが、レゲエバージョンの『神田川《かんだがわ》』が流れてきたときにはひっくりかえった。

「あなたは、もう、忘れたかしら……」

に、紺碧《こんぺき》の海に囲まれたエメラルドグリーンのサンゴ礁のとりあわせは、とてつもない、としかいいようがない。

やがて潮が効いてきたのか、食いが活発になった。といっても、大量に釣っても困るので、適当に切りあげて、今度は伊江島《いえじま》に向かう。本島周辺有数のダイビングスポットがあるのだという。

水納島からは十数分の航程だ。絶壁のような崖から、カケアガリ状にサンゴ礁が広がっているのが、船の上からも見える。

アンカーを打ち、早速《さっそく》、シュノーケルをつけて、海に飛びこんだ。

息を呑《の》んだ。これほど美しいサンゴ礁は初めて見た。ハワイでは、タンクを背負って潜ってもいるが、とてもかなわない。

水深十メートルから十五メートルのあたりから、ゆるやかにサンゴ礁が隆起している。ところどころにミゾが走り、その内側は、さらに水深があって広くなっている。そのミゾの中を、一メートルはあろうかという魚が悠然と泳いでいった。

すばらしいサンゴ礁だった。小魚の大群がひっきりなしにいきかい、ヤガラの姿もある。

顔をだした私をカメラで狙う塔下氏にいった。

「写真撮ってる場合じゃないよ、潜ってごらん」

海面近くから澄んだ水を通して海底を見おろすと、高所恐怖症になったような、そら恐ろしさを感じる。つまりそれだけ、はっきりと海底が見えるのだ。

さんざん泳ぎまわり、ボートにあがるとクルーがカワハギの肝あえを作ってくれていた。クーラーからビールをだし、本土のそれと比べるとややアブラっけのないカワハギの刺身を食べる。

最高に気持がいい。アメリカ人の夫婦が船外機つきのゴムボートでやってきて、タンクを背負って潜っている。

食べて、飲んで、そしてまた泳いでいるうちに、帰る時刻になってしまった。

帰りは、全員がボートの舳先《へさき》に腰かけた。こうすると、飛ばしていても、波がないのでしぶきがかからない。

足をぶらぶらさせ、濃紺の東シナ海をつっ走りながら、ときどき船影に怯《おび》えて逃げるトビウオに笑う。

誰も、なぜかひと言も口をきかない。しかし、全員がひどく幸せそうな顔をしていた。

いい休日だった。

ユーミンと自分の関係を考えた

夏休みのまっ盛りに入っている。十代の後半から二十代の半ばにかけて、夏休みのイベント――泊りがけの海水浴であったり、恋人との旅行――がスタートするときには、必ずカセットテープを作っていたことを思いだす。

定番はユーミンと山下達郎《やましたたつろう》、南佳孝《みなみよしたか》であった。ユーミンのテープには、フルシーズン、〝効果〟があったが、やはり達郎と佳孝は、〝季節物〟で、夏の音楽だった。

私が高校生のとき、荒井由実《あらいゆみ》のデビューアルバム『ひこうき雲』はリリースされた。大学一年が『コバルト・アワー』であったと思う。

私たちの世代のある者にとっては、ユーミン（この呼び方は、正直どうも馴染《なじ》めない。私たちは、荒井由実、松任谷《まつとうや》由実と呼んできた。奇妙だが、どうもユーミンという呼び名は、軟弱な気がする。彼女の音楽は、じゃあ硬派なのか、といわれたら困ってしまうのだが）のサウンドは、ひどく感傷的な効果をもっている。

現在の彼女のファンの大多数は、松任谷由実になってからの若い人たち（といっても三十くらいには達しているだろうか）が中心だろう。むしろ、私たちの世代の彼女のファンは、当時は少数派であったかもしれない。

そのあたりについての話を書いてみよう。特に日本のニューミュージックに詳しいというわけでもないから、的《まと》はずれもあるかもしれない。だがとりあえず、私は今でも松任谷由実のファンであるし、アルバムはすべて買いつづけている。だからその話を始めるとちょっと長いかもしれない。

私たちが中学生のとき、フォークのブームがあった。岡林《おかばやし》信康《のぶやす》や加《か》川《がわ》良《りょう》、そして少しあとに吉《よし》田《だ》拓郎《たくろう》や井上《いのうえ》陽水《ようすい》といった人たちが現われた。

当時洋楽はロックの全盛期だった。アメリカでは『ウッドストック』（大野外ロックコンサートで、アメリカ中からミュージシャンが集まった）があり、日本国内では『中津川《なかつがわ》フォークジャンボリー』というやはり大野外コンサートが開かれた。

ニューミュージックが台頭するのは、それから数年後である。『はっぴいえんど』（大瀧《おおたき》詠一《えいいち》、鈴《すず》木《き》茂《しげる》、細野《ほその》晴臣《はるおみ》、松本《まつもと》隆《たかし》）とその周辺の、当時は「すごく早い」ミュージシャンたちがその先鞭《せんべん》をつけていた。

が、やはりニューミュージックという呼称を定着させたのは荒井由実であり、『ひこうき雲』の三年後に『私の声が聞こえますか』をだした中島《なかじま》みゆきであった。

このふたりが今も「女王」であることは、昨年の『真夏の夜の夢』、今年一九九四年の『空と君のあいだに』の大ヒットを考えるとすぐに理解できるだろう。

だが、今から二十年前、実は「ユーミンファン」というのは、少数派だった、と私は思っている。ユーミンはデビューアルバム以降、着実にファンを増やしてきた。その人気が爆発したのは、アルバム『サーフ&スノウ』が、発売から何年もあとに作られた映画『私をスキーに連れてって』に使われたときである。以来彼女は、若いＯＬや女子学生の「教祖的存在」としてマスコミに注目されるようになった。

が、むしろ私の世代にとっては、『私をスキーに……』の頃あたりから彼女は、時代を併走《へいそう》するミュージシャンではなくなっていた。

このことは、私のごく個人的な、ある事情によって説明できる。

それは、

「ユーミンの曲を聞くと、その時代つきあっていた女の子の顔が浮かぶ」

というものだ。

私にとってそれは一九八四年の『ノーサイド』の頃あたりだろうか。彼女の十六枚めのアルバムである。私が二十八歳のときだ。

誤解のないように書くが、このことはユーミンの音楽性とは何の関係もない。彼女のサウンドの変化うんぬんよりも、私自身の変化によるところが大きい。

さて、ユーミンファンが二十年前は少数派であったという、その理由だ。

それは簡単なことだ。彼女の詞は、東京周辺の、比較的裕福な大学生くらいの若者によってのみ支持される要素が高かったからである。

当時の彼女の詞（特に『コバルト・アワー』以降）は、センチメンタルではあっても暗さはなく。恋のとらえ方も、もう片方の雄、中島みゆきに比べると「命がけ」的なところはみじんもなかった。失恋をうたってもどこかクールで、次の恋愛の出現を確信するといった、いかにも「遊んでいる学生うけ」しそうな内容だったのである。

そのあたりは、中島みゆきや矢沢永吉《やざわえいきち》といった、「高卒・就職組」にも支持されたミュージシャンとの絶対的な歌詞の差があったと私は思う。

うーむ、どうも泥沼的になってきたが、いつかユーミンについては書きたいと思っていたのだ。今回、書ききれるとは思わないが、書いておこう。

くりかえすが、あくまでこれは、私個人の考え、受けとった「ユーミン観」である。音楽評論なものではまるでない。

個人的には、松任谷由実のベストアルバムは『昨晩お会いしましょう』にとどめをさす。その理由はまた長くなるが、私自身の印象では、このあたりから、ユーミンの曲は、「併走するファン」から「憧れるファン」へのものへと変質が始まったような気がするのだ。

中島みゆきにも同様な変質を感じる、と書くといいすぎだろうか。かつての〝演歌〟的な世界が、〝応援歌〟へと、つまり、自分自身の世界から、別の誰かへの言葉にかわっていったような変化を感じるのだが。

ところで、ここでいきなり話が脱線する。

六本木の姐《ねえ》ちゃんと話していたときのことだ。私が、古いユーミンの曲を聞くとその頃つきあっていた子を思いだすといったら、彼女は少し考え、いった。

「あたし、『ドラクエ』やると思いだしちゃう」

「『ドラクエ』？　ファミコンの!?」

「うん。主人公にそのときつきあっている彼氏の名前つけるの。『ドラクエ』の『Ⅰ』がサトシで、『Ⅱ』がヨウスケ、『Ⅲ』がコウイチ、『Ⅳ』がマモル……。たまにやることなくてさ、古いソフトひっぱりだすでしょ、それでスイッチ入れると、サトシとかヨウスケとか、ポンと名前が出てくんだよね」

前に書いた、「怠け癖」の姐ちゃんである。

「ふーん」

私は唸《うな》った。確かその場には、前担当のN村もいた。N村は現在『Vジャンプ』の編集部にいるからファミコンに強い。

「今、確か、『V』までていますよね。『ドラクエ』って」

N村がいうと、彼女はちらっと横目で見ていった。

「『V』の主人公はナイショ」

「全部ちゃんとクリアしたのか」

私は訊いた。彼女は首をふった。

「駄目。クリアできたのいっこもない。だって彼氏と別れたらやめちゃうから」

私とN村は顔を見あわせ、はあっと息を吐いた。『ドラクエ』のクリアが難しすぎるのか、姐ちゃんと彼氏のつきあいが短すぎるのか。

だが、ファミコンのソフトに昔の恋人の名が刻まれている、というのは、確かに九〇年代のエピソードではある。


さてユーミンの話に戻る。初期のユーミンのファン層がある特定の若者を対象にしていたことは書いた。

一九七〇年代の半ば、ディスコは第一期のブームを迎えていた。しかしそこは、大学生ならば誰でもいくようなポピュラーな「遊び場」ではなかった。また、当時の大学生で、自分専用の車をもてるのは、ごく少数の豊かな環境にある者だけだった。私の通った大学は、裕福な生徒の多い私大だったが、それでも自分の車をもっているのは、クラスにひとりか二人くらいだったろう。私の友人などは『コバルト・アワー』の歌詞に触発され、バイトにバイトを重ね、ようやくベレGを買ったほどだ。

それが約十年で、「大学生の自家用車」はまるで珍しくなくなった。私たちの頃、『中央フリーウェイ』の歌詞を身をもって経験できるのは、本当に少なかったのである。

そのことに私が気づかされたのは、私自身が社会人になり、自分と同世代の高卒などの女の子たちとつきあうようになってからだ。

学生時代、私の周囲にいた女の子は、ほとんどが同じような大学生ばかりで、彼女らは例外なくユーミンのファンだった。したがって、私は、自分と同世代の女の子ならたいていはユーミンのファンだと思いこんでいたのだ。

それがちがうとわかった。

「理由はうまくいえないけど、ユーミンて好きじゃない」「あんまりぴんとこない」

そう私に告げる女の子たちと出会ったのだ。なぜだろうと考え、気づいた。

初期のユーミンサウンドは、「経済的に恵まれた十代」を送った若者にのみ支持されやすいものだったのだ。

やがて私は、自分がユーミンのファンであることを、初対面の女の子に告げないでいる時期がしばらくあった。「お坊ちゃん育ちの軟弱野郎」ととられるのではないかと、恐れたのだ。

そうありながらアルバムを買いつづけ、コンサートにも何度も足を運んだ。

ユーミンを好きではない、といった女の子たちが好んだ日本の女性歌手は山口百恵《やまぐちももえ》であったり、中森明菜《なかもりあきな》（デビューして五年以内）だったりした。

そんなある日、ユーミンファンが変化した。


変化とはつまり、ユーミンとファンの距離感である。

私たちの世代にとってユーミンの歌とそれを歌っているユーミンというアーティストは、比較的身近な存在だった。半径五十キロ以内の物語、とでもいおうか、ユーミンの歌の世界は、「私たちもいく」山手の『ドルフィン』であり、『中央高速』で、そこで語られる恋の物語は、私たちにも実感として、「ああユーミンもこういう風《ふう》に感じていたんだ」と同志的な親近感を抱かせる内容だった。

もちろんだからといって、ユーミンが、「ふつうの女の子」であったわけでは決してない。

ユーミンが傑出しているのは、実はその点なのだ。ふつうの大学生だった、私や私の世代の若者たちが親近感を抱き、ある種、「仲間」的な感覚でうけいれた「ユーミンの歌」と、それを作りだしたアーティストは、まったく別のものである。

「同じ気持になれる」「自分たちの気分を素直に代弁してくれる」といった、同時代性は、若者に支持されるアーティストにとって絶対不可欠なものだ。だからといって、それを作りだす人間が、ではその時代どこにでもいる、ごくふつうの人間である筈《はず》がない。

「ふつうの気持」を「ふつうの人間」に頷《うなず》かせるのは、「ふつうの人間」では決してなしえない作業なのだ。

ちょっと考えればあたり前の話だが、けっこう世の中では勘ちがいとしてまかり通っている。「誰にでもわかること」を発信するのと、その発信行為そのものが、「誰にでもできる」のとは、まるでちがう。

ユーミン以降、ユーミン的世界を歌う女性シンガー・ソングライターはそれこそごまんとでたが、生き残った数を考えれば簡単にわかる。

ユーミンの世界が、「あたしもそう!」「あたしも同じ!」だからといって、「あたしにも書ける」「あたしにも歌える!」というものではまるでなかったわけだ。

ところが、初期のユーミンの歌には、その「差異」とでもいうべきものをファンにあまり感じさせない特質があった。それは即ち、彼女の歌の「下手さ」である。

誤解を恐れずに書けば、彼女の五枚めあたり(『紅雀《べにすずめ》』)までの歌は、決して「うまく」はない。高音部で声は震え、苦しげであり、かえってそれで危うげで、はかなげに聞こえ、聞く者の胸をしめつけさえした。

彼女の当時のライブは、「聞いていて心配になる」ほど頼りなげですらあった。おそらく、現在のユーミンのあの、超豪華なライブしか知らないファンには信じられないような話だろう。

その歌の「下手さ」が、また、勘ちがい「あたしもユーミン」風のミュージシャンを多数生む原因にもなった。

ある意味で、歌が上手でなかったからこそ、ユーミンは、私たちにとって「身近な存在」であったともいえる。もし彼女が、美空《みそら》ひばりのような(古いね)、天才少女歌手であったら、その歌詞の内容はともかく、やはりこれほど身近には感じなかったろう。

そのユーミンが変貌する。歌がうまくなり、ライブをひとつのショーとして、他のミュージシャンの追随を許さない豪華な空間演出をおこなうようになる。

そこにはかつてのような「身近さ」はない。

観客は心配するどころか、圧倒され、酔うことを目的として劇場へと足を運ぶ。

ステージの上のユーミンは、今も、観客にとっては、「あたしたちの歌」を歌っている。しかし、そのユーミンを「あたしと同じ！」と思うファンはいまい。ステージの上と、ステージの下には、とてつもない距離がある。

ファンは、自分たちの気持を歌ってくれるユーミンに、自分は決してなれないと知っている。にもかかわらず熱狂する。

それをして、〝教祖〟と、彼女がいわれたりする理由になったのだ。

だが考えてみれば、ユーミンと、ユーミンファンとのあいだの距離感は、最初からとほうもなく開いていたのである。ただ、初期の彼女はそれを感じさせなかった。ファンと彼女自身との年齢差が小さかったこともあろう。しかし何より、荒井由実であった頃の彼女は、自分が〝教祖〟になるであろうとは夢にも思わず、世の中に対して手さぐりの状態で歌を送りつづけていたからにちがいない。あたり前のことだが、当時の彼女に、今ほどの自信はない。だからといって、彼女が天才ではなかったという答えには決してならない。

彼女は確か私より二歳くらい上である。今から十年前、私はある小説の取材のため。彼女のコンサート会場を、その準備段階から取材したことがある。ステージ建築、リハーサル、ランスルーを武道館の客席の隅から見つめつづけ、そして本番が始まったとき、ひとりで泣いてしまった。このとき、ユーミンとは一度も顔をあわせていない。

併走するファンというのは、音楽に限らず、小説や演劇、アートであっても、創作者の核に、自分と同じ資質というか、感性を嗅《か》ぎとってのみ、なりたつ。その意味では確かに、ユーミンの「核」にある感性は、一部、私の中にある感性と共通するものがあったろう。そして同じことを感じた人間が、私の世代には数万人いたのだ。

では現在の彼女のファンの大多数がもつ感性と、現在の彼女の「核」にある感性についてはどうなのか。これは私にはわからない。

私はユーミンの昔がよくて、今がよくないといっているのでは決してない。

現在のユーミンを作りだしたのはユーミン自身だろうし、その、変化に対するアグレッシブな姿勢はすばらしい。

おそらくは、最大公約数的な「核」は同じであるにちがいない。同じでありつづけることには、とてつもない才能が要求される。

当然だ。数万人と同じ「核」を共有するのと、数百万人と共有するのでは、まるでちがう。

それをなしえている創作者は、現在の日本では、ミュージシャンの他にはほとんど見あたらない。

私はもし、「同世代の天才をひとりあげよ」といわれたら、ためらうことなくユーミンの名をあげる。

それほど彼女の存在が、私の人生に与えたものは大きい。

さて、ユーミンの話をここでひとまずおこう。

実は今回、この一連の原稿を書くにあたって、中島みゆきのアルバムを一挙に買ってきて聞いた。私は今まで中島みゆきの歌をそれほど真剣に聞いたことがなかった。だが、ユーミンについてつらつら書くにあたって、もう一人の女王『中島みゆき』の歌ももっとちゃんと聞いておかねば、という気分になったのだ。

物書きの世界に中島みゆきのファンは多い。たぶんユーミンよりはるかに多いだろう。それはわかるような気がする。ちなみに、本誌の担当でもあるO上も、中島みゆきの大ファンだそうだ。

〝聞いておかねば〟と思って聞いたくらいで、ここに中島みゆきについてあれこれ書く資格はない。というのは、やはり中島みゆきの歌にも、同時代性が強くあるような気がするからだ。

同時代性、という言葉はひょっとしたら私のいいたいこととはちがうかもしれない。つまりこういうことだ。

私にとってユーミンが特別な存在のミュージシャンであるのは、彼女のデビュー以来、リアルタイムで、私がその歌を聞いていたからである。つまりそのときそのときの、私自身の人生におこった大小さまざまなできごとと彼女の歌を聞いた時期が重なっていて、それが結局、「当時つきあっていた女の子を思いだす」ような回想の引き金になっているわけだ。

このことは特にリアルタイムでなくてもかまわない。要は、その歌をくり返し聞いた頃、その人の人生に何があったか、という問題であって、その歌そのものが、何年も前に商品として市場にでたものであっても、本人にとってリアルタイムであればよいのだ。

ただ結局、今回の私のように、「まとめて」聞いたのでは、絶対にそれらの引き金となる歌と等条件で聞き比べることができない。

思い入れ、とでもいおうか、自分の生活との重なりが存在しないからだ。

「今、中島みゆきをせっせと聞いてる」

あるところで私がそんな話をしたら、銀座の姐《ねえ》ちゃんがこんなことをいった。

「男の人ってさ、つきあってる女と別れるとき、必ず次の女を確保してから別れるよね」

「それは、乗りかえているってことか」

「そうかもしれない。その女を嫌になって別れるっていうより、次の女がよくなったから捨てるっていうか……」

私は首をひねった。

「そうかな」

「七十パーセントかな、男の人の」

確信ありげないい方だった。十人の男にふられて、そのうちの七人には次の恋人ができていた、というのだろうか。

私自身に関していえば、他に好きな子ができた結果、それまでつきあっていた女の子と別れたというのは、ひとりしかいない。

もちろんだから七十パーセントではありえない。

「中島みゆき、聞きまくっていたよ、だから昔」

と彼女はいった。
だから昔……その言葉を私は胸の中で反芻《はんすう》した。だから今。じゃなくて、だから昔。
「でも、ふられた子より、ふった子のことの方が、よく思いだすんだよね」
私は笑った。実は俺もそうだ、とはいいづらかったが。

新たな哲人との出会い

この時期、外房から南房にかけての一帯では、生きエサやルアーで、砂浜からヒラメがあがる。それを狙って、集英社の編集者Y氏が現われた。

Y氏は私の担当ではないのだが、パーティなどで顔を合わせ話をしているうちに、磯釣りをかなりやる、というのを聞き、いつかいっしょにやりましょう、と約束していた。

Y氏は仕事明けの徹夜で東京からやってきて、朝まづめ、ルアーでソゲ（ヒラメの子供）をあげた。そのあと常連にしている釣り具店で寝ているからあとで寄ってくださいと電話があったのだ。

これはかなりの釣り師だぞ、とそれを聞いて私は思った。その釣り具店『サンデー』は、外房では、名のある釣り師が立ち寄るので有名である。その店で仮眠してしまうとなると相当の〝顔〟でなければできない。

早速原稿をあげて、黒乳首のN君と『サンデー』をのぞいた。

東京ではダブルのスーツなどを着て、一見遊び人風のY氏は、無精ヒゲがのび精悍《せいかん》な釣り師に一変していた。

「何をやりますか」

すぐにでも釣りにいきたい我々を前に、Y氏は悠然と缶ピースをくゆらせている。

「やっぱりクロダイですね。ただ、潮が澄んじゃってますからねぇ」

「そうですね。夜、かなあ……」

Y氏は、店内のストーブのかたわらにすわった常連風の男性をふりかえった。

「夜だな。今日の潮からいって、昼は動かねえよ」

その男性は答えた。我々が黙礼すると、Y氏が男性を紹介してくれた。

「この人はSさんといって、僕のルアーの師匠です。年に百本はスズキをあげていますから」

それを聞いて私たちはぶっとんだ。年に百本というのは尋常ではない。

Sさんが照れたように笑って、

「家が近いから……」

と首を振った。Y氏がSさんに訊ねた。

「どこでやればいい？　教えてよ」

「うーん、夕まづめは豊浜《とよはま》のテトラで一発勝負かな。メジナのでけえのもくるから、あそこは」

「そのあとは？」

「どっかなあ」

Sさんはにこにこ笑いながら首をひねっている。

「教えてよ、ねえ」

Y氏がなおもくいさがると、根負《こんま》けしたようにいった。

「あの先でよ、テトラがあっぺ。あっこから十メートルくらいのところでやってみなさいよ」

そしてコマセの打ち方、タナなどを詳しく教えてくれた。

「じゃSさんもいこうよ」

「いや、おいら風邪ひいてっから、いかねえ」

聞いた場所は、潮がひくとほとんど岩が露出する、とんでもない浅場である。だがY氏は、Sさんの情報に絶対の信頼をおいているようすだ。

我々は一時間以上も『サンデー』で時間を潰《つぶ》し、それから釣りにでた。もう夕まづめ直前である。まず教えられたテトラでY氏が良型のメバルとN君がアジをかけた。だが本命はこない。そこでしばらく粘り、我々はSさんのマル秘ポイントに移った。Sさんの話では潮の加減からいって、そこで夜の九時から十一時くらいのあいだまでが勝負だという。

釣っていると、

「釣れますかぁ」

ドテラ姿のSさんがひょっこり堤防に現われた。手にポットをさげている。

「ホットウイスキー、作ってきたから、飲まねぇかな、と思って……」

ありがたかった。この時期の夜釣りは真冬並みに冷えることがあるが、その晩がそうだった。Sさんは自分では竿をだす気がないのに、わざわざ我々のために届けてくれたのだ。竿をおき、体の中を暖める。SさんはY氏と少し話したあと、空になったポットを手に、また飄々《ひょうひょう》と帰っていった。

「彼はね、この先の港のすぐ裏に住んでいるんですよ。だから毎朝、仕事にでる前に三十分、という具合でルアーを投げてるんです」

「いいなあ」

N君がつぶやく。このところルアーのバス釣りで彼はボウズつづきなのだ。

やがて、私の竿が曲がった。Sさんが教えてくれた通りの場所で、三十センチのカイズ（クロダイの小型）だった。

「先を越されたか」

Y氏が嬉しそうにいった。このベタ澄みで夜とはいえ本命をあげられるとは、私も思ってもいなかった。

Sさん、ありがとう。そしてこれからも、どうぞよろしく。

坊主頭の中坊時代

何ともはや。

N村につづいてこのページの担当になっていたO上が、異動で『週刊プレイボーイ』から『週刊少年ジャンプ』に移るという。

わずか半年ちょっとの担当とは、やけに短い。もちろんO上自身は前から『週刊プレイボーイ』にいたので、短いと感じるのは私ひとりである。

私としては、まだまだO上のおもしろさを理解できるほどにはつきあえなかったのが残念だ。だがこうなったらガンバレとしか、いう他はない。

そのユニークなキャラクターをいかして、『週刊少年ジャンプ』で大ヒット作を生みだしてくれ。

というところで、ふと思いついたので、マンガの話を書こう。

私の世代は、難しくいうところの「少年週刊誌」創刊にぎりぎりまにあった、という年齢である。

少年週刊誌というと、なんだか少年向けの『週刊ポスト』や『週刊大衆』を想像しそうだが、そんなもんあるわけない。あったらコワい。「『少年ポスト』今週号の目玉は、小学校別給食ベストランキングとミス小学生へアヌード」、「『少年大衆』特大号企画、直撃！　全国小学校番長インタビュー、全国制覇への夢を語る」なんてね。要するに『少年ジャンプ』に代表される、週刊少年マンガ誌である。

『少年サンデー』と『少年マガジン』の創刊が一九五九年で、私は三歳。もちろん、この頃、読んでいた筈はない。

少年週刊誌の前に、子供向けの雑誌として王座にあったのが、少年月刊誌である。『冒険王』や『少年』『ぼくら』といった雑誌だった。内容はマンガだけでなく、「世界の七不思議」とか「空飛ぶ円盤の謎」といったような、男の子が胸をわくわくさせるような読み物に加え、小説やグラビアなども載っていた。また、付録が多いのも特徴で、ボール紙で組み立てる飛行機や潜水艦、輪ゴムのピストルや手裏剣《しゅりけん》などがビニール袋に包まれて、雑誌の中ほどにはさみこまれており、とてつもなく分厚いのがふつうだった。

今この傾向があるのは、『りぼん』や『なかよし』といった、低年齢の少女向けの月刊誌である。

少年週刊誌と少年月刊誌は、しばらくは共存していた。が、やがて、部数において大きく差がでるようになり、週刊誌の黄金時代に突入する。

創刊当時、これらの少年週刊誌は、対象読者年齢を、小学校五、六年生にしていたという。そうなると、一九四七年、八年生まれの、ベビーブーム、あるいは「団塊《だんかい》の世代」の人たちの年齢と一致するわけで、ここには出版社の強《したた》かな計算も読み取れる。つまりそれだけ、子供たちの数が多かったわけで、市場として魅力的だったのだ。

この、初期の少年週刊誌を支えたマンガといえば、『伊賀《いが》の影丸《かげまる》』などの忍者マンガ、そして『オバQ』や『おそ松くん』といったギャグマンガがある。『伊賀の影丸』を描いていた横山光輝《よこやまみつてる》氏は、その前に少年月刊誌で『鉄人28号』を描いているのだ。作風の幅は、『北斗《ほくと》の拳』と『花の慶次《けいじ》』の比ではない。

私自身は少年週刊誌と馴染《なじ》むのは、実は大学生になってからだった。もちろんそれ以前の、『巨人の星』や『あしたのジョー』などといった大ヒット作を知らなかったわけではないし、『紫電改《しでんかい》のタカ』や『サブマリン707』なども読んではいた。だが、毎週、少年週刊誌を買ってもらえる（あるいはおこづかいで買う）といった環境ではなかった。

特に私自身は、小学校の高学年から海外の推理小説にすっぽりとはまりこみ、中学一、二、三年の、もっともマンガを愛読する年齢のときには、『ミステリマガジン』や『SFマガジン』などといった翻訳小説専門の雑誌を読みふけっていた。どうも、あまりかわいげのない奴である。

ところが、大学生になって、『少年チャンピオン』にはまった。はまった理由は、もちろん『がきデカ』である。子供の頃から少年週刊誌を読みつづけてきた大学の友だちが、

「今はこれが一番おもしろいぜ」

といって、ギャグを（「死刑！」とか「んぺとっ」という奴）を真似ていたのに興味を惹《ひ》かれた

のだ。

その頃のチャンピオンは、他にも『ブラック・ジャック』『マカロニほうれん荘』『ドカベン』といった人気作品がめじろ押しで、今の『少年ジャンプ』のような無敵の時代だった。

だが、それ以前にも、先に書いたように少年マンガを読む機会はあった。床屋であったり、お好み焼き屋や喫茶店であったりしたが、週刊誌ではなく単行本（コミックス）で出会っていたのだ。


ここまでの原稿を読みかえして、大きなことに気づいた。もちろん私にとってという意味だが。

それは、私が、少年週刊誌を読むようになる大学生以前には、少年マンガとは、床屋やお好み焼き屋などで出会っていた、という件《くだり》だ。

これは実は、一部において正確ではない。というのは、私は中学時代、一度も床屋にいっていないのだ。

ぼうぼうの長髪にしていたわけではない（長髪は確かに流行っていたが、さすがに中坊で、肩まで髪をのばしている奴は名古屋にはいなかった）。逆で、坊主刈りだったのだ。

私は中学を受験して、私立にいった。そこは坊主刈りを校則に定めていた。両親は、私が入学すると早速、電気バリカンを買ってきた。これで三年分の散髪代が浮いたというわけだ。

おかげで私は三年間、床屋にいくことはなかった。考えてみるとそれによって、数多くの少年マンガと出会う機会を奪われたわけだ。もし当時の大ヒット作である『男一匹ガキ大将』などリアルタイムで出会っていたら、現在の私とは小説観などもかわっていたかもしれない。

このことは、私にとっては、実はすごく大きい問題である。

私がアメリカのハードボイルド小説の翻訳作品と出会ったのが、まさにこの中学時代であった。アガサ・クリスティやエラリー・クイーンといった作家たちの〈本格推理小説〉を片はしから読みつくし、そのゲーム性のようなものに飽きを感じ始めていたときに、ウィリアム・マッギヴァーンという作家の『最悪のとき』というハードボイルドに手をだしたのだ。

この話は前も書いたと思うのでくりかえさない。ただ、その作品から受けたショックが私を、ハードボイルド、冒険小説へと向かわせ、ついには自分で書きたいと決心するに至ったわけだ。

もしその時期、あれほどに日本中の少年たちを熱狂させた『少年ジャンプ』などのマンガと出会っていたら、当然私自身もその例に洩《も》れる筈《はず》はなく、あるいはハードボイルド小説を手にする機会はずっと後になって、小説家、それもハードボイルド小説家になろうとは思わなかったかもしれない。

つまり坊主頭が、私をハードボイルド小説家にしたのだ、なんて。

ちなみに校則に定められていたその坊主刈りだが、私が中学三年生のとき、当時の生徒会が、坊主刈り廃止を決議し、これを学校側が呑《の》む形で、廃止になった。

とはいえ、百年以上伝統のある学校なので、親子二代や三代といった卒業生も多く、そういう家庭では校則では廃止だが父親の命令で坊主頭、という生徒もいた。ひょっとしたら今もいるかもしれない。

ところで、大学時代にようやく少年週刊誌に〝目覚めた〟私だが、その後は、青年誌や少女誌を含めて、アトランダムに読み散らすようになった。

今はもうそれほど熱心な読者とはいえず、買いつづけているマンガ家や、全巻を揃えているコミックスなどもそうはない。

この世界に入ってからはまったマンガを試みにあげると、『パタリロ！』『カルラ舞う！』『BANANA　FISH』などの少女雑誌系や、諸星大二郎《もろぼしだいじろう》氏、湊谷夢吉《みなとやゆめきち》氏、大友克洋《おおともかつひろ》氏、などの諸作品がある。

で、これとは別の話だが『M《マ》・A《ッ》・T《ト》』という、マンガの原作チームがあり私はそこに属している。

この『M・A・T』ができて、十年たつ。現在のメンバーは五名。フルタイムライターというのはおらず、全員が何らかの形で別の仕事をもっている。黒乳首のN君や、画家の河野治彦もそのメンバーである。

私自身もこの『M・A・T』で、マンガの原作を何本かやっている。少年週刊誌に連載をもったこともある。

そしてやってみてわかったのは、マンガの原作と小説とは、まるきりちがう、ということだった。

小説、特にエンターテインメントは、ストーリー性が実に重要になってくる。主人公はありふれた人間であってよい。要は、ストーリーの展開によって、彼または彼女が、何を感じ、どう行動にそれを反映していくかを描写するのが大切なのである。乱暴ないい方をすれば。

マンガはちがう。まずキャラクターである。主人公は、完成された人間である必要はないが、第一回を読んだときから読者に、この状況ならこいつはきっとこうやる、と想像できる存在でなければならない。その上で、主人公の行動を絵解きでエンターテインメントに仕上げるのだ。

この方法論のちがいを学んだことは、私が小説を書いていく中で、大きな勉強になった。

日本映画とハリウッドの差

話題の映画『スピード』を映画館で観てきた。大ヒットするだけのことはあって、息もつかせないおもしろさである。

だが観ていて気づいたことがある。この『スピード』のメインアイデアである、犯人の爆弾トリックと、爆弾をしかけられたバスから人質を救出するトリックは、どちらも、かつて日本映画にあったものなのだ。

ある一定のスピードに達すると爆弾が作動し、しかもスピードを落とせば爆発する、というトリックは、一九七五年の『新幹線大爆破』という映画で使われている。ここでは高倉健《たかくらけん》が演じる犯人が新幹線に爆弾をしかけ、時速八〇キロ以下になると爆発するというトリックで、五百万ドルの「身代金」を要求する。

もうひとつの人質救出トリックだが、これの詳細については、まだ『スピード』を未見の読者もいるだろうから書くわけにはいかないが、犯人がバスの内部にテレビカメラをしかけている、と主演のキアヌ・リーブス演じる刑事が気づいた瞬間に、「あ、これは『東京湾炎上』だ」と私は思った。

『東京湾炎上』は、『新幹線大爆破』と同じ、七五年に作られた作品で、私の先輩である田中光二《たなかこうじ》さんのベストセラー『爆発の臨界』※注を原作にしている。

同作は、原油を積んだタンカーをハイジャックしたテロリストが、タンカーを東京湾の奥深くへ

※注・2015年９月現在、中古品でのみ入手可能。

進入させ、要求を受けいれなければこれを爆破させると脅迫。そしてタンカーへの「攻撃」を防ぐため、テレビによるタンカーの中継映像を放映せよと要求する、という話である。
『スピード』が、これらの映画を真似たかどうかは、私にはわからない。また、真似たとしても、作品としてこれほどおもしろくできたのなら（著作権の問題は別として）よいではないか、という印象だ。

ただどうしても残念なのが、日本映画界は、すでに二十年も前に、この大ヒット作と同じアイデアを映画にしているにもかかわらず、現在はこれに匹敵するほどのスペクタクルやサスペンスを提供していない、という現実だ。

『スピード』は、決して大予算を投入した、ハリウッド大作ではない、という。とはいえ、ハリウッドにおける平均的な映画の制作費は三千万ドル（約三十億円）で、これは日本映画では、途方もない超大作になってしまう。

ちなみに一昨年の、私の小説を原作にした『眠らない街—新宿鮫』は、当初製作予算を三億円で出発している。結果的にはこれをかなり上まわったようだが、スケールとしては十分の一。その後、聞いたある大作の予算は七億円で、四分の一にも満たない。

確かに『スピード』を見る限り、低予算といっても、三十億円は軽くかかっているであろうことはわかる。あるいはもっとかかっているかもしれない。

ハリウッドがこれだけの予算をかけられるのは、何よりも海外における興行収入を予算回収にあてられるからに他ならない。

先日（一月十三日）の朝日新聞のコラムによると、ハリウッド映画は、海外での興行収入が国内収入を上まわりつつある、という状況だそうだ。ちなみに最近の作品では。海外収入比率は、『ロボコップ3』で七七パーセント、『ジュラシック・パーク』で六〇パーセントに達するという。

これは大きい。五〇パーセントとしても、国内と同額の興行収入を海外であてこめるなら、製作費を単純に倍にしても見あう計算になってしまう。

現在の日本では、映画製作は「もっとも確率の低い投資」になりつつある。映画会社は、自分の懐《ふところ》をいためて出資し映画を作るよりも、単純に映画館を「貸す」ことにのみ専念したほうが、はるかに儲かるのだ。

製作者は、いい原作やシナリオ、監督を確保する前に、出資者を見つけなくてはならない。映画には億という金がかかる。億を出資して、何の見返りも期待しない人間などいない。リスキーであるなら、あるほど、大きいバックを期待する。

残念ながら現在の日本映画には、なかなかそれだけの力はない。日本映画の「大ヒット」は、いったいどのようにして生まれるのか、プロデューサーたちは皆、知恵を絞っている。

『スピード』は、まぎれもないエンターテインメントの傑作である。キアヌ・リーブスとデニス・ホッパーをのぞけば、さしたるスターはでておらず、監督のヤン・デ・ボンも、これが監督デビュー作なのだ。

若い監督にこれだけの作品を撮らせてしまうのが、ハリウッドのすごさである。そこには、プロたちのしたたかな計算がある。

もちろん、ハリウッドでも映画を作るのは決して簡単ではない筈だ。いくら才能があるといっても、新人にいきなり何十億という金がそうそう預けられるものではない。

ヤン・デ・ボンにしても、長い下積みや、没《ボツ》になった企画書の山を築いた上でのことだったろう。また、ハリウッドというのは、徹底的にシステムが完成されているところらしい。それは、たとえば映画の脚本家のクレジットが、ひとりの名ではなくふたり、ときには四、五人の名前が並んでいるところからでもわかる。

これは、絶対に投資した資本を回収しなければならないため、脚本に妥協を認めないプロデューサーの権力の反映でもある。

プロデューサーは、それがどのような大家の脚本であっても、「弱い」と踏めば、すぐ別の脚本家に「補強」を要求する。

この場合、脚本はもはや作品ではなく、商品でしかない。そのアイデアを思いついたのが最初の脚本家であっても、プロデューサーから「使えない」と見なされれば、とりあげられてしまうわけだ。もちろん、応じた使用料は払われ、クレジットに名前もでるだろうが、それでは納得できないと考える人たちもいる筈《はず》だ。だがそういった声はめったに日本までは聞こえてこない。

結局、脚本家は今後も脚本を書いて食べていかなければならず、ハリウッドのシステムに逆らっていては、その世界では生きていけない、ということで沈黙せざるをえないのかもしれない。

ハリウッドは、おそらく日本以上に、血も涙もない映画界である可能性が高い。

つまりそこにあるのは、プロたちのしたたかな計算の上にのっとった熾烈《しれつ》な戦いなのだ。

以前、イギリスのハードボイルド作家、フィリップ・カーと会ったとき、ハリウッドが彼に脚本を書かないかともちかけている話は書いた。

したたかなプロたちは、若い才能にはすばやく目をつけるのだ。そしてときには、その才能を使い捨てにすらする。その過酷さがあって初めて、世界的な大ヒットが生まれるのかもしれない。

ひるがえって日本に目を向けたとき、これだけ過酷で、したたかなプロの世界があるのだろうか、と思う。

ひとつだけ、ある。それは、マンガの世界だ。

世界最大の発行部数を誇る、日本のマンガ出版の世界だ。

若い才能への目配り、アンケートを使った過酷なまでの、ストーリーやキャラクターへのシステムの介入、現場でのリアルな計算。

我が国で、ハリウッドに匹敵する、ヒットエンターテインメント製作のシステムをもっているのが、少年週刊誌を中心にしたマンガ出版の世界なのである。

それに気がつくと、マンガがこれだけの大部数を売る理由にもあるていど納得がいく。

もちろん私は、計算がすべてだ、といいたいわけではない。計算を越えたところからうまれる傑作や大ヒットももちろんあるのだ。

しかし何かヒットすれば、すぐに毎年、パート2、パート3を作る姑息《こそく》な計算より、したたかに数年かけ、さらなるヒットとなるパート2を作る計算の方がすぐれてはいはしまいか。そう、これは日本の映画界に対する願いなのだ。

名前を挙げ、駄作と踏みにじるのは簡単だ。それより、映画は、何十万、何百万という人々を映画館にひっぱるだけの力がなくてはならない。とのための知恵をけんめいに絞った方がよほどいい。

正直いって私は、「しみじみと胸にくる感動の名画」とか「小品だがいつまでも心に残る佳作」

といった表現の映画に興味はない。

「一気だった、おもしろかった」とか「気がついたら終わってました」といわれるような、娯楽に徹した映画が好きなのである。

映画会社がプロの集まりである以上、大きな興行収入を生む作品を作りださない限り、小さくとも人の心を感動させる作品も作りだせないことははっきりしている。

それは、出版社がマンガ出版で大きな収入を得る反面、小部数しかでなくとも「文学」の形容を受けるような作品の出版をやめないのと同じである。

いいとか悪いの問題ではない。いってしまえば両方あるからこそ「文化」なのだ。

日本の映画製作の現場には、本当に「儲からないのに」「必死で」やっている人たちがたくさんいる。そういう人たちに、早く、「映画をやってよかった！」と思われるような、大ヒットエンターテインメントを作ってもらいたい、と願うのだ。

酒飲みの書

世の中はそろそろクリスマスシーズンだが、私は勝浦にきている。このひと月間つづいた締切地獄がやっと一段落し、じきに始まる〝年末進行地獄〟（年末年始と印刷所等が動かなくなるので、そのぶん各雑誌の締切りが前倒しになる）までのつかのまを、短期間の〝ダイエット合宿〟にあてたのである（本音は、今年最後のクロダイ合宿だったりして）。

この原稿は、こちらに着いた日の晩に書いている。明日からは、黒乳首のN君と鮫番のWが合流する予定だ。彼らの目的は、もちろんダイエットではなく、釣りである。

もっとも私は今日、早速、釣りにいってしまった。

夕方、こちらに買出しをすませて到着すると、晩酌用のオカズである、里芋とイカ、タケノコ、シイタケの煮物をちゃっちゃっと作り（ダイエット合宿中は、私は夕食を摂《と》らない。油と肉を排した肴《さかな》で焼酎を飲むだけだ）、南蛮漬《なんばんづ》けの材料となる小アジを釣りにでかけた。

馴染みの釣り具店に顔をだし、親爺さんと話す。今年は猛暑の後遺症か、例年に比べ水温の低下が遅れているという。外房では、ついこのあいだまで海水温が二十度あった。

この状態は、東京湾の湾奥部でも同じで、本来ならシーズンインしている筈《はず》の冬の釣りもの、カレイが今年はまだあまり釣れていない。カレイは、水温が下がる十一月下旬ごろから産卵のために浅場に乗っこんでくる筈なのだが、今年はそれが遅れている。

海の季節（？）と陸の季節では、ややズレがあって、陸が初冬になる頃、海では秋、ということ（水温の話だ）もあるのだが、それにしても今年はやはり全体にずれているようだ。

アジも本当ならこの時期は、かなり大きなサイズが堤防から釣れてよいのだが、今年は磯では型のいいアジがばんばんあがっているのに、堤防は日によってムラがあり、今日などは、夏に釣れるジンタ（豆アジ）に毛の生えたようなのが、少し釣れただけである。

南蛮漬けを作るにはやや少なすぎる。明日の夜を期待して、今夜の分は干物《ひもの》にでもするつもりだ。

この原稿は、帰ってきてシャワーを浴び、作っておいた煮物と、大根の皮とユズを刻んでひと塩した即席の漬物を肴に、焼酎を飲みながら書いている。

酒を飲みながら原稿を書く、ということは滅多にない。

特に小説は、飲んでいるとたいてい書けない。

思いつくままに筆をはしらせられるエッセイと伏線と描写に神経をつかわなければならない小説とでは、書く際の注意力の量がまるでちがうのである。

これまでも、酒を飲んで（もちろんホロ酔いていどだが）原稿を書いたことがないでもないが、あとになって読みかえすと、同じ接続詞がやたらとでてきたり、まわりくどいだけで結局何がいいたいのかわからない文を書いていたりして、使い物にならないことが多かった。

果たしてこの原稿はどうなのか。もし読者の目に触れたとすれば、明日読みかえしてみて、それほどひどくないのだろう。

酒を飲んで原稿を書くことは少ないが、アイデアを思いついたり、ふくらませたり、という経験は、ときどきある。

酔った状態で音楽を聞いたり、ぼんやりと考えごとをしていると、ふっとした拍子《ひょうし》に思いもかけないアイデアが湧くことがある。もちろんそういうときはメモをとっておく。素面《しらふ》になってからチェックするためだ。

ときどき酔いすぎていて、何が書いてあるのかさっぱりわからないメモもあったりする。

酒を飲んで小説を書く、という作家は、それほど多くはない。

聞いた話では、ヘミングウェイがそうだったとか、これは御本人から聞いたが、高村薫《たかむらかおる》さんが飲んで書かれるという。

ただし高村さんは、あの小柄、痩身《そうしん》で、滅多やたらに酒が強い。朝八時まで、バーボン、ジンをロックで飲みつづけ、編集者たちの死屍累々《ししるいるい》の中、いささかも乱れずにいたという逸話の持主なので、多少の酒では文章がびくともしないのだろう。その濃厚で緻密な文体が、アルコールを摂取した指で打ちだされているとは、にわかには信じがたい話だった。

二十代の頃、私は、どうしても酒を飲んでから書かなければならない羽目になると、シャワーを浴びたりひと眠りしたりして、けんめいに酔いをさましてから書いたものだ。

今は、原稿がある日は、とにかく飲まないようにしている。

〝魔がさして〟書いてみたこの原稿は、果たして陽の目を見るかしらん。

故郷の風景と食べ物

約二年ぶりに名古屋へ帰った。同業の井沢元彦《いざわもとひこ》氏がカルチャースクールでやっているトークショーの相方《あいかた》をつとめるためだ。

実家に泊まり、それにあわせて父親の十七回忌の法要もおこなった。

誰しも故郷に対しては同じような感情を抱いているかもしれないが、〝田舎〟というのは、何年たってもかわらないような気がするものだ。

私の実家があるのは、名古屋市東部の住宅地で、小、中、高といた学校の他には、県営や市営の住宅、一戸建ての家ばかりで、あとはショッピングセンターや小さな商店街くらいのものだ。スナックや喫茶店もなく、コンビニエンスストアすら、ようやくこの二、三年のあいだにちらほら目につくようになったに過ぎない。

私はその町で、小学校の後半と中、高の、あわせて十年間を過した。平和といえば実に平和な町だった。

しかし今回帰って、大きな変化に気づかされた。町の大半を占めていた市営住宅がなくなっているのだ。訊くと、とり壊されて、県営の高層住宅に建てかえられるのだという。住んでいた人たちは皆、引っ越していき、新たな住宅にも戻ってはこないらしい。

それらの市営住宅には皆、ブロックごとに名前がついていた。『はざま荘』『徳川山荘』などという名だった。小学校のクラスメイトの大半は市営住宅の住人で、私が通った珠算塾もまた市営住宅の二階だった。

考えてみると私の育った町は、市営住宅の建設にあわせて、バス路線がしかれ、マーケットが建ち、人の住む町がつくられたのだった。今でこそ、名古屋市の東部内側よりだが、三十年前は、東の外れで、造成中の宅地や手つかずの沼や雑木林がたくさんあった。そこでザリガニや蛙をつかまえたり、蛇にでくわしたりしたものだ。引っ越してきた当初は、家の庭に大きな青大将が巣食い、トカゲや蛙もたくさんいた。

今、町はそういう意味ではひとつの役目を終えた、ともいえる。

建物は古くなり、小学生の私が毎日のように遊びにいったクラスメイトの家も無人で、とり壊しを待つばかりになっている。私はその家々をブロックごとにへだてる道を自転車で走りまわり、近くの公園で毎日のように野球をした。

公園はブランコが錆《さび》つき、乗る人もいない。線を引いてベースをおいた石ころだらけの地面は、雑草がぼうぼうに生え盛り、そこで遊ぶ子供がいないことをあらわしている。「――ちゃんちのおじさん、おばさん」と呼んだ友達の両親も、もう七十近い老人になり、当の友達はとうに家をでて結婚し、独立している。町から子供たちが消え、かわりに目につくのはお年寄りばかりなのだ。七十になる私の母もそうした年寄りのひとりだ。

滅びゆく町を再活性化させるためには、古い家をとり壊し、新しい家を建て、そこへ若い住民を呼びよせる他はないのだろう。私にとってそれは、地方の辺地が過疎化するのとはちがう形ではあるが、故郷が消えていく結果を招く。

町は生きものなのだとしみじみ感じた。

ところで、名古屋に住んでいた頃は特に珍しくもなく、それがゆえにめったに食べなかったのだが、東京で暮らすようになって好きになった食べ物がある。

味噌煮込うどんと味噌カツである。味噌煮込うどんの方は、比較的有名な食べ物だが、味噌カツはそれほど知られていない。どちらも愛知県特産の八丁味噌を使用する。味噌煮込は、文字通り、八丁味噌のスープでうどんを煮込んだものだが、味噌汁のような薄さではなく、だしも濃厚でこってりしている。

味噌カツは、トンカツに味噌だれをかけて食べるものだ。高校の頃は、近所に「串カツ」と看板を掲げた大衆食堂があって、学校帰りに丼飯と味噌だれのかかった串カツを食べていたものだ。今は、串カツそのものをやっている店が少なくなった。

とはいえ、当時の私たちには、串カツよりも、喫茶店の「ナポリタン」や「ピザトースト」のほうがご馳走だった。だから、串カツ屋にいくより喫茶店にいくことの方がはるかに多かった。

自分の中における食物の地位（？）が大きく変化したことをつくづく感じる。

今回の名古屋では、カメラマンの塔下氏と新担当のＫ山とともに、味噌カツを食べにいった。塔下氏は以前、勝浦で私の作った味噌煮込を食べ、以来の八丁味噌ファンである。

二年ぶりの名古屋の冬はひどく寒かった。

名古屋が、「冬寒く」「夏暑い」街であったことを忘れていた。

街並みは少しずつ変化しているが、気候だけは昔とかわらずに、厳しい土地だった。

人生は「いつも目一杯」

フィリピンにいってきた。プロゴルフヨーロッパツアーの本年度第二戦である『ジョニー・ウォーカー・クラシック』のプロアマ選に参加して、青木功《あおきいさお》氏とラウンドし、対談をする、という仕事のためである。

青木氏と仲のよい、本誌の発行元、集英社のS地重役から、

「青木さんは、今、心・技・体とも最高の時期だから、絶対会ってみて後悔しないよ」

といわれ、出かけていったのだ。

S地氏のいう通りだった。

ツアープロとして、長いあいだトップの道を走り、そして今シニアの世代に入った青木さんは、自分の人生を実り豊かにしてくれたゴルフへの感謝の気持を強く抱いていると同時に、これからの人生をさらに充実させるべく、世界という大きな舞台に対しアグレッシブにとり組んでいる。

まちがいなくひとつの頂点を極めた人が、現状に安住することなくさらに前へ前へと進もうとする姿は、理屈抜きでかっこいい。

――ああ、ここにも陽のあたるオヤジがいる
強く思ったことだった。

ところでフィリピンでは、数多くの人に、阪神淡路《はんしんあわじ》大震災のことを訊ねられた。フィリピンは日本と同じく、多くの火山を抱えた地震国家である。つい最近もピナトゥボ火山の噴火で多くの被災者をだし、日本の惨状は決して「対岸の火事」ではなかったようだ。

ホテルの部屋におかれた案内を読むと、

「地震がおこっても決してパニックをおこさないで下さい」

という旨の文が各国語で書いてある。

考えてみると、フィリピンを訪れる外国人観光客の中には、まるで地震を知らない人もいるわけだ。

未経験の人がいきなり地震にあえば、それがたとえ小さなものであっても、仰天《ぎょうてん》しうろたえて不思議はない。

プロアマ戦終了後のパーティでは、青木さんを知る多くのトッププロたち――ノーマンやバレステロス、カプルスなど――から、

「お見舞いはどうすればいい？　寄付はどこに送ればいい」

と質問攻めにあったという。

こうしたプロたちの紳士的な申し出に、青木さんはしみじみと、

「やっぱりあいつらはすごい。いいよ……」

感動してつぶやいた。そして、混乱を避けるため、青木さんの事務所を窓口にすることをその場

で決めたのだった。

炎天下で三十度以上もあったフィリピンから帰ってくると、日本は真冬である。空港のターミナルをでたとたん、まるで冷蔵庫の中に入ったような気分になった。

百回の連載のあいだ、私はずいぶんとあちこちにいった。

海外にも数度いき、国内は、近いところなら勝浦を含めて、数えきれないほど動きまわった。

しかし、ふと思いかえすと、大半は六本木の仕事場の机の前にいたような気もするし、残りの時間は、せいぜい六本木や銀座の酒場で潰していたような記憶しかない。

連載が始まってから確実にふたつ年をとり、一ヵ月後にはもうひとつ年をくって、いよいよ四十にリーチがかかる。

この数年で、私をとり巻く環境にはいろいろと大きな変化があったが、私自身はあまり変わっていない、そう思っている。

それはどこかで変わることを拒否していたからかもしれない。

変わることは、歳月との戦いに「負けることだ」という思いがあった。

しかしもちろん、この戦いに勝てる人間はいない。死ねばせいぜい相討ちだが、それはもっとつらい側面をもっている。

オヤジになりたくない、その気持は今もある。だからこそ「陽のあたるオヤジ」にこだわった。

ひょっとしたら本誌の読者にとって「オヤジになる自分」など、気の遠くなるほど未来のことかもしれない。

きのう、車の中から、学校帰りの制服の高校生の一団を見た。

彼らが交わしている会話が聞こえなくとも、彼らの世界ではいったい何が一番重大なことなのか、何に一番不安を感じているのか、おぼろげながらわかるような気がした。

私が彼らと同じ年だったのは、もう二十五年近く前のことだ。今は、彼らの両親の方が私に年が近い。

なのに私は、あの頃をはっきりと感じることができる。

過ぎていったものは決して遠くない。すぐそばにあるような気がする。未来のことは、たとえそれが明日であっても、決して見当がつかない。

だからこそ人生は「いつも目一杯」であった方がおもしろいのだ。

（『陽のあたるオヤジ』了）

●一九九四年〜二〇一五年

■初出の年月日、掲載紙誌名は、各エッセイの末尾に記載しています。書籍化にあたり、一部加筆修正しています。

推理小説家の仕事

①執筆日数

今回から、私が二十二年間携《たずさ》わってきた仕事の話を書く。同業者や編集者には格段目新しい内容ではないかもしれないが、読者は、「小説家」という職業に対する好奇心をおもちかもしれない。そこで仕事を題材にしてみることにした。とはいえ、これはあくまでも私個人に限った話である。

よく出版界とは無縁の方から、

「一冊の本を書くのにどれくらいかかるのですか」という質問をうける。

答えに詰まる。私の場合、本になる作品のほぼすべてが、現在は連載をまとめたものだからだ。したがって一回の掲載量が四百字詰原稿用紙で十五、六枚の週刊誌なら六〜七〇週、同じく三枚の新聞なら休刊日を含めると約一年、ということになる。プロはたいていの場合、こうした連載を複数、同時進行で抱えている。

一冊だけ書きおろしたということになれば、最短は二週間、他はひと月半くらいか。

②締切

執筆日数にも関連するが、小説家の仕事には当然、締切がある。たとえば本誌の発売日は、毎月二十七日だが、そこから逆算して、流通、製本、印刷、というように販路、工程をさかのぼれば、おのずと、何日の何時までに原稿が完成しなければ間にあわない、という期限が生まれてくる。それが締切だ。むろんのこと、原稿がすぐさま印刷されるわけではなく、校閲《こうえつ》、あるいは校正といった、作者・編集者も加わる作業があいだに存在する。校閲とは、原稿に内容的な誤り、たとえば歴史や地理的記述、あるいは作者による勘ちがい（例えば、前号では主人公が事故にあったのは一月とあるのに、今号では二月となっている）などをただすもので、校正とは、誤字や誤植などを直す作業だ。

当然のことだが編集者は余裕をみて締切を設定し（人間だもの、楽をしたいし、何よりいちどきに作業が集中するのを避けたい）、小説家はぎりぎりどこまでひきのばせるか、腹の探りあいをする。とはいえ、十年も二十年も同じ仕事をしていれば、本当の掛け値なしのぎりぎりがいつかはわかってくる。

昔は、本当の締切まぎわに、印刷所まで連れられてきて、書くそばから印刷されるという豪傑作家もいたという。今は、印刷工程の変化などがあって、それはなくなった。とはいえ、ファックスやメールなどの出現で原稿運搬の作業が簡略化され、実質、締切はのびているのではないか。いずれにせよ、締切なしでは絶対に、原稿とは書かれない物だ。

③文章

新人賞の選考委員をつとめるようになって、十年ちかくになるが、表現という意味では、近年の方が、応募原稿の質は高くなっているように思う。

この「表現」と「文章」とでは、私の場合、ややニュアンスが異なる。「文章」という言葉を使う場合、それは小説を構成する複合的な部分をさし、「文章力」とか「文体」といった、書き手の個性にかかわってくる要素である。「表現」という言葉では、書き手のもつイメージを読み手に伝えるための言葉の選択をさす。不適格な表現では、作者のイメージが読者に伝わらないし、それで小説が構成されれば、何がいいたいのかわからない作品になってしまう。

この「表現」のレベルが向上しているのだ。これはおそらくパソコンやワープロのソフト機能の向上に負うところも大きいだろう。手書きでの応募原稿はまれだし、私も、どちらで応募すべきかと訊かれれば、ワープロでの応募を勧める。

一方の「文章」だが、これは新人のうちから優れている人は少ない。技術的な側面もあり、「文章は書いているうちにうまくなる」と私は考えている。

想像力の袋が小さい人間が、デビュー後それを倍、三倍に広げるのは難しい。だが、文章がさほどうまくない人でも、経験が技術を向上させることは充分にある。

大切なのはやはり想像力だろう。

④会話

小説の会話と現実の会話は、大きく異なる。あたり前のことだが、会話によって実は書き手の感性のちがいが表われる。

現実の会話に近づけようとすると、会話の大半は、意味のない相槌《あいづち》や訊き返しの連続となり、物語を一向に進めることができない。

だが一方で、物語の進展にばかり主眼をおいた会話は、ひどく窮屈なものになる。理路整然として、いかにも説明のための会話、といった印象なのだ。たとえばそれを頭脳明晰《めいせき》な名探偵がくり広げるのならばいいが、物語上「凡人」として扱われているような脇役までもがそうした会話をしていたらどうなるか。読者へ情報は伝わりやすくなるが、どこかおもしろみのない物語ができあがる。

また会話は、登場人物ひとりひとりの個性を表わす効果もある。全員が同じような口調で喋《しゃべ》ると、読者からは読み分けがきかなくなってしまう。性別、年齢、職業、さらには世間との対し方が、短い会話にも表われるようにしたいと思っている。とはいえ、若い人間の会話を流行語で埋めつくすと、今度は物語が全体に軽くなり、人物が薄っぺらく見えるという危険もある。

会話の上手下手は、地の文ほどには簡単に差がつかない。だが、人物描写と物語のリズムに、会話は大きくかかわっている。

ミステリの場合はさらに、会話の中に〝謎〟を解く手がかりを仕込んだりもする。

会話が生きている作品は、登場人物もまた生きている。

⑤主人公

推理小説に限らず、小説を書こうとするとき、まず考えなければならないのが、主人公の設定である。

職業、年齢、人生経験、作中に描く描かないは別として、趣味嗜好《しこう》、信条としていることがら、など。

物語の題材となるのが特殊な世界であるならば、その職業は限定されるし、一般的な〝日常〟の世界を描くのなら、そうとは限らない。とはいえ、どのような世界であっても〝日常〟はあるし、ごく〝平凡〟なできごとでも、特殊な人間の目を通して見れば、まったく異質の世界が広がることもあるのだから、一概に決めるわけにはいかない。

私の場合、多くは、「何を」つまり、どんなストーリーを書くか、ではなく、「誰を」つまりどんな奴を書くか、で小説作りが始まる。物語のスケールに見あったキャラクターを主人公に与えないと、最後まで背負いきることが難しくなるからだ。

ごくごくふつうの人間がスーパーヒーローのような活躍をすれば、おおかたの読者は鼻白《はなじろ》む。

また性格におもしろみのない、目的に一直線といったタイプの人間は、書いていて飽きがくる。目的に対して進むことはあきらめないが、ときおり道草を食ったり、妙な趣味があったり、ふと人間臭い表情をかいま見せるような奴とつきあっていきたいのだ。

そう、小説を書くとは、主人公とつきあうのと同じなのだ。

⑥塗り絵
ミステリ、ことにハードボイルド小説の習作は、ある種の「塗り絵」のようなものではないかと私は考えている。

すぐれたハードボイルド小説は、強い陶酔感をもたらす。洒落《しやれ》た会話、乾いてはいるが詩情のある文体、あるいは心地よい比喩《ひゆ》。これらにとりつかれると、自分でも書いてみたくてたまらなくなる。私自身もそうで、十四歳のときから、ハードボイルド小説らしきものを書き始めた。

十代の習作というのは論外であるとしても、このような場合、書き手は必ずといってよいほど、「お手本」とする作家、作品に縛られる。幼児向きの塗り絵本で、輪郭だけが印刷されていて色鉛筆やクレヨンで彩色するものがあるが、それと同じである。

上手に彩色すればするほど、書き手の作品ではなくなっていく。オマージュといえば聞こえはいいが、真似にすぎない。

多くの場合、「もどき」はプロの世界で通用しない。上手な彩色であることは認めてもらえても、それ以上の評価は得られない。

同じ輪郭に色をのせ、なぞりつづけるうちに、やがてはみでる線、手本にはなかった色合いが生まれてくる。そこからがようやく、その書き手の作品となる。

いきなり自分の世界を作りだせる書き手など、そうはいない。結局は、塗り絵を塗り潰《つぶ》す作業を、どれだけ短時間のうちに卒業できるかにかかっているようだ。

⑦ジャンル
娯楽小説には、いくつかのジャンルがある。推理、時代、風俗、ＳＦ、恋愛、などだ。これらは複合することもあるし、さらに細分化される場合もある。たとえば推理小説なら、本格推理、ハードボイルド、冒険、社会派、ホラー、ノアール、などなどで、たいていは帯でうたったり、書評をする上での利便性で決められている。

おおざっぱに分けるなら、推理、時代、そのいずれでもない一般小説、ということになるだろうか。

このうち推理小説は、〝強い〟ジャンルだと思われているようだ。強いとは、売れるということであり、絶滅しない、という意味でもある。

だが、もちろんのこと、推理小説のすべてが売れるわけではない。推理小説は、ブームがいくつもあった（たとえば社会派、あるいはハードボイルド、新本格など）といわれているが、ブームジャンルの作品がすべて売れたのかといえば、まったくそれはちがう。

ブームを作るのは、そのジャンルに属する、特定の作家に過ぎない。したがって、作家のブームであってジャンルのブームでは決してないのだ。これを誤ると、作家は悲惨なことになる。

ブームといわれるジャンルであろうがなかろうが、しっかりした作品は読者に支持され、そうでない作品は一瞬で消える。

ブームだからとジャンルにこだわれば、その作家の未来は厳しいものになる。

⑧敵役

推理小説では、主人公は多くの場合、探偵役である。職業はさまざまだとしても、犯罪の発生そのものを理由に関係者のひとりとなり、客観的な立場を維持しつつも、犯罪の原因、あるいは犯人をつきとめる役割をになう。

したがって推理小説における「敵役」とは、たいてい犯人となる。

犯人の造形は難しい。探偵役については、これが物語の主人公となることから、作者は早い段階で知恵を絞っている。表向きの職業設定、年齢と経験、風貌、さらには得意な分野と苦手なモノ、などなど。だが、犯人に関しては、その精神性のありようを別にすれば（つまり、異常者であることを証明するためなどの描写を除けば）、詳しく描く機会はそうは与えられない。

たとえばの話、機械のように冷酷非情な殺人者を描くのはむしろ簡単だが、ふつうの人間の心にどす黒い殺意がじょじょに広がっていくのを描くのは、実はたいへんなのである。

若いうちから小説を書き始めた私は、「嫌な奴」を描くのが下手だった。今でも得意ではない。「憎悪」を、紋切り型の表現ではなく描くのは、ある種の才能がいる。ましてやそこに、人間としての魅力を与えるのは、非常に難しい作業なのだ。

だが優れた推理小説には、必ず魅力的な敵役が登場する。敵役がしょぼい推理小説は、主役の探偵も、それに見あった、希薄な存在感しか漂わせていない。敵役の大きさが、物語のスケールを決める、とすらいえる。

⑨客観性

すべての小説は、読者に情報を提供することで成立している。そして推理小説の場合は、情報の内容、あるいは、提供の順序を作者が操作することで「謎」を作りだす。

おおかたの推理小説では、情報はすべて文章の中にある。そしてその文章がひとりの作者によって作りだされる以上、純粋に客観的な描写をおこなうのは不可能である。このことが、新人の作品において、大きな障害となるときがある。

つまり、作者に見えているモノがあり、作者はそれについてよく知っているので多言を要するとは思えない。あるいは自分では充分に描写したつもりになっているのだが、読者にはまるで伝わっていない、というケースだ。

小説には当然、文章化されていないが作者の目には見えている世界、というものが存在する。作者はそこからの情報も用いて作品を書いている。書く必要はないが、考えておかなければならない設定などのことだ。ところが読者にはそれに関する知識が皆無であるため、唐突な表現や脈絡のない行動に思えるときがある。

これは熟練した書き手であっても意外におちいりやすい陥穽《かんせい》だ。特に同じように作品を何度も手直ししているうちに起こる。また向かいあっている編集者も、議論を交わすうちに「存在しない」情報をも「読んだ」記憶をもってしまいがちだ。初めて読む読者になったつもりで、作品の情報量を検討する客観性を身につけるのは、実はひどく難しい。

⑩デビュー
この短文を、私は推理小説家を目指す読者に向けて書いている。もちろん推理小説といってもこれまで述べてきたように、さまざまなジャンルがあり、また小説家としてのありようにも、小説家の数だけのスタイルがある。これは、私の知る、あるいは私の考える、「仕事」であって、最大公約数的な「正解」ではない。つまり教科書ではなくて、参考書なのだ。

さて、この数十年、小説家としてプロデビューするには、推理小説が最もその門戸が広いといわれてきた。おそらくそれは事実だろう。

だが、門戸が広ければ、そのぶんデビュー後の生存競争は激しくなる。デビューの近道だとでも思って推理小説を書き、たまたまうまく果たせたとしても、あとがつづかないような人の屍《しかばね》は累々としている。

そのデビューの方法だが、おおざっぱに三つに分けられる。短篇新人賞、長篇新人賞、そしてもちこみである。ちなみに私は、本誌（『小説推理』）の短篇小説新人賞が、デビューだった。

三つのうち、どれが「有利」か、というのは、多くの小説家志望者にとって切実な問題だろう。

もちろん、当人に「実力」があれば関係ない、と断ずる向きもあるだろうが、それはある面正しく、ある面正しくない。なぜなら、基本的にプロデビューするような人間は、あるレベル以上の「実力」をもっているからだ。ではどこで差がつくのか。

それは「運」であり、デビューの方法にも関係してくる。

⑪デビュー2

新人の書き手に最も大きな影響を与える「運」とは、担当編集者（以下担当者）との関係である。ドラマなどで、担当者が書き手につききりになっている場面があるが、あれは「理想的な幻想」というものだ。実際は出版社や編集部の規模にもよるが、文芸編集者はひとりで、十数名から三十名にも及ぶ担当作家を抱えている。その中に、デビューしたての新人から売れっ子まで含まれるのだから、よほどの熱意をその新人にもたぬ限り、つききりなどありえない。

つまり担当者はその段階では単なる発注者に過ぎないのだ。できあがってきた原稿に対し何らかの可能性を感じたとき、担当者の新人へのスタンスは変化する。

スタンスの変化によってもたらされるのは、執筆の機会の増加だ。だが雑誌短篇であれ長篇出版であれ、誌面や出版計画があらかじめ決められている以上、ひとりの新人に与えられるチャンスはそう多くない。となると、新人の作品発表に対し意欲的な出版社でデビューしたかどうかが、大きな運命の分かれ目となる。

現在は多くの出版社が新人の発掘には力を入れている。長短篇さまざまな新人賞があり、ミステリ系だけで十以上は数えるだろう。

だがそれはあくまで発掘に関しての話だ。

⑫デビュー3

発掘されたばかりの新人は、宝石の原石に似ている。さほど磨かなくても、すぐに商品として通用する才能もあれば、かなりの手間をかけなければ商品としての形をなさない、難しい才能もある。

小説家を目指す人間は、趣味から仕事への転換を考えて、新人賞へと応募する。それはつまり、デビューした段階では仕事になりきっていない、ということだ。ところが出版社、あるいは編集者は、当然の話だが、あくまで仕事として、小説家に接する。相手が新人であろうがベテランであろうが、作品の執筆依頼から出版が、ビジネスとして成立するかどうかを考えて、おこなう。

手間暇かけずとも商品になりやすい才能が喜ばれるのは自明の理だ。彼ら編集者が新人の作品を見るとき、即戦力たりうるものを書けるかどうかを、まず読みとろうとする。

その判断は、短篇からでは難しい。ひねりのきいたプロットを要求される短篇ミステリは、ときに交通事故的に生まれてしまい、大型新人かと思ったらあとがつづかなかったということがあるからだ。

短篇デビューをするなら、つづけて書かせてくれる出版社の新人賞を選ぶべきだ。たれ流し的に新人を生み、あとのフォローのない新人賞は避けよう。そしてなるべくなら、長篇の、それも既受賞者が活躍している新人賞でデビューする方がよい。即戦力の証明に他ならないからだ。狭き門は、くぐり抜けた者の将来を広くする。

『小説推理』二〇〇六年一月号〜十二月号

第一回小説推理新人賞

小説新人賞への応募は三度目だった。すべて雑誌はちがう。なぜかというと、定期購読している雑誌がなく、いずれも本屋の立ち読みで締切のみを覚え、投稿していたからだ。

私がデビューした一九七九年当時、長篇小説を対象とした公募新人賞は江戸川乱歩《えどがわらんぽ》賞くらいのものだった。現在とは異なるが、乱歩賞は、「本格推理小説の賞」というイメージが何となくあって、初めから応募は考えていなかった。

十五歳のときに「ハードボイルド作家」になる、と決めたのは、生島治郎さんにファンレターとも質問状ともつかぬませた手紙を送り、便せん八枚に及ぶ返事をいただいて欣喜雀躍《きんきじゃくやく》したからだった。

和製ハードボイルドに対する評価が低いことや読者が少ないといった事情は、文壇情報誌『噂』などで何となく知ってはいたものの、実感として味わうのはデビューしてからの話で、ガキンチョだった私は、まるで真剣に考えていなかった。

二十一歳のときに初めて『オール讀物《よみもの》新人賞』に応募した。デビュー作と同じ若い私立探偵を主人公にした短篇だ。年上の恋人にふられたばかりで、苦しさから逃れようとひたすら書いた。中学二年から小説は書き始めていて、二百枚の中篇の他、五、六十枚の短篇を高校時代、七、八篇は書いていたから処女作というわけではない。いずれもハードボイルドを意識した（いくら私が厚顔《こうがん》でも十代で書いた小説をハードボイルドだとはいえない）作品だった。もちろん門外不出である。

投稿はしたものの、失恋の傷手《いたで》から抜けたこともあって、すっかり忘れていた。するとある日、文藝春秋《ぶんげいしゅんじゅう》から書留速達が送られてきた。応募作が最終候補に残ったので、写真や略歴を送れ、という依頼だった。

人生最大の欣喜雀躍だった。作家になりたいと思ってはいても、自分になにがしかの才能があるかも知らず、量る術《すべ》もなかった若造にとっては「作家をめざしてよろしい」というお墨つきを与えられたようなものだ。

急いでつけ加えれば、最終候補など実は何のお墨つきでもなかった。いや、受賞したところで作家としてやっていける保証など何もない。あとになってわかったことだが、今、同じ境遇にある人のために書いておく。

『オール讀物新人賞』は落選した。選評はいずれも厳しいもので、おそらく鎧袖一触《がいしゅういっしょく》といった感だろう、今だからわかるが。

ちなみにそのときの選考委員お二人とは十数年後、ゴルフコンペでごいっしょする機会があった。古山高麗雄《ふるやまこまお》さんと城山三郎《しろやまさぶろう》さんだが、その旨《むね》を告げたときの反応がまるで違った。

古山さんは、うーんと唸《うな》ったあげく、

「それは僕は覚えてないけれど、きっと無責任なことをいったのでしょうね。申しわけない」とあやまられ、その日のゴルフを乱されてしまった。恐縮し、こちらこそ申しわけなく思った。

城山さんは、ワッハッハと笑われ、

「へー、そう。そうだったの。でもいいじゃない、今はこうやっていっしょにゴルフができるのだから」

と楽しそうにいわれた。実際、すでに作家として面識ができた相手に昔の恨《うら》みごとをいわれるのは、いきなり背後から斬りかかられるようなものだ。失礼なことをした、と反省している。

次に応募したのは、『小説現代新人賞』だったが二次選考も通過できず落選。三度目の正直が『小説推理新人賞』だった。創設されたばかりの第一回である。

おかしかったのは、最終候補の通知がなかったことだ。旅先で、出版社から連絡があったという知らせを受け、折り返し電話をした。

「何本残っているのですか」

「大沢さんひとりです」

というやりとりがあって初めて、受賞したのだと知った。嬉しさより驚きが先にきた。

翌年からは、最終候補者に通知がいくようになった。

『小説宝石』二〇〇七年六月号

ふたつの問い

デビュー作となった『感傷の街角』を私が書いていたのは、一九七八年の夏だった。癌《がん》で入院し、家族に対しては死亡予告をされた父を連日のように見舞いながら、名古屋の実家で、主《あるじ》不在の書斎を借りていた。

三本目の投稿作だった。一本目は一九七七年、『オール讀物新人賞』への応募で、最終候補作となったものの落選した。初めての投稿が最終選考まで残れたことに力を得て、私はプロデビューを真剣に願っていた。

きつく暑い夏だった。病院に泊まりこむ母は心身ともに疲れていた。作家への憧れを、「宝クジに当たるより低い確率への賭け」と断じた父は、体の不調もあって、病室を訪れる私に険しい言葉を投げかけてくることもしばしばだった。

いい返す言葉のよりどころをもたず、また父の不治を知る私は、ただ耐えるだけだった。そして病院から帰宅すると原稿用紙に向かった。

むろんこれがデビュー作になるという確信はなかった。ただ、原稿用紙にしか、そのときの自分をぶつけられる場がなかった。

医師の宣告を大幅に越え、父は翌年の正月に他界した。その闘病は凄絶で、私は今もってそれを文字にするにはためらう。完治を信じ、願った父は、退院後の生活に弊害を生じるからと、意識のある限り、モルヒネの投与を拒《こば》んでいた。

父の死は、母と私にとって望まぬ安堵《あんど》をもたらしたゴールだった。

それまでの投稿経験で、最終選考候補作には前もっての通知があると信じていた私は、新人賞の主催者である出版社から何の連絡もないことに、わずかな落胆を感じていた。とはいえ、これからも投稿をつづけていく意志だけは、かわらずあった。

四十九日が明け、母が、以前父と旅行した四国にいきたい、と望んだ。

足摺岬《あしずりみさき》だったと思う。それがどこの旅館であったか、今はもう記憶にない。夕食の際に、留守宅を見てくれている近所の方《かた》に電話を入れた。

——東京の出版社からお電話があって、息子さんが何かに選ばれたというお話ですそうか、最終候補か、二度目だなと思ったのは覚えている。あまり興奮はなかった。だが最終候補にしては、話が妙だった。電話をしてきた人間は、折りかえし私に連絡を求めている、というのだ。

教えられた番号にかけ、電話口の担当者に私が一番に発したのは、

「何本ですか」

という問いだった。何本残っている中の一作に選ばれたのかを知りたかったのだ。

一瞬、とまどいがあって、

「一本です」

返事があった一本、という言葉の意味を理解するのに数秒を要した。

電話を切り、膳《ぜん》に向かっていた母に、

「受賞したよ」

と告げると、母は、あらっといって絶句した。

第一回の新人賞で、出版社は前もっての通知にまで手配が回らなかったのだ。

他でもさんざん書き、書かれたことだが、本当の意味での苦労は、むしろその日から始まった。

翌一九八〇年、私は最初の本を上梓《じょうし》した。本は出せば売れるものではない、作家はデビューすれば注文がくるわけではないことを、つくづく味わった。

二十九冊目の本となった『新宿鮫』は、あるいはそういう私にとっては、第二のデビュー作といえる作品かもしれない。

その『新宿鮫』も七作目※注を迎える。他の本もそうだが、『新宿鮫』シリーズは一層に、新作を上

※注・『風化水脈　新宿鮫Ⅷ』（刊行順では７作目だが、シリーズ内の時系列の順番で『Ⅷ』となっている）。2015年９月現在、光文社文庫で刊行。

梓するときの緊張を感じる。
「今でも待っていてくれましたか。今度も、皆さんを楽しませることができましたか」
ふたつの問いが、あの日以来、私の背を押しつづけている。

『新刊ニュース』二〇〇〇年十月号

永久初版作家

プロの小説家になりたいという思いは、熱病のようなものだ。その一点に生活のすべてがとらわれ、周囲の状況が目に入らなくなる。はたから見れば、確証など何ひとつない可能性にいれこんでいるわけで、異様な状態ともいえるが、そうでなければ、またそんな願いなどかないはしないものなのだ。難しいのは、その可能性がゼロの人も、限りなく百％に近い人も、見きわめるのは誰にもできない、という点だろう。

デビュー以前、私は、小説家というのは、皆が、本をだせば食えるものだと信じていた。つまり注文は途切《とぎ》れなくあり、本は売れていく。デビューが究極の目的となってしまっていると、そのあとのことまで考えが回らない。

現実はもちろんのこと、ちがった。注文などめったになく、あっても短篇が年に一、二本。原稿料はせいぜい数十万円しかない。書きおろしの長篇を出版しても、印税は百万にも届かず、重版と呼ばれる刷り増しもないから、それ以上の収入はない。

デビューから十一年間、二十八冊の本が、すべて初版止まりだった。エンターテインメントの世界で、これほど売れない人間も珍しい。なぜなら、とうに注文がこなくなり廃業においこまれて不思議はないからだ。

「永久初版作家」――誰呼ぶともなく、そんなあだ名が、私にはついた。それでも廃業せずにすんだのは、わずかな可能性やつきあいを重んじた編集者の人々からの注文がつづいたからである。

それは本当に幸運なことだった。

『朝日新聞』二〇〇二年十一月二六日

『氷の森』17年後のあとがき――六本木と出会って

あちこちで書き、喋《しゃべ》っていることではあるが、この『氷の森』を書いたときは、乾坤一擲《けんこんいってき》の勝負作、という気持だった。今はもうなくなってしまった小説誌に一年余、他の仕事をすべて断わって連載した。一九八七年から八九年にかけての話だ。

「売れない作家の集まり」といわれた冒険作家クラブの仲間たち逢坂剛、佐々木譲《ささきじょう》、志水辰夫《しみずたつお》、西《にし》木正明《きまさあき》、船戸与一ら各氏が次々と話題作を発表し、文学賞を受賞する最中《さなか》、私ひとりだけおいてけぼりにされているような焦りを感じていたのだ。北方謙三氏は最も早くスターになっていた。

だが結果は無惨だった。さほど書評にとりあげられることもなく、文学賞の候補にもならなかった。デビュー来二十八冊目の本で、私はやっていく自信を失いかけた。

それでも食っていかなければならない。難しい理屈は捨て、ひたすら自分が書いて楽しめるものでいこう、と開き直ったのが、次の作品となる『新宿鮫』だ。

今思えば、『氷の森』は、私にいくつもの財産を与えてくれた。

ひとつ目は、自分がどれほど勝負を掛けても、世間は気がついてくれない、一度ではうまくいかないものだ、だからといって勝負をあきらめてはいけない――〝教訓〟。

ふたつ目は、そのときは気づかなくとも、どこかで評価してくれてる人間は必ずいるということ。

みっつ目は、何より文庫となってからの売れゆきである。六十点以上ある私の文庫作品の中でも、一、二を争う部数を更新している。

よっつ目は、ハードボイルドに対する自分の考え方、姿勢を、書いたことで反省、総決算できたこと。その結果、〝今のハードボイルド〟というものに対し積極的に向かえる自分を再構築できた。

他社誌での連載であったにもかかわらず、またまったく売れないであろうと知りつつも単行本化を快く受けて下さった講談社のO氏には心から感謝している。こうした財産はすべて、ハードカバーとして世に問うことができたからこそ、今の私に残っているのだ。

あれから二十年近くが経過した。連載中に生まれた娘は、来年大学生になる。

『氷の森』の主人公、緒方《おがた》が住む六本木のアパートは、二十五から十年間、私が住んだアパートそのものだ。今もあって、その前を通る機会も多い。向かいにあった東大の生産技術研究所はとり壊され、別の施設になっている。

六本木に住んで二十五年が経過した。かつてほどの愛情はない。にもかかわらず、私は六本木を離れられないでいる。おそらくは、六本木という街との出会いが、そこへの愛情が、私に『氷の森』という作品を書かせた。

そういえば、と今思いついた。『氷の森』の文庫は、今年十四年ぶりに新装版となったが、その装丁を手がけてくれたYさんと知りあったのも、六本木交差点に近いバーだった。
『氷の森』と六本木にはきってても切れない縁があるようだ。

『IN★POCKET』二〇〇六年十二月号

人生がかわる

二十八冊目、これで何かをかえたい、かわれる、と信じて、世に問うた（大げさにいえば）作品があった。重版すればいい、あるいは何かの文学賞の候補にでもならないか、そう願った。だが願いはかなわなかった。その作品は初版七千部で、それきりだった。

二十九冊目、しかし注文はあり、家族も増えていた私は、仕事をつづけていかなければならなかった。カッパノベルスからの書きおろし依頼に応え、一匹狼の刑事の話を書き始めた。組織に属したことのない私には、現実的な刑事の描写は難しかった。チームプレーを描くのが得意ではないのだ。そこであるていどのリアリティーを失わず、一匹狼にならざるをえないような刑事の設定を考えた。キーワードは「嫌われ者」だった。泥縄《どろなわ》式に警察機構も勉強した。

よく訊かれることだが、私は現役、リタイアを問わず、警察官に取材したことはない。若くしデビューしたため、取材で人を訪ねても鼻であしらわれることが多く、そうした作業を苦手としているからだ。それにその気になれば、かなりの情報を集めることが我が国では可能である。

リアルとリアリティーもちがう。フィクションにリアルを求めるなら、ノンフィクションの方がはるかにおもしろい。フィクションに求められるのは、あくまで「らしさ」だと、私は考えている。

二十九冊目の本、『新宿鮫』は、私の人生を一変させた。演歌の世界ではよく、下積みの長かった歌手が、一曲のヒットで人生をかえるという。私の身にも、それとまったく同じことが起きたのだ。

『朝日新聞』二〇〇二年十一月二七日

さらば「台」の日々

発行部数も少なく、また読者も当然少ないことから、私の本が本屋さんにないと、よく友人にからかわれた。私自身、でたばかりの新刊がそのコーナーにないので、ある本屋さんで訊ねたところ、ベストセラー作品の積み台になっていたのを見た経験がある。

ショックではあったが、腹も立たなかった。そういう世界なのだ。嫌ならやめるしかない、そう思っていた。

二十九冊目の『新宿鮫』がでて少ししたとき、同じ本屋さんをのぞいた。今月の新刊コーナーに、『新宿鮫』だけがなかった。やれやれ、また誰かの「台」か、それともあまりに売れないので返本されてしまったか、と考えた。

ところが担当者から電話がかかってきた。売れていて、重版するという。二刷り、三刷り、とつづいて、勢いが止まらない。

不思議だった。年末のベストテンで上位に選ばれたり、翌年ふたつの文学賞を受賞する前から、売れだしたのだ。その理由は口コミ以外、考えられないことだった。誰かが偶然読み、「おもしろかったぜ」とひと言いったのが、次々に伝わって売れゆきにつながったとしか思えない。「ベストセラー」という言葉は、自分には一生縁がない、と私は信じていた。しかもこれほど高い評価を得られるとは驚きだった。だからせめて二作目では、フロックではなかったという評価を得たい、と願った。つづけて「ベストセラー」になる筈《はず》もない、と考えていたからだ。『新宿鮫』のシリーズ化は、当初予定していないことだった。

『朝日新聞』二〇〇二年十一月二八日

作家志望に大反対

昭和三十四年の「伊勢湾台風」が我が家を襲ったとき、私は三歳だった。天井が吹き飛び、唯一雨風をしのげた便所に母とともに逃げこみ、電球の火屋《ほや》にみるみる水が入っていくのを恐怖とともに見入っていた記憶がある。結局この場も危ないと判断した母におぶわれて隣家へと避難したが、その際に飛んできた碍子《がいし》の破片で作った額《ひたい》の傷は、しばらく跡となって残っていた。

このとき父親は中日《ちゅうにち》新聞の記者だった。我が家が高台となる区にあったので被害は少ないと判断したのか（名古屋における被害の多くは水のでた南部に集中した）、三日間音信不通であった。母親が付近の交番に頼み、警察電話を借りうけ、記者クラブを通じて連絡をとってようやく、我が家が吹き飛んだことを知ったらしい。新聞記者の家庭に育った者なら誰でもそうだろうが、天変地異のとき、父親は決して家にはいない。

それからひと月、私は「パパ、嫌い」と口をきかなかったという。後年母親は、

「お父さん、そりゃ、涙ぐましかったわよ。休みのたび、あなたを動物園とかに連れていってサービスして」

と話したが、まったく記憶にない。

京都郊外の没落した旧家に二男として生まれた父は、七歳のとき大正年間に流行した「スペイン風邪」で父親（私にとっての祖父）を失った。残った三男二女と嫁、姑《しゅうとめ》は、かつて皇女和宮《かずのみやこう》降嫁《か》の折に休息所として使われたという家の蔵の品を売ったり、親戚の援助で生活を保ったようだ。京都という土地柄か、親戚には呉服関係の商売が多く、父の兄と弟はその縁でデパートに就職した。が、学生時代劇作家を志していたらしい父だけはその家風に反発し、新聞社に就職したのだ。

私が生まれたとき、父四十二、母三十三で双方厄年《やくどし》だった。「厄年の子は辻に捨てよ」といわれるが、そうした迷信を嫌う父は、日にひと缶吸っていたピースをぴたりと禁煙し、我が子の成長を祈念したという。

だがひとりっ子である私の目には冷厳な人という印象が多い。まず、小学生の頃から、「君《きみ》」と私は呼ばれていた。

「僕も君の勉強部屋には勝手に入らないように。だから君も僕の書斎には立ち入らないように」

また、「おかわり」と茶碗を母にさしだした私を、「この家に君の女中はいない」と叱《しか》った。その一方で、自分には父親の記憶が少なく、どう接してよいかわからないという理由で、子供向けに書かれた古今東西の名著を惜しみなく私に与えた。

親類や友人とのつきあいは下手だった。下戸《げこ》だったせいもあるが、正月などは門扉《もんぴ》を閉じ、会社の部下にも居留守を装った。私が外で友だちと遊びたがると、たまの水入らずにと不機嫌になることもあった。が、何かわからないことを訊けば、「事典も辞書も家にはある。自分で調べなさい」という父と遊ぶのは、私にはむしろ苦痛だった。

五十五のとき役員になり、単身赴任で東京に住んだ。帰宅するのは週末だけである。土曜、日曜は、朝の六時から庭いじりをするのが通例だった。重い樹木の植え換えには私も駆りだされた。高校生の頃、なぜそんなに庭いじりが好きなのか、と訊いたことがある。「樹木は人を裏切らない」という返事に、この人はニヒリストなのだろうかと思った。

遊び過ぎで私が大学をクビになったとき、ひどく怒り、また落胆した。が、母親だけにはいった。

「あいつは今まで失敗らしい失敗がない。これで人の失敗を許せる人間になったろう」

だが何より私の作家志望に反対したのも父だった。「宝クジに当たるようなものだ。東大に入るより難しい」と、大学中退後、今でいうプータローの私に苦《にが》い顔をしつづけた。その心労もあったのか、それから二年で癌になった。開腹手術はわずか十五分で終了した。ひと目見て、除去不可能と執刀医が判断したからだ。「もって半年」といわれたが、実際は一年近く、病と闘った。告知はなかったので、途中まで本人は治ると信じていた。麻薬の注射を中毒になりたくないと拒み、ベッドマットが反《そ》るほどつかんで苦痛に耐える父に、医師は秘かに点滴で麻薬を流しこんだ。

あるときから死期を悟った。ある日私が病院にいくと、「君のせいでお母さんが工事現場で働いている夢を見た」といわれた。

「嘘でいいから作家をあきらめたといって」

母の懇願を私は拒絶した。その前年、初めての投稿が新人賞の最終候補に残り、落選はしたが私には作家以外の道が見えていなかった。

六十五で亡くなった。焼香は、名古屋、東京、金沢の三ヵ所で受けつけられ、五千人以上の方にきていただいた。皮肉にも、新人賞受賞の通知は、四十九日明けに届いた。病院に通いながら書いた、三度目の投稿だった。

後年私が直木賞を受賞すると、父を知る人がまだ多かった中日新聞は大きくとりあげてくれた。そこにあった母のコメントに私は大笑いし、その通りだと膝を叩いた。

――もしご主人が生きてらして、ご子息の受賞を聞かれたら、さぞ喜ばれたでしょうね

「主人が生きていたら、きっとこういったでしょう。『君が直木賞？　何かのまちがいじゃないかね』」

『文藝春秋』二〇〇七年二月号

遠さの正体、近さの正体

柴田錬三郎《しばたれんざぶろう》氏は、私にとって遠くて近い存在の作家だった。

一度もその謦咳《けいがい》に接することがかなわなかったという意味では遠い。氏が亡くなられたのが昭和五十三年で、私のデビューの前年であることから、お目通りするのは不可能だった。もう一、二年、長生きされていれば、どこかのパーティ会場で、あるいは銀座の文壇バーあたりで、遠くからでもお姿をうかがうことができたかもしれない。

だが、氏の作品、そのエピソードには、実に数多く、触れる機会に恵まれた。

まず、作品に触れた話から書こう。私が眠狂四郎《ねむりきょうしろう》という名を知ったのは、小学校五年生のとき

である。家の書棚に、新潮文庫版の、『眠狂四郎無頼控《ぶらいひかえ》』があり、なにげなく手にとった。読み始めてすぐ、これは大人の読むものだ、と気づいた。おもしろいとかおもしろくないではなく、子供が読んではならないような甘美な毒を感じたからだった。

と書くと、ずいぶん小説をわかっていたかのようだが、実はある一ヵ所の描写に、どきっとしたからに過ぎない。

「白桃《はくとう》のようなふたつのふくらみがあらわになった」

原文のままであるかどうか自信はないが、そのような文章に触れたとき、そう感じたのだ。その頃の私は純情であったから、そこから先の文字を追うことなく、書棚に文庫を戻した。本当である。

本格的に柴田錬三郎氏の著作を追いかけ始めたのは、高校生になってからだ。

中学二年生のときに、ウィリアム・マッギヴァーン、レイモンド・チャンドラーに触れハードボイルドにとりつかれた私は、それから翻訳されたハードボイルド小説を読み漁《あさ》るようになっていた。やがてめぼしい翻訳作品を読みきってしまい、日本人作家の手によるハードボイルドに手をのばした。そしてその先に眠狂四郎が待っていたのだ。

おお、これはまぎれもなく、ハードボイルドではないか。

狂四郎のニヒリズムに触れたとき、強くそう感じたのを覚えている。入口が『無頼控』ではなく、『虚無日誌』か『孤剣《こけん》五十三次』であったこともその理由だったろう。

愛読者なら知っていることだが、狂四郎のキャラクターは、作を追うごとに軟化していくのである。『無頼控』ではかなりハードでニヒルな人格が、やがて「切なさ」や「情」を含んでくるのだ。

一見こわもて、実は優しく、傷つきやすいというのは、ハードボイルドヒーローの重要な条件である。眠狂四郎はこれにぴたりとはまり、狂喜した私は、シリーズ全作品を読み通し、新作を待ち焦がれるようになった。

当然、柴田錬三郎氏の、狂四郎シリーズ以外の作品も追いかけた。名作『赤い影法師』や『岡っ引どぶ』も堪能したが、意外に心惹《ひ》かれたのは、当時ですら入手が難しくなっていた、氏の現代小説だった。

『おれの敵がそこにいる』（石原裕次郎《いしはらゆうじろう》主演で映画化）や『今日の男』、『チャンスは三度ある』、『幽霊紳士』、などなど。

なかでもとりわけ私が夢中になったのは、集英社から刊行されていた『若くて、悪くて、凄《すご》いこいつら』※注だった。

慶應《けいおう》大学を髣髴《ほうふつ》とさせる大学の学生グループを主人公に、ギャングや特攻隊の生き残り、密輸団といったひと癖もふた癖もある登場人物たちが、恋やアクション、ユーモアを交《まじ》えて織りなす青春活劇、といったところだろうか。

主人公のひとり浩《ひろし》は、両親と死に別れ、身の回りの世話を焼くインド人の少女と暮らすニヒルな青年。M・Gをふっとばし、相手が何者であろうと恐れず挑んでいく。

その親友、俊夫《としお》は、元水泳のオリンピック代表で、無鉄砲だが気の弱いところがあり、浩とちがって、いまだ自分が童貞であることをくやしがり、しかし娼婦ではなく、〝ふさわしい〟相手で筆おろしをしたいと願っている。さらに没落した旧華族の家柄で、天才的なピアニストでありながら、無頼の女たらしの通称〝殿様〟や、銀座の一流バーのマダムの娘といった面々が主人公、こう書く

※注・2015年９月現在、中古品でのみ入手可能。

だけでわくわくしてくるような設定ではないか。

舞台は昭和三十年代の後半で、年表によれば『週刊明星』に、昭和三十七年から三十八年にかけて連載された作品だったようだ。

古きよき銀座や軽井沢、そしていまだアメリカ統治下だった沖縄が物語には登場する。まさにエンターテインメントのツボを心得た、実に楽しく痛快な作品であった。

私は彼ら主人公たちの生活にどれほど憧れただろうか。作品を手にしたのはおそらく昭和四十七、八年だから書かれてからすでに十年ほど経ていた。にもかかわらず、古びた印象はこれっぽっちもなかった。

と同時に、こんなおもしろい小説を書く、柴田錬三郎という作家にも憧れた。

同じ頃、梶山季之《かじやまとしゆき》氏が責任編集者をつとめた『噂』という月刊誌が刊行された。中間小説誌全盛の時代に、そのスターたち、作家の下世話《げせわ》ではあるが下品ではないゴシップを集めた文壇雑誌である。

柴田錬三郎氏は、梶山季之氏と親好があったこともあって、創刊号以来、『噂』にはたびたび登場した。余談だが、その後私自身、足を踏み入れ、しばしば訪れる、銀座の「文壇バー」なるものの存在を初めて知ったのも、『噂』、であった。

やがて、昭和五十四年、私は、念願の新人賞を得て、デビューを果した。

海のものとも山のものとも知れない駆けだしに、多くの大先達《だいせんだつ》と出会う機会を与えて下さった人がいた。

私が憧れに憧れたもうひとりの作家、生島治郎さんだった。同じハードボイルドを志していたということ、それに独身で時間の自由がきいたという二点で、生島さんは私をひきたてて下さった。そのおかげで、吉行《よしゆき》淳之介《じゅんのすけ》氏や園山《そのやま》俊二《しゅんじ》氏、芦田《あしだ》伸介《しんすけ》氏、黒鉄《くろがね》ヒロシ氏といった方がたと麻雀卓を囲む機会に恵まれた。

その方がたは、柴田錬三郎氏とも親しくされていた。私が柴田氏に憧れていたことを知ると、さまざまなエピソードを聞かせて下さったものだ。私は笑い転げ、膝を打ち、そしてお会いできなかったことを、心底残念に思った。

忘れられない思い出がある。

あるとき生島治郎さんとタクシーに同乗し、高輪《たかなわ》を走っていた。当時、生島さんは、高輪の高級分譲マンションにお住まいだった。

「おい、あれがシバレンさんの家だ」

窓から外をさした。高台に立つ、立派なお屋敷だった。

「すごいお屋敷ですね」

私が感嘆すると、生島さんはいったものだ。

「昔はな、週刊誌に連載をもつと、高輪にお屋敷が買えたんだ。今はマンションを買うのがせいぜいだがな」

そのときは週刊誌に連載をもつことなど、私にとっては夢のまた夢のお話だった。

だが後年、ようやく連載をもてたとき、生島さんにいったものだ。

「生島さん、今じゃ、マンションの家賃を払うのがせいいっぱいですよ」

他にも、四国の有名な政商が、柴田錬三郎氏ひとりのためにゴルフ場を造った話や、常宿にされ

ていたシティホテルにて、ブラックジャックで信じがたい連勝をつづけ、ついには生島さんの顔を見ると、

「お、ヴィトンがまたきたな」

とニヤついたとか、同ホテルのシェフが、フレンチの名コックであるにもかかわらず、柴田氏の求めに応じて、チャーハンやらお茶漬けを、ルームサービスに作られていたといった、ひと言でいえば、「うらやましい」としかいいようのないお話を数々聞かされた。

正直、今の私は、作家として決して恵まれていない方ではないだろう。今回の柴田錬三郎賞受賞も、それを証明している。

作家が自作を自分が願う以上に評価されることはめったになく、またその作品を多くの読者が支持するケースなど、きわめてまれといってよい。

だがデビュー以来十一年間、泣かず飛ばずであったのが、あるときを境に、私はそうした幸運に恵まれつづけた。鬼籍《きせき》に入られた方もいるが、多くの大先達の謦咳に接し、それを誇らしく語るのを許されてもいる。

にもかかわらず、柴田錬三郎氏と、氏をとり巻く人々のエピソードに触れるとき、羨望の思いを抱かずにはいられない。むろん、自分と柴田氏を同列におくほど思いあがってはいない。

おそらくは、作家にとって最もよい時代を、氏は生きたのだ。私はとうていそれには間にあわなかった。そしてそんな時代が二度とやってこないこともわかっている。

知ることのできた幸福と、決して得られない寂しさと。柴田錬三郎という名前に、私が感じる、遠さと近さの正体も、そこにある。

『青春と読書』二〇〇五年十月号

私の青春文学、この一冊――『眠狂四郎無頼控』

中高六年間、男ばかりの受験校で過した〝青春〟には、確たる理由のない鬱屈《うっくつ》がつきまとっていた。未来への希望はまだ漠としたもので、鬱屈をぶちまけようにも、そこまで心をひらける友もおらず、ましては異性への関心を喜びにかえてくれるようなガールフレンドも存在しない。いびつに肥大した自我をもてあまし、中途半端な片想いに悶々《もんもん》とし、楽しみといえば乱読と発表するアテのないハードボイルド小説の書き散らかしだった。

そんな自分の空想世界に燦然《さんぜん》と出現したヒーローが眠狂四郎だ。マーロウのロマンチシズムはあまりに大人で、眠狂四郎のニヒリズムこそが、十六歳の私にとって「心の鎧《よろい》」たりえた。

塾帰りの深夜、繁華街で声をかけてきた外国人宣教師に、「明日のために今日を生きてはいない」と答え、仰天させたあの頃が、今となっては何ともかわいらしく、なつかしい。

『野性時代』二〇〇六年七月号

推理作家協会六十周年

去る十一月十一日、日本推理作家協会は、江戸川乱歩による、一九四七年の『探偵作家クラブ』設立以来、六十周年を迎えての記念事業『作家と遊ぼう！　ミステリーカレッジ』と題したイベントを立教大学キャンパスを借りておこなった。

これは五つの教室と講堂、食堂を使い、トークショー、講談、落語、囲碁、短篇ビデオ『消えた理事長』並びに『本年度江戸川乱歩賞選考会ドキュメント』上映、さらにミステリー検定、チャリティオークション、サイン会など、あわせて二十七にも及ぶイベントを午前十時から午後四時までの間に同時進行させるという、前列のない大がかりな催しである。

参加する作家、評論家は四十五名、入場券二千円は前売りのみの販売で、発売後三週間で千五百枚を完売した。

十年前の一九九七年、設立五十周年を記念して文士劇『ぼくらの愛した二十面相』をよみうりホールで上演したが、このときは一度きりの公演で、しかも舞台と客席という〝仕切り〟があった。だが今回は、大学キャンパス内ということもあって、手をのばせば届く位置でのイベントである。

これをおこなうについては、協会内部でも事故や事件を警戒する意見が多くあった。だが、エンターテインメントであるミステリーは読者に支えられ発展してきた歴史がある。文士劇の前売り券が、発売後わずか十五分で完売となり、観たお客さんが口々に「楽しかった」「大きな思い出になる」とおっしゃっていたのを、当時の実行委員だった我々理事会は鮮明に記憶していた。

そこで、逢坂剛前理事長を委員長に有栖川有栖《ありすがわありす》、石田衣良《いしだいら》、恩田陸《おんだりく》、垣根涼介《かきねりょうすけ》、柴田《しばた》よしき、真保裕一《しんぽゆういち》、楡周平《にれしゅうへい》、福井晴敏《ふくいはるとし》というメンバーで実行委員会が組織され、約四ヵ月間をかけて、だしものを練りあげていった。

委員長のアドバイスで、今回は広告代理店の大広にアシストを頼み、結果、サントリー、読売新聞、毎日新聞、東販、日販などの協力を仰ぐことができた。

だが当日が近づくにつれ、日頃、緊張やストレスとは無縁の私にもプレッシャーが高まってきた。万一、不測の事態が生じたら、その責任は理事長である私に帰する。あぶない奴が入りこみ、女性作家に何かしでかしたらどうしよう、サイン会や講演に不慣れな若い作家に不快な思いをさせるのではないか。何より、日曜日の早朝から拘束される出演者、編集者に申しわけない気持が高まってくる。

元来、物書きは集団行動が苦手である。読者サービスといったところで、せいぜいが自分ひとり対お客さんという形でのサイン会や講演くらいだ。それが複数対複数で、しかも当日までどんな相手がどれだけやってくるのか予想がつかないのである。憂鬱《ゆううつ》になったのは、私だけではないだろう。ほぼむりやりに立場を押しつけられた実行委員は著名な売れっ子ばかりで、ただでさえ忙しい上に、会議だの連絡だのでうんざりしていたにちがいない。

雨模様となった当日、集合時間より一時間早く、私は立教大学に向かった。事故も不安だが、客の入りも心配だった。なんと開場の二時間も前に、すでに十人近いお客さんが並んでいる。

午前十時のオープニングセレモニーで、千人収容のタッカーホールは満員だった。そして整理券の発行やサイン会向けの書籍販売には長蛇《ちょうだ》の列ができている。

驚いたのは、チャリティオークションだ。蓋《ふた》を開くまでは、「バザーかフリーマーケット並の売り上げがあれば万万歳《ばんばんざい》」と予測していた三十八品目が、百万円を超える売り上げを達成したのだ。銀行の封筒を手に、五千円、一万円単位で値を吊りあげていったお客さんの大半が三十代、四十代の女性であった。

フィナーレは、超満員だった。どのお客さんの顔にも楽しかったという表情がうかがえ、私は胸が熱くなった。お客さんの興奮はそのままスタッフ、キャストに伝染する。打ち上げでは、誰もがハイテンションで、お礼をのべた私に、「こちらこそ。すごく楽しかったです」といって下さる人が多くいた。

なにごともなく、そして大成功といえる結果がでたことに、その日の酔いは早かった。最後になったが、学校法人立教学院と早朝から夜まで我々のわがままにつきあってくれた九十名をこす、各社編集者には心からお礼をいいたい。彼らにも、そしてあたたかな気持でイベントにきて下さったお客さんにも、感謝の意を示すには、我々がよい作品を書くことに尽きる。

翌日、祭りのあとの寂しさを胸に、机に向かった。きっと参加した多くの会員が同じだろう、と信じて。

ありがとうございました。

『文藝春秋』二〇〇八年一月号

幸福な作家人生

一昨年、プロの小説家をめざす人たちに向けた技術指導書を私はだした。※注 プロ作家志望の生徒を対象に一年余にわたって毎月テーマ別に講義をおこない、それを一冊にまとめたものだ。それをしたのは編集者からの強い働きかけがあったからで、反発や場合によっては嘲笑《ちょうしょう》すら覚悟した上であった。

幸い、同書は、業界内外でも話題になり、こうした類《たぐい》の本としては異例に版を重ねる結果となっ

（別原８）
※注・『小説講座　売れる作家の全技術　デビューだけで満足してはいけない』。2015年９月現在、KADOKAWA（角川書店）より刊行。

た。むしろ私の小説より売れてしまうのでは、と半ばあきれたほどである。

その本の冒頭で、「作家がより良いものを書きつづけるためのモチベーションは、結局のところ、本が売れるか賞をもらう、その二つしかない」と、述べた。

小説家の世界には、会社や軍隊のような階級はない。AさんとBさんのどちらが、作家として「上」なのか、という問いに、わかりやすい答えはない。売れることがすべてではないし、文学賞をとっているからといって、とっていない人より優れていると断言することもできない。

だがひとつの仕事を長くつづけていくにはやはり目標が必要である。私には文学賞をそれにするのをまちがっているとは思わない。ただ、文学賞を目標にすることと、文学賞をとるために小説を書くことはまったく別で、目的と手段をとりちがえてはならない。

なぜそんな話を指導書で述べたかといえば、私自身もそうだったが、プロの小説家になりたいと願う人は、デビューだけで満足してしまいがちだからだ。初めて自分の書いた作品が活字になったり、本が書店に並べば、それはもう、天にも昇る心地になって当然である。が、そこで満足してしまったら、小説家としての〝先〟が見えなくなる。当初の二、三年は無我夢中で書くとして、その後、残りの一生を小説家として生きていこうと考えるのなら、稼ぎ、知られなければならない。

小説を芸術と信じる人からすれば、その考え方は通俗的で許されないものだろう。

私は自分の作品を芸術であるとか「文学」であると考えたことは一度もない。小説は、それがどのジャンルであろうと、書き手と出版社のあいだでは「作品」だが、ひとたび書店におかれたら「商品」である。

商品に求められるのは、代金に見あった価値だ。笑わせる、泣かせる、ハラハラさせる、感動させる、考えさせる、いずれにせよ、そのどれひとつとしてない商品に、お金を払いたい読者はいない。

そうはいいつつも、自分の書いたものが文学賞の対象になるなどとは、デビューして十年間は、つゆほども考えなかった。十二年目にして『吉川英治文学新人賞』を頂戴し、その後いくつかの賞を経て、今年『吉川英治文学賞』をいただくことになった。

三十五年の作家人生は、実に幸福だった。それは何より、「実り」を得ることができたからだと、断言できる。

『産経新聞』二〇一四年五月一一日

幸福な十代

ある年代までの日本人にとって、初めて触れる海外ミステリは、ドイルの名探偵ホームズかルブランの怪盗ルパンの、児童向けに出版された作品となるのはまちがいのないところだろう。私もそうだし、周囲にもそういう人が多い。

今ではどうなのかわからない。もしかするとホームズの推理やルパンの変装に驚かされることなく、名探偵といえばコナン、怪盗といえばルパン三世、という子供の方が多いかもしれない。いや、ルパン三世は子供向けではなかった。

ホームズやルパンにそこそこ親しんだあと、私が夢中になったのは、リンドグレーンの〈名探偵カッレくん〉シリーズだった。「探偵小説を書いてみたい」と思うようになるきっかけとなった。

家には、クイーンやクリスティーの文庫が数冊あった。「殺人事件」のタイトルに惹《ひ》かれ、何点かを読んだ。やがてクイーンの〈国名〉シリーズを読破すると決め、中学一年から二年くらいにかけて、そうしたと思う。並行してクリスティーも買って読んだが、ポアロやミス・マープルよりも、私にとって魅力的だったのは、パーカー・パインだった。

それまでは「探偵小説」好きだった私に、衝撃的な印象を与えたのが、マッギヴァーンの『最悪のとき』だ。安全地帯から、事後、犯人を指摘する名探偵の存在は、孤立無援でギャングと戦う刑事の前ではかすんでしまう。

過度なセンチメンタリズムも、思春期の中学生には心地よかった。かくして私は、ハードボイルドの虜《とりこ》になった。

ほぼ同じ頃、マクリーンの『ナヴァロンの要塞』を読み、血湧《わ》き肉踊る冒険小説の楽しみを知った。さらにいえば、スミスの〈レンズマン〉シリーズや、バローズの〈金星〉シリーズ、フレドリック・ブラウンの諸作も読み始め、つまりはハードボイルド、冒険、SFをかたっぱしから手にするようになった。

一方で、ノベライズされた〈0011／ナポレオン・ソロ〉シリーズも読んでいて、マクダニエルの『ソロ対吸血鬼』[※注]は、今も傑作だと信じている。

決定的だったのは、チャンドラーとの出会いだった。それも長篇ではなく、短篇のリリシズムに心をワシづかみにされた。

実際のところ、中学生でチャンドラーの魅力にとりつかれた、というと「中坊でチャンドラーの良さがわかるのかよ」といわれ、五十になった今、まったくその通りだよな、と思うのだが、本当

（別原9）
注・2015年9月現在、中古品でのみ入手可能。

の話だからしかたがない。

しかし考えてみると、記憶があいまいなせいもあるが、中学の三年間というもの、私は翻訳のミステリやSFに、それこそずっぽりと漬《つ》かっていたような気がする。

高校生になってからは日本の作家のそうした作品にも手をのばすようになるのだが、中学時代は、舶来品オンリーで、日本の作家など「けっ」と馬鹿にしていたものだ。今もたぶん、そういう人はいるだろう。

親に頼みこんで、『ミステリマガジン』と『SFマガジン』の購読を始めたのは、中学三年の頃だった。

日本の作家を読むようになり、翻訳ミステリのさまざまな状況もなんとなくわかってきた。愛読する作家、生島治郎、都筑道夫《つづきみちお》、小林信彦《こばやしのぶひこ》といった人たちが皆、翻訳ミステリ雑誌の編集に携わっていたと知ったときも、「さもありなん」と感じたものだ。

高校に入り、発表するアテのない小説まがいを書きだした頃は、ハードボイルドといっても、チャンドラーよりスピレインのほうがむしろ幅をきかせていた。生島治郎氏よりも大藪春彦《おおやぶはるひこ》氏のほうが、広範な読者を獲得していたのに似ている、と書くと叱られるだろうか。

ただ明らかに今とちがうことはあって、それは翻訳ミステリの世界が、当時は小さく濃密なものだった、という点だ。

まず、ベーシックというか、スタンダードの作品群があり、その多くは本格推理小説で、そこを通り抜けて、嗜好のある人間が、SFや冒険小説、ハードボイルドに向かう、という雰囲気だった。

マクリーンやバグリイ、マクベイン、フランシスの新作訳出の情報を前もって知り、指折り数えてその日を待った。私にとってのそうした経験は、ある時期の〈スペンサー〉シリーズまで、つづいた。

もし現代の日本で当時と同じ読書体験をもとうと考えると、おそらくは絶望的な量の前で立ちすくんでしまうにちがいない。そのできばえのいかんにかかわりなく、物語は生みだされつづけ、翻訳もつづいているからだ。今はもう新刊書店で手にすることがかなわない本が大量に忘れさられていく一方で、ごく限られた作家が異常な売れゆきを示し、それをもって海外ミステリの代表作といわれるのには、違和感を抱かざるをえない。
三十、四十年前、海外の情報をヴィジュアルで知る機会はめったになく、私は翻訳ミステリの活字で多くを知った。もちろんそれはかたよったもので、作者の思いこみや訳者の勘ちがいなどによるバイアスもかかり、実際、彼《か》の地を訪れると「あれれ」という事態もあったが、既視感による安心を感じることも多かった。
過ぎていった時代を良かれと思うのは、個人的な感情だろう。日本人ほど、海外の文芸作品を愛する国民もいないにちがいない。

だが、私が海外ミステリと出会い、その魅力にひきつけられたのは、今よりは良い時代だったと断言できる。そのおかげで、「推理作家」を名乗れるようになった。

古書店を巡り、古いポケット・ミステリや創元推理文庫を手にするとき、私の胸は、いつも少しだけざわつく。翻訳ミステリを読んでいるだけで幸福になれた、十代の頃を思いだすからだ。

『ミステリマガジン』二〇〇六年七月号

楽しみが減ったわけ

人には二種類ある。

「本屋」という言葉を聞いたり、文字を見ると、妙にわくわくしてしまう人と、そうでもない人だ。もちろん私は前者のほうだ。いつ頃からそうだったか、はっきりとは覚えていないけれど、中学生のときにはそうなっていたと思う。

私立中学に通っていた私は、片道三〇分のバス通学をしていた。ふだん使っている学校最寄りのバス停のそばには区立図書館があり、ひと停留所歩くと、中規模の本屋さんがあった。

このバス通学を私は六年間つづけ、図書館とその本屋さんに、平均すれば週二回ずつくらいは通っただろうか。

高校生になると行動範囲はぐっと広がる。月に一度は、住んでいた街の中心部にある大書店に足を向けるようになり、それが何より楽しみだった。もちろんその最終目的は本を読むことなのだが、その手前に本を選ぶ楽しみがあり、何より知識のバラエティー・ショップのような本屋さんにいる、という楽しみがあった。

今、本そのものが職業とつながってしまい、正直その楽しみは減っている。純粋に楽しみだけを求めて本屋さんに足を踏み入れているのは、年に数度だろう。

そうなった原因の一番は、そこに自分の本があってしまうからで、二番は、あまりに本が多すぎて、喜ぶ前に困惑してしまうことだ。

多ければ多いほど嬉しい、と思えなくなった自分が、私は少し悲しい。

『読売新聞』夕刊　二〇〇五年九月二七日

未来

先日、現在から約十年後を舞台にした小説を読んでいて、「紙の本がほとんど失われた」という表現にぶつかり、考えてしまった。

紙の本はなくなっていくのだろうか。

これにはふたつの答えしかない。

なくなっていく、というものと、なくならない、というものだ。

なくなっていくという考え方は、あらゆる文書のペーパーレス化という〝進化〟が背景になっている。たとえば小説に限っていうのなら、パソコンや、携帯端末などで読まれるようになる。これには端末の進化と軽量、低価格化が不可欠だ。辞書、地図の類《たぐい》の電子書籍化が進んでいる現状を考えても、流れそのものを食い止めることはできない。ただ、液晶画面で長文を読むという作業にもっと人が慣れるまでは、紙による出版物を電子出版物が量において凌駕《りょうが》する時代はこないだろう。

個人的には、現在ある携帯端末が電話と機能を共有するようになったとき、義務教育の場で、生徒ひとりにパソコン一台という環境を過ごしてきた人が読者人口の半数を超えたとき、と想像している。

なくならない、という答えについて。

本はまずハードとして究極の進化をとげている。これほど軽便で低価格、さらに大量生産が可能なハード形態は今後生まれないだろう。その上、デジタルデータと違って、所蔵するという、ある種の快感を所有者にもたらしてくれる。

何千、何万冊という本のデータをストックし、即座に検索が可能であっても、知識として、あるいは読書した経験として、書架に並ぶ蔵書を手元におく快感を人は手ばなせないだろう。これは目に見える形の物体に対するフェティシズムで、やがてディスクやスティックに同様のフェティシズムを感じる人間が現われるだろうが、本ほど外形の個性に富まない以上、ディスクやスティックのコレクションが、本のコレクションを上まわることはない、というものだ。

どちらもありえるような気がする。本離れ、活字離れをいわれて久しいが、携帯電話や端末で読めるようになったからといって、読書人口が増えるとは、私は思っていない。

ただ書店が嫌、あれだけの量の本の洪水にあって、読みたい本を捜せる神経が維持できない、という人は確かにいるだろう。そういう人たちにとっては、書店に足を運ぶ〝苦痛〟を味わわずに作品を入手できる環境は、電子出版によっても、もたらされる。

これは天に向かって唾《つば》する行為であると知りつつ書くが、本は多すぎる。もちろん理由はある。趣味の多様化に伴う情報量の増大、不況による出版点数の増加だ。

なぜ不況で出版点数が増えるかといえば、出版流通に金融機能があるからだ。荒っぽい書き方をすれば、出版社はとりあえず本をだしつづけていれば入金がある。売れずに返本されたものがあっても、入れかわりに新刊をだすことで精算を免《まぬが》れる。新刊の出版をやめたとき、金融の回転が止まり、出版社は倒産する。

とはいえ、どんな本が売れるかを見極めるは簡単なことではない。どこかで一発がありうるからだ。売れない、こんなもの売っても意味がないと考えている作り手などいない。売れないかもしれないが、もしかしたらと願う。その願いがときおりかなうのが、出版の世界だ。

さらにいえば、小説でも最初から売れっ子だった作家はわずかだ。私など初めて重版がかかったのは、二十九冊目の著作だった。「永久初版作家」という渾名《あだな》をつけられていたくらいだ。私が売れっ子であるかどうかはともかく、少なくとも以前よりは出版社に利益をもたらしている。売れないからといって注文が途絶えていたら、私は今別の仕事をしているだろう。

売れない本をだしつづけるのには、そういう理由もある。

本が多すぎることが、読者を減らしているというのは、矛盾しているようだが、現実にある。実は出版社もそれをわかっていて、点数を絞りこめない苦境にある。

となれば、やがてカタストロフがやってくる。作家、出版社、書店の三分の一から半数がそのときは消える。

ただし、読書という習慣が消えるわけではないので、そのときすぐれたコンテンツをだしている、作家、出版社は生き残るだろう。電子出版は、それを大きくあと押しするかもしれない。

つらいのは書店である。現状、電子出版に書店は対応できているとはいえない。

本屋さんが消えていくのは、本好きとしては寂しいし、困る。しかし「このまま」では決して持続しない時代に、私たちはさしかかっている。

ちなみに私は手書き派で、パソコンをもっていない。

『小説新潮』二〇〇四年一月号

古いですか

三十年間、同じ原稿用紙を使いつづけている。『キャンパス』という商品名の横書き用四百字詰を縦にして、ひとマスひとマス文字を書きこむのが、私の仕事である。

筆記具は、当初鉛筆であったのが、〇・九ミリのシャープペンシルにかわり、この十年ほどは一・三ミリという太芯を使うシャープペンシルになっている。万年筆を使わないのは、書きまちがいをすぐ消しゴムで修正でき、見た目がすっきりするからだ。

原稿用紙は五十枚綴《と》じになっていて、書きかけのあいだは、綴じたままにしておけばバラバラになることもなく、読みかえすのにも勝手がよい。

なぜ横書き用を縦にして使うのか。縦書き用を使えばよいのに、といわれたことが過去あった。理由は単純だ。縦書き用だと、中央に罫《けい》が入っている。小学校で作文を書かされたときのことを思いだしていただきたい。中央でふたつ折りにするためだと思うが、前半二百字と後半二百字のあいだに、空間というか余白が入っている。

あれが嫌なのだ。

どうして嫌かといえば、原稿用紙が大きく見える。大きく見えると、それだけ〝量〟を書かなければならないような気持になる。

もちろん四百字は四百字である。縦書き用紙に書こうが、横書き用紙に書こうが、二十字かける二十行はかわらないのだが、何となく、縦書き用だと余分に書かなければならないようなプレッシャーを感じるのだ。

妙な話である、と、ここまで書いておわかりのとおり、私は手書きだ、手書きの小説家は〝絶滅危惧種〟である。あと二十年かそこらたったら、ひとりもいなくなっている可能性が高い。私の周辺に、私より若い人で手書きの小説家はいない。

なぜパソコン、ワープロを使用しないのか、この質問もたびたびうけた。

使ったことはある。高価だが〝プロユース〟に耐えるといわれたワープロがでたばかりの頃だ。まだローマ字変換機能がなく、キィボードの数は大量だった。ブラインドタッチができないため、四百字一枚分を打つのに一時間かかった。三日ほど使って、あきらめた。手であれば、その四、五倍のスピードで書ける。調子のよいときは、さらに増える。

さっさと仕事をして、遊びにいきたい。ヤメだ、ヤメ。書いているうちに飲み屋が閉まってしまう。

以来、迷わず手書きだ。不便を感じたことはない。感じているのは編集者だろう。ファックスで届いた私の原稿を、パソコンで打ち直してからでないと、印刷所に入稿できないからだ。したがって、ひと手間余分にかかる私は、近い将来、仕事の注文がこなくなるかもしれない。

だが不思議なことがひとつ。原稿料という代物《しろもの》は、いまだに四百字詰一枚いくらという単位で支払われている。一作いくらという、グロスではない。古い業界なのだ。その古さは嫌いでないけれど。

『週刊文春』二〇一〇年七月二九日号

作文能力

作家デビューを志す人たちに向けた小説新人賞の選考委員をいくつかひきうけるようになって十年近くたつが、このところ思うことがある。それは、若い人たちの作文能力が、以前に比べると高くなっている、という点だ。えっ、低くなっているのじゃなくて？　と訊きかえされるかもしれないが、そうではない。

高くなっている。もっといえば、皆それなりにうまい。明らかな形容詞の誤用や、接続詞の重複など、かつては「素人」の文によく見られた稚拙《ちせつ》な表現は、すっかり影をひそめている。

むろんのこと、文章力というものとはちがう。表現で読者を感動させたり、行間に情感を含ませるといったところにまで届いている文章はさすがに少ないが、とりあえず正確な語句による描写で構成されている。そうなった理由は、ひとつしかない。書くという行為に慣れたのだ。

ワープロやコンピュータのソフト内容の充実も寄与しているだろう。だが何より、書くという行為に慣れていることが、作文能力を身に着ける理由になっている。

つまり「メール」だ。コンピュータや携帯電話による過度なメールのやりとりに、手書き派の私などはあきれることが多かったが、こうしてみると、メールの普及は思わぬ効用を生んでいる。

ただし、日本語は変化するだろう。筆記用具の変化は当然、文字の選択にも影響を与える。それもまたいいか、と私などは思っている。言葉は、時とともに変化する生きものなのだから。

『電通報』二〇〇二年六月号

深夜の手紙

仕事場は都会のまん中にある。窓からは東京タワーが見える。だからどうということもないが、深夜私の仕事場を訪れた友人は皆、一度は午前零時のネオン消灯を見たがる。

ここに仕事場を借りて八年になるが、実はまだその瞬間を見たことがない。

——あ、消えた

その言葉を聞くとき、だいたい私はキッチンで何か飲み物を作っている。

でかける用事のない晩、私は窓辺においたソファで、午後十一時前後から酒を飲み始める。ソファは窓に背を向けるようにしておいてある。だから、今何時頃かな、と酔いの浸透しはじめた頭で考えるとき、たいてい東京タワーは消えている。

ごくたまに、午前零時を過ぎても、ネオンがついたままの日がある。

あ、消し忘れているぞ、そう思い、妙に嬉しくなる。私の想像の中で、東京タワーのネオンは、あるスイッチにつながっており、実直な職員が、午前零時の時報とともに、オフにしている、という絵があるのだ。だがその実直なおじさんもときどき居眠りをしてしまい、スイッチを切り忘れる。

本当のところはどうなのか、知らない。

その時刻、仕事場の電話は、呼びだし音を切ってある。盛り場にも近いため、飲み仲間を求めてかけてくる知人が多い。早い時間から飲んでいる彼らと、飲み始めたばかりの私では、酔いの度あいがちがい、呼びだしに応じても疲れることが多かった。だから今は、深夜は音を切る。

一年に一度か二度、この仕事場を離れ、外房の別荘で仕事をすることがある。日課はあまりかわらず、午後十一時頃から酒を飲み始める。

そんなとき、ふと気づくと、時計ではなく電話を眺めていることがある。

外房の夜は暗く、周囲はおそろしく静かだ。本当に静かで、わずかに南風が吹いていると、直線で二キロは離れている海から、海鳴りが聞こえてきたりする。

初めは、ひとりで聞く海鳴りが恐かった。今は楽しめるようになった。むしろ慣れない静けさに不安を感じる。

外房にいるときは、電話の音は切らない。番号を知っている知人の数は少ないし、第一、近くで飲んでいるからでてこいよ、なんて声をかけてくる者はいない。

たまには鳴らないかな。

東京とは正反対の気持で電話を見つめている。だが実際にかかってきたら、こちらは少し酔っているし、億劫《おっくう》だな、とも思ったりする。

そんなあるとき、電話が鳴った。おや、と感じながら受話器をとった。信号音が流れてくる。ファックスだったのだ。兼用機なので、そういうこともある。

受信ボタンを押し、受話器を戻す。やがて印字された紙が吐きだされた。夕刻送信した原稿への、担当者からの感想だった。

私にとっては心地よい、作品への評価が、几帳面《きちょうめん》な字で記されている。嬉しくもあり面映《おもは》ゆくもある。担当者はこの時刻、ようやく編集部に戻ってきて、ついさっき原稿を読んだらしい。

お礼をいおうかと受話器に手をのばしかけ、止める。彼の気持はうけとった。それで充分ではないか。

新たな酒をグラスに注ぎ、もう一度ファックスを読む。静けさが気にならなくなっている。

『ダ・ヴィンチ』二〇〇一年七月号

修業の場

ひとりで飲むのが好きだ。ただし外でひとり、というのは得意ではない。嘘をつけ、毎晩、赤い灯青い灯の巷《ちまた》(古いね)に通っておるではないか、という声が聞こえるが、それは相手をして下さる女性たちがいる店に限っての話なのだ。カウンターバーのような、趣きのある店でひとり酒など、ついぞしたことがない。

じゃあひとりでどこで飲むのかといえば、仕事場である。平日はそこでひとり暮らしをしているので、生活に必要なものはすべてそろっている。そろっているどころか、糠床《ぬかどこ》まである。深夜、照明を落としたリビングで、古漬けなんぞをかじりながら飲むシングルモルトの味はたえられませんぜ。BGMは好きなCDを選べばよいし、面倒なら有線を流してしまえばいい。ヒゲもそらず、髪もとかさず、疲れていればごろりと横になって酒を飲む。それに勝るひとり酒など、どこにもない。で、人恋しくなれば、おネエさまたちに会いにいく。つかのまの桃源郷とひきかえに財布の中身をはたき、今日ももてなかったと、とぼとぼ家路をたどり、明日への活力にする。

困った。

バーにいく理由などどこにもない。しかし本当はバーにあこがれている。ほの暗い、褐色を基調とした店内に、木目《もくめ》も美しい磨きこまれたカウンターがのび、間接照明の下、言葉少なだが腕の確かなバーテンダーが佇《たたず》んでいる。

そんな店の隅っこで、横顔に陰影をにじませてウイスキーを飲む男のかっこよさ、みたいなものに、二十代の頃はえらく惹《ひ》かれていた。そういうオトナになりたい、と心の底から思っていた。

だがしかし、ひとり酒というのは、酔いが早い。無口なバーテンダーなんてあなた、こっちが何を語りかけても、控え目な笑みを浮かべて、

「さようでございます」

くらいしか答えてくれない。それを相手にぐびぐびやったひには、小一時間もしないうちにぐでんぐでんになってしまう。陰影もへったくれもあったものではない。

あるいは、たまたま隣りあわせた客が、ウンチク好きの説教好きだったりしたらどうする。

「水割りぃ？　そんないい酒をなんでだばだば薄めて飲む。せいぜいオン・ザ・ロック、それが駄目ならハーフロックにしておけ」

とかいわれて、挙句《あげく》の果てに訊いてもいないお酒の講釈を垂《た》れられる羽目になる。

それもつらい。

では妙齢の美女がひとり、憂《うれ》いを漂わせ、すわっていたら。

今度は酒に酔うことなどできはしない。話しかけようか、かけまいか、下手な声のかけかたをして、ナンパオヤジと思われても嫌だし、といってずっと知らん顔も不自然だし、さあどうする、頭の中はそのことでいっぱいになり、ようやく最初のひと言を思いついた頃に扉が開き、

「悪いな。待ったかい？」

なんて、その女性の待ちあわせ相手が現われ、こちらはぐったり脱力、あげくにやけ酒、なんてことになりかねない。

つまりは、そういう艱難辛苦《かんなんしんく》を覚悟の上で足を踏み入れ、決して酒に飲まれることなく立ち去れる者だけに許される場が、「大人のバー」ということになろう。

いつも背筋《せすじ》をのばし、話しかけられれば控え目でしかも愛想よく、ほどほどに飲み、ほどほどに語り、紳士淑女であることを常に心がける、そんな自分を演じるのが、私にとってのバーである。それが板につけば、本物というわけだ。

しんどいのう。しかし居酒屋で馬鹿騒ぎばかりが酒ではない。「男は場数《ばかず》」ともいうし。今夜あたり、気合いを入れて、バーの扉を押してみますか。


『サントリークォータリー』二〇〇五年十二月号

三十年後の開眼

中学生の頃から翻訳ハードボイルドにかぶれていた私は、ヒーローたちが呷《あお》るウイスキーの味に憧れた。今思えば、彼らが愛飲していたのは安いライウイスキーなのだが、「黄金色の液体が喉《のど》を下ると、勇気がどこからか湧いてきた」なんて文章を読んでは、きっとえもいわれぬおいしさなのだろうと想像していたわけだ。

家にはもらいもののウイスキーが数多くあった。父親はほとんど酒をたしなまず、中でもウイスキーは苦手だったようだ。

中学三年生のある日のこと、その中の一本を私はちょろまかし、勉強机のひきだしの奥に隠した。そのやりかたも、海の向こうの私立探偵にならった。

両親が寝静まった頃あいをみはかり、コップに氷を何粒か入れ、勉強部屋で隠してあったウイスキーの封を切った。トクトクトク、といういい音をたて、ウイスキーがコップに注がれた。ヒーローを思いだし、ひと口すすった。

その瞬間、浮かんだのは、

「げっ、これ腐ってる！」

だった。煙くさくてぴりぴりして、この世のものとは思われないほど、まずい。同時に、なぜだか猛烈な尿意を覚えた。

トイレに駆けこみ、用を足し、もうひと口試してみる。やはり、まずい。そしてまた、トイレに走った。一滴もでないというのに、とにかく尿意を感じたのだ。

私が想像していたのは、カルピス、そうでなければネクターのような、甘く濃厚な味だった。だって、「甘く、ふくよかな香り」などとも書いてあったからさ。

結局、机に隠したウイスキーは、その後三分の一も減ることはなかった。

学生時代は、酒が苦手だった。当時は、ビール、日本酒、たまにウイスキーというのが学生の酒で、飲みやすいチュウハイなどなかった。

仲間と集まっても、酒はほとんど飲まなかった。

私が酒を覚えたのは、二十三歳、物書きにデビューしてからである。柄《がら》にもなく将来に不安を感じ、デビュー直前に他界した父のもらいものコレクションに手をだした。

夜、就寝前に、白ワインを小さなグラス一杯飲む。そうするとぽわんとして、いい気分になり、ことんと眠れるのだ。

こりゃあいい、不眠が解消するわい、と思ったのもつかのま、半年足らずで、グラス一杯がワインボトル半分になっていた。家にあったワインをあらかた飲みつくし、次に手をだしたのがウイスキーだ。

おいしいともまずいとも思わない。ただ眠くなるのが目的で、ウイスキーを飲んだ。一年間で家にあったコレクションはすべてなくなった。

二十代の後半は、ワイルドターキーに溺《おぼ》れた。年に十本は、家で飲んでいた。三十代になり焼酎やブランデーを飲むようになった。不思議だが、今にいたるまで、ふつか酔いというやつになったことがない。

悪酔いは、もちろんある。吐くのは苦手だが、頭痛と吐きけに悩まされ、が、一夜あけると、すっきりしているのだ。頭痛はたまにあっても軽く、吐きけはまるでない。朝食が入らないという経験は、今のところ一度もない。かなり飲んだ、と周囲の人間が認める状況でも、だ。

本当のウイスキーの味がわかったのは、四十代の半ばを過ぎてからだろう。外でいろんな酒を飲んでは帰ってきて、午前三時、四時になっていてもシングルモルトのオン・ザ・ロックを、どうしても一杯やらないと寝る気がしなくなった。

ひとり酒が好きで、しかもそれがウイスキーというのが、自分のスタイルなのだと、ようやく気づいた。

え、大好きな赤い灯、青い灯で飲む酒はどうなんだ？　あれは酒じゃありません。女の子がキレイに見える幻覚剤ですよ。

『遊歩人』二〇〇九年九月号

銭かかんねん

大阪をもっと知っておくのだった――これが、ある小説を執筆するために、大阪をいくどか取材した際に、私が感じたことだった。

私は名古屋で生まれ、育った。東京と大阪の中間点でありながら、つい東京ばかりを見ていた。東京の大学に入り、以後二十年間、東京に暮らしてきた。名古屋から大阪に足をのばすのは、実は東京以上に簡単で、文化としても身近な存在であったにもかかわらず、東京ばかりを意識の中心においていたのだ。

ただし、このことが「失敗」だったとはっきりわかったのは、東京を舞台とした小説を何十本と書き、その中の、特に「新宿」を描いたもので、分不相応《ぶんふそうおう》の評価をしていただいたあとだった。あえて傲慢《ごうまん》ないいかたをすれば、「東京」を描くことには自信がついた。では、「東京」以外のどこを今度は描こうか（描きたいか）と考えたときのことなのだ。

初めて大阪の盛り場を訪れた印象は、

「東京の下町がいっぱいあるな」だった。

アーケードになった商店街は、浅草を初めとする、いわゆる「下町地区」と外観は似通っている。ただしその規模はまるでちがう。「下町地区」の商店街が、日々の惣菜《そうざい》の材料となる食品や、ふだん着ていどの衣料品、せいぜいが電気屋や本屋などで形成されているのに対し、外食店の数が圧倒的に多い。

また、東京では、渋谷や原宿、銀座や六本木といった、若者が足を向ける盛り場には、そうした「家庭臭」の漂うアーケードが存在しないのに対し、大阪の盛り場は、若者とアーケードが共存する不可思議さがあった。

もちろん、「不可思議」と感じるのは、東京の華美なビル街を見慣れた者の勝手であって、大阪人の目からすれば、東京の街並みこそが、よそよそしく殺風景なものに映るかもしれない。

休日の日、天候が雨だったりすると、私はよく家族を車に乗せ、東京の街を走りまわる。が、決して前に名を挙げた盛り場には近よらない。交通渋滞を嫌うせいもあるが、そこは「家族」と訪れるべき場所ではない、という気がするからでもある。

子供の手をひき、家内と肩を並べて歩くのは、頭上を天幕がおおったアーケードこそがふさわしい。

逆にいえば、家族以外の人間とアーケードの中を歩くのにためらいを覚えるほどだ。

そんな私にとって、東京の街並みは、「家族向き」と「仕事・夜遊び向き」のふたつにはっきり分類されてしまう。早い話、自分より十以上年下の「人目を忍ぶ」恋人ができたとしても、私はその娘と、下町には近づきもしないだろう。私にとっては、そこは、彼女と訪れるには「ちがう」街なのだ。

大阪はそうではない。「家族」と、盛り場が渾然《こんぜん》としている。安心なようで剣呑《けんのん》であり、なまぬるいようで刺激的である。

どうやら奥が深い街なのだ。東京はどちらかというと、街に「レッテル」通りのところがあるが、大阪はちがうのだ。

　こんなことがあった。

　取材のために訪れたミナミの酒場で、請《こ》われ、私は若いホステスに名刺を渡した。するとその娘は、ただちに自分の名刺に自宅の電話番号を書いてよこした。

　私は驚いた。東京の酒場などで飲んでいて、初対面のその日に、ホステスの方から自宅の電話番号を教えてくれるのは、きわめてまれである。よほど「好もしい」相手と思われない限り、ありえない。

　私がそれをいうと、彼女はくりくりっと大きな瞳を動かして、答えた。

「せやろ。東京からきたお客さん、皆、そういって驚きよるで」

　私が特別に「好もしい」相手だったわけではないのだな、と内心がっかりしながら私はいった。

「東京じゃ女の子に電話番号を教えてもらおうと思ったら、さんざんその店に通わなければならないんだ」

　すると彼女は、にっと笑っていったものだ。

「けどな、大阪はな、こっからが銭かかんねん！」

　恐るべし、大阪。同時に、私は、再びこの街を舞台に小説を書いてみたいと、強く思ったことだった。

『おおさかの街』一九九四年九月一〇日号

名古屋人のDNA

名古屋の味を好きになったのは、名古屋を離れてからのことである。十八で上京するまで、「味噌煮込みうどん」を食べたのは十回あるかどうか、「味噌カツ」も数度、「どて煮」にいたっては、一度もなかった。

理由はある。

私の父は京都の出身、母は東京は向島《むこうじま》生まれで、「東女《あずま》に京男」という、逆転した夫婦だった。それが中間地点である名古屋に居をかまえたのも妙な偶然だが、その父が、徹底して外食嫌いだったのだ。

父が亡くなったのは、もう二十五年も前のことだが、いまだに元気で名古屋に暮らす母はよくこぼす。

「お父さんには、本当だまされたわよ。『外で何を食べるより、お前の手料理が一番だ』っていって、どんなに遅くなっても、旅行から帰ってきた日でも、ご飯を作らされた。お父さんは仕事で外食することが多かったから、おいしいものを食べ飽きていたんでしょうけどね」

私も外食で記憶にあるのは、せいぜいデパートの地下にあった中華料理店のチャーハンとギョウザくらいのものだ。ただ、高校生になってからは、授業をサボって通った喫茶店で、ランチ定食や、薄焼きの卵焼きを鉄板にしいた名古屋独特の「イタリアンスパゲティ」を食べた思い出はある。

「味噌カツ」や「味噌煮込みうどん」は、高校生にとってはあまりに垢抜《あかぬ》けない食べもので、あるのは知っていても（驚くなかれ、名古屋ではメニューにうどんや味噌カツを載せた喫茶店が多い）、注文することはなかった。

それが名古屋をはなれて幾星霜《いくせいそう》、三十半ばを過ぎたあたりから、妙に名古屋の味噌味が恋しくなった。知らぬ間に埋めこまれた名古屋人ＤＮＡが突如、活動を始めたのである。

以来、帰名するとせっせと「味噌煮込みうどん」や「味噌カツ」を口にしている。東京生まれの娘にもこのＤＮＡはうけつがれており、「どて飯」は彼女の大好物だ。考えてみれば、東京出身の家内の母は、愛知県の半田《はんだ》生まれなので、孫にあたる娘が一番濃く名古屋人のＤＮＡを体内に宿しているのかもしれない。

そんな我々一家が、名古屋では必ず訪れるのが、大須《おおす》である。『矢場《やば》とん』も近くにある商店街で、東京でいうなら、浅草と上野、さらに秋葉原がひとつになったようなアーケードには独特の魅力がある。

四十年前に父が購入した私の実家は、名古屋市東部の、当時の新興住宅地だった。それゆえ古い神社仏閣などが近所になく、縁日に足を運ぶ機会も少なかった。おそらくその反動が、私の縁日好き、下町商店街好きにでているのではないだろうか。

ラーメンの『江南《こうなん》』だけは、足繁く通った。新人賞を受賞する前後の一年間、私が名古屋に戻っていた時代だ。免許をとったばかりで、若葉マークのついた車の助手席にガールフレンドを乗せていった。当時は、カウンターだけの小さな店だったと記憶している。

『文藝春秋』二〇〇四年四月号

筍の素揚げ

好きか嫌いかを問われると、うーんと考えこみ、「どちらでもない」と答えざるをえない食べものがある。たいていの場合、私にとってそれらは存在感の希薄なものが多く、サラダの材料の一部であるとか、単体では料理が成立しにくい品だ。

筍《たけのこ》はちがう。はっきりと旬《しゅん》があり、（まさにこの旬の字が筍には含まれている）「若竹煮」や「筍御飯」という、堂々と主役を張る料理もある。なのに、私にとっては、好きか嫌いか判断に苦しむ食べものだ。

そんなおおげさな話ではない。別にお前が好きか嫌いかなどどうでもいい、といわれればそれまでなのだが。

要は、アク抜きの手間とそれに見あう味があるのかという問題だ。

手間がかかるがおいしい、という食べものには河豚《ふぐ》などがあって、これは素人に手のだせる食材ではないが、筍はちがう。季節に外房の道を走っていると、「朝掘りタケノコ」と板切れに大書《たいしょ》して、皮つきの泥つきが、まるで弾薬庫のように積まれて売られている。

本当に「朝掘り」かどうか怪しく、仮りに「朝掘り」であっても「一昨日の朝」であったりもするので、まず買わない。

外房には別荘があり、多いときには三十人の客が泊まるのだが、ここの管理をお願いしている方が筍を下さることがある。これはもう立派な「朝掘り」で、しかも太くて巨大な代物《しろもの》だ。

そうなると調理に挑まざるをえない。大鍋に湯をわかし、糠《ぬか》をぶちこんで筍をゆでる。アク抜きのすんだ筍は、たとえ三十箇の胃袋であろうと、これでもかというほどふるまうことができる。煮もの、炒めもの、サラダ、味噌汁、御飯もの、三日で誰からもそっぽを向かれてしまう。それでもまだ一、二本、台所の隅にごろんと転がっていて、頭を抱える。

六本木のT飯店では、旬の時期に限って、筍の素揚げをだす。細切りにした筍をからっと揚げ、塩と海苔がかけられただけのように見える料理だが、これがおいしい。初夏の、うまくなってきたビールに実によくあう。

こいつを別荘で作れたら、呑《のん》べえどもにいかに喜ばれるかと思うのだが、難しい。からっと揚げるためには、食材に対して多めの油が必要なのだが、三十人前の筍の素揚げを一時に作ろうとすると、一斗くらいの油が必要になり、そんな巨大な鍋はない。といって、ちまちまでてくるビールのつまみなど最低だ。筍は手強いのである。

『GOETHE』二〇〇六年五月号

好きなもの

①商店街。

昔からあるような商店街が好きだ。休日に限らず、車を転がして地図と首っぴきで、都内や近郊の商店街を訪ね歩いている。

町の成り立ちに思いをはせることもあるが、たいていは、お肉屋さんのコロッケやマカロニサラダ、あるいは甘味屋《かんみや》さんの稲荷寿司《いなりずし》、おでんや菓子パンなどを入手して幸福にひたる。二十三区内だと鉄道の駅近くが多いが、中には足立区の一部の商店街のように旧街道沿いに発達したところもあっておもしろい。

主だった商店街はいき尽くしたと思うが、それでも未知の商店街を見つけると、どんなに小さくても心が踊る。そして何かひとつ、おみやげを買って帰ろうと目を皿にする。

②釣りに関する古本。

海釣りが好きなので、釣りのエッセイや昔の釣り場案内などを古本屋で見かけると、必ず買いこむ。神保町《じんぼうちょう》にはこのジャンルに強い、良い古本屋さんがある。昔の釣り場案内が好きなのは、ヘボ釣り師の私でも、魚が多かった昔なら、きっと釣果《ちょうか》にありつけただろうと空想をふくらませられるから。

古本屋では料理本もよく買ってくる。趣味といいばれるほどのレベルではないが、料理は嫌いではない。

長い休みになると、別荘に最大三十人くらいの人がきて、民宿と化す。彼らの食事を作るのは私の仕事だ。二升炊きの炊飯器や業務用魚焼き機を駆使し、和洋中と、朝晩のメニューを考える。当然、高価な食材は使えないし、時間のかかる料理を作る余裕もない。そこで買い集めた料理本を参考に、アレンジを加えてやっつける。

一時間以上もかけて作った大量の料理が、十五分足らずで食べ尽くされるのを見るのは快感である。味は、と問われると、皆、料理人に気をつかって、うまいうまいといってくれる。糠漬けも作っている。

③テレビゲーム
『ドラゴンクエスト』シリーズと『バイオハザード』シリーズには目がない。クリアしたあとも、少し間をおいて、またプレイをくり返す。今秋発売の『バイオハザード6』が、とにかく待ち遠しい。

『毎日新聞』二〇一二年三月一八日

海からの戦利品――子供時代篇

海水浴が好きだ。子供の頃、水中眼鏡をつけ、磯場に潜っていると時間がたつのを忘れた。午前九時頃から昼食をはさんで、午後五時過ぎまで、陽が西に傾き、冷んやりとしてきた空気に鳥肌が立ち、唇が紫色になってもなお、海からあがろうとしなかった。

母親はよく、

「そのうちに鱗《うろこ》が生えてくるよ」

と私を叱《しか》った。小魚を追い、海藻《かいそう》をかき分け、食用になるかどうかわからぬ貝を集めた。

海水浴の場《ば》は、だいたい愛知県の知多《ちた》半島だったが、若狭《わかさ》湾に連れていかれたときがあった。そこで私は泳いでいるタツノオトシゴをつかまえ、持ち帰った。それはわずかに異臭を放ちながらもひどく腐ることはなく、しばらくの間、オモチャ箱の中で『戦利品』として輝いていた。

それくらい海で遊ぶのが好きだったから、季節の中では夏が一番好き、苦手なのは秋だった。いうまでもなく、夏から最も遠い季節だからである。寒い冬もいやだが、冬が終われば春、そしてその先に夏がくる。だが秋は、過ぎてしまったばかりの夏を思わせ、ただ寂しいだけだった。ところがあるときから、秋をそれほどきらいではないと思い始めた。

釣りを覚えたからだ。

きっかけは、千葉県の勝浦に別荘を購入したことだった。本来の目的は、ゴルフ三昧《ざんまい》であったのだが、あるとき近くの漁港でのべ竿による小アジ釣りを見かけ、自分も試してみようと思いたった。生まれて初めて自然から、自分の食物を分捕《ぶんど》る喜びを知り、瞬《また》たくまに釣りの虜《とりこ》になった。すぐにアジからクロダイに目標が移り、道具もどんどんと増えていった。

海の「季節」や天候、さらに釣り場の地形といったものに興味が湧いたのもこの頃だ。

やがて増えた釣友《ちょうゆう》に誘われ、乗合い船での船釣りも始め、山口県までマグロを狙いにいったりもした。そのときは本命は釣れず、船頭がいうところの「小物」、ヒラマサとタイだけに釣果は終わったが。

そうして知ったのが、釣りには秋が最適の季節だということだった。

秋、魚は就餌《しゅうじ》行動が活発になる。当然、釣果も期待できるというわけだ。他の季節には貧果で終わることもある釣行《ちょうこう》も、秋に限っては、本命外道《げどう》を問わなければ、クーラーボックスを満たして帰路につける。それとともに、マイ出刃包丁も大忙しとなる。

実りの秋、陸上では樹木が果実をつけ、冬に備え獣たちはそれを食らう。同じように海でも、魚は体に栄養をつけようとする。人間もまた食欲の秋となるのは、自然界の一部であることを如実に感じさせる。

海の存在は、こんな時代、こんな仕事をしている私であっても、自分がまぎれもなく「生きもの」であると知らせてくれる。捕え、かつ、食らう。それがどのような小魚であろうと、ほのぼのとした喜びを与えるのだ。

『BOATMEN』二〇〇二年四月三〇日号

海からの戦利品――大人篇

シッタカという貝がある。巻き貝の一種で食用になるが、市場価値はそれほど高くないようで、都会の魚屋にならんでいるのをあまり見たことがない。

この数年、夏になると潜ってそれをとるのが、娘と私の約束ごとになっている。

夏の始め、梅雨《つゆ》の中休みといった日が最適だ。海水浴場に海の家はまだ完成しておらず、海岸にさほどの人影が見られないような時期が、獲物も多い。

外房のとある海水浴場の、入江となった地形の端に、小さな漁港がある。娘と私はそこの船揚げ場からマスクとフィンをつけて水に入る。

水温はまだ決して高くなく、二メートル近い水深まで泳ぎだすと急激に冷たくなる。だがそのあたりの岩場や海草に大きめのシッタカが付着している。

本当は漁業権の侵害かもしれない、と思っている。漁師に叱られたことはないが、岩の下にひしめきあっているイセエビの群れを見つけても、これには手をだす勇気がない。素手ではつかまえにくいこともあるが。

始めの頃、とったシッタカは塩ゆでしただけで食卓にあげていた。やがてその味に飽きると、エスカルゴ風《ふう》にニンニクとバターを用い、これが子供に好まれた。

娘は中学生になるが、私の子供時代と同じで海水浴がなにより好きらしい。

二年前の七月、彼女がまだ小学生のとき、二人でシッタカをとっていると、本来は夜行性の筈《はず》のタコが目前をよぎった。寝呆《ねぼ》けているように、妙に動きがおぼつかない。大きさは、せいぜい頭が私の握りこぶしくらいだった。

とっさに手がでた。すぐ近くを泳いでいた娘の目がマスクの向こうで丸くなった。タコの頭のすぐ下をつかむと、タコがやにわに足を私の手首に巻きつけてきた。

小さなタコだったが、けっこうな力がある。痛《い》てっと思った瞬間、悪いことに私のはいていたビーチサンダルが脱げた。

急速に大きくなった娘に、私は自分のフィンを貸し、その日は普通のビーチサンダルで潜っていたのだ。磯場で潜るときは、素足では傷つくことが多いからだ。

脱げたサンダルを流されないように左手でつかみ、右手にタコがある。笑える情景だが、食いこむタコの吸盤は、笑えないほど痛い。

「おい、これをとってくれ」

娘にタコをつきだした。

「えっ」

「早くっ、痛いんだよ」

娘が恐る恐る手をだし、タコをはがした。手首の皮膚が裂け、血がにじんでいる。タコは今度は娘の手首に巻きついた。

「キャッ、父ちゃん痛いよ」

「待ってろ」

私は急いでサンダルをはき直し、タコをはがしてやった。娘の手首にも吸盤の跡が残った。タコはその日、私たちの胃袋におさまり、吸盤の跡を、娘は誇らしげに母親に見せびらかしていた。


『BOATMEN』二〇〇二年七月一〇日号

孤独な勝者

この稿を、第六十六回マスターズをウッズが制した、日本時間の四月十五日、私は書いている。ウッズとは何者だろうか。彼がプロデビューし、瞬く間にメジャーを勝ち、数々の記録を塗りかえ始めて以来、プロゴルフに興味をもつすべての人が抱いた疑問にちがいない。

明らかな点がいくつかある。

まず「アスリート・ゴルファー」という言葉が生まれたことが象徴するように、ゴルファーの体型、筋肉に関する考え方を根本からかえた。

私はホモセクシュアルではないが、ウッズの裸身を見てみたい、とは思う。そこにはきっとすばらしい筋肉美がある。

次に技術力。ウッズの出現は、プロゴルファーの技術を大きくひきあげた。デュバルやエルスといった「ウッズをライバル視する」選手たちは、ウッズに勝つために、自らの肉体を改造し、技術をさらに高めることを、余儀なくされた。USPGAツアーのレベルは、ウッズの出現によって急速に高まった。

そして運命を味方につける「強さ」。昨年の、太平洋クラブ御殿場《ごてんば》コースの十八番で彼が見せたチップインは、その日、テレビの実況を観戦していたすべての人間に鳥肌を立たせたにちがいない。おそらくあのとき、見ていたすべての人の心に「もしかしたら」という思いがあった。絶望的に難しいアプローチショットを、ウッズなら、「もしかしたら」と。その期待があったからこそ、それをやってのけたウッズの「強さ」を再認識してしまうのだ。

プロゴルファーの中でもトッププロに属する者たちの技術は、並み大抵ではない。アマチュアがまぢかで見れば、そのショット力は、「うまい」「下手」のレベルではなく、むしろ「曲芸」とすら感じるものだ。それらトッププロであっても、「ただ一回」という局面で、最高の結果をだすとなると、これはもう、才能や技術をこえた「強さ」ということになる。

ウッズが不世出の天才であり、ゴルフの世界に歴史のターニングポイントを作りだした人物であるのはまちがいない。スポーツや芸能の世界で真に「スター」と呼ばれる者だけがもつ「本番における強さ」を身に着けている。

ウッズについて語る形容詞に最もふさわしい言葉は「強い」である。その強さについて、また多くの人々が考察している。

いわく、米軍特殊部隊員であった父親による、子供の頃からの常軌を逸したメンタルトレーニング。アメリカという多民族国家において、黒人と東洋人のハーフとして育ち、白人のプロスポーツであったゴルフの世界で戦っていかなければならない宿命。

確かにプロゴルフの世界で、最後にものをいうのは、精神力だ。

止まっているボールを打つ。反射神経も動体視力も必要としないがゆえに、ゴルファーは、良不良、さまざまな情報に惑わされる。これだけはプロ・アマの区別なく、失敗する可能性と自分への信頼の間で、大きく心を揺さぶられるのだ。

だからこそ、心が強い者が最後に勝つ。

心が強い者とは即ち、「我慢しつづけられる」、必要なら「危険を恐れず勝負に挑み」、「絶望的な状況にあっても決して望みを棄《す》てない」人間のことだ。

それは、機械のように正確で失敗のないショットを打つ人間のことではない。いや、人間が機械でないのを証明するのに最適なスポーツこそ、ゴルフであることは、この稿をお読みになっている方すべてがご存知だろう。

同時に、感情をどこかに置きざりにしてきたかのようなロボットでも、もちろんない。

ウッズは、感情の起伏が実は激しい人間である。ミスショットをしたときの怒りや、失敗の可能性に対する恐怖、さらにはスーパーショットを成功させたときの喜びも人一倍大きい人間だ。

ただし、彼は、いや彼だけが、その感情の起伏を上まわる理性をもち、怒りや恐怖、喜びを秀れたショットを作るエネルギーとしてコントロールしている。

測ったように正確なショットをつなぎ「完全優勝」をするときもあるが、たいていの場合、ウッズは「敵役」として、その失敗を、大崩れを、ある意味で「期待」される立場にもある。一瞬ぐらつく局面を見せ、しかし克服して立ち直ってくるとき、私たちは彼の真の強さを見る。それを誰よりも知るのが、彼をライバル視する他の選手たちだ。

それゆえに、彼が上位に立ったときのプレッシャーは大きい。

ウッズは崩れない。崩れかけても立ち直ってくる——そう思うがために、彼らはウッズの上をいこうと無理を承知で勝負をかけ、たいていの場合、自滅する。神話が神話を作りだす瞬間を、私たちは何度、テレビで見たろう。

真の強者は、ライバルを得て生まれるという。

だがウッズにライバルはいない。単騎、荒野を駆けるがごときその姿には、孤独と「敵役」を宿命とされた強者の「哀しみ」が漂っている。

孤高の世界で、己のみを敵として戦いつづけるウッズは、誰よりも強い相手に挑んでいる。何とつらく、何と切ない戦いであろうか。

『スポルティーバ』二〇〇二年七月号

二人でゴルフを

二十代の半ばで私がゴルフを始めたとき、年配の編集者に〝忠告〟をされた。若くしてゴルフを始めると作家は大きくなれない。だからやめた方がよい、というのだ。その理由を訊ねたところ、ふたつ理由がある、と彼はいった。

その一は、

ゴルフはおもしろすぎる遊びである。だから若いうちに覚えると仕事がおろそかになる。

その二は、

あなたは若い、若いということは、すぐにゴルフがうまくなる。中年を過ぎて覚えた先輩作家をすぐに追いこしてしまうだろう。そうなったら疎《うと》まれて、やはり大きくなれない。

その一についてはそうかもしれない、と思ったが、その二には反発を覚えた。ゴルフが自分よりうまくて気に入らないなんてケツの穴の小さな先輩には、好かれなくてけっこう。実際はどうであったか。おもしろすぎて仕事をおろそかにすることがなかったとはいわないが、先輩に疎まれたことは一度もない。もっとも疎まれるほどは腕はあがらなかったか、疎まれていてもそれに気づかないほどこちらが無神経なのかもしれないが。

グリーン上で会う諸先輩は、別の席ならばこちらが恐縮してしまうような大先達であっても、皆さんとても人間的で、若造《わかぞう》に親切にして下さった。むしろ年に数度とはいえ、お会いする機会を得たことで、ゴルフを始めてよかったと、つくづく思ったものだ。

とにかくゴルフがあまりにおもしろいので、私はつきあう女性にもゴルフを勧めた。好きな人と好きな遊びをすれば、倍楽しい筈だ、という理屈で。だが不思議なもので、初めのうちは、〝師匠〟に従順であった彼女も、一年、二年と過ぎていくにつれ、なぜか逆らうようになる。ゴルフというのは他人の欠点はよく目につき、その上自分の欠点はわかっていても直せないときている。こちらの注意にも最初は、あっそうか、なんてカワイク頷いていたものが、たび重なるにつれ、
わかっているわよ！　うるさいわね。

おっかない顔をする。だいたいが夫婦で和やかにゴルフなんてのは夢物語で、ハーフも終わる頃には、ろくすっぽ口もきかなくなっているのが常だ。

やがてその女性を妻とするにあたり、私はある条件をつけた。

それは決して私よりいいスコアで回らないこと。たとえ十八番グリーンで五パット、六パットし

ても、私より叩くこと。

それから幾星霜。とある名門コースでのこと。キャディが妻にいった。

「お客さん、うまいわねぇ。あたしこんな上手な女の人についたの、初めて」

「キャディさん、俺、俺が教えたんだよ」

いった私をじろりと見て、彼女は答えた。

「ああら、お客さん、教えるのは、上手なのね」

『文藝春秋』二〇〇二年八月号

一年に一度の――

長年連れ添った相方との旅行。正直いって、結婚生活二十年未満の私でも、何か目的がなければ、「しんどいだろうな」という予想しか浮かんでこない。

互いに心の気配は、言葉なくして伝わってくる。それはつまり、会話が乏しくなりがちということだ。

そんなでありながらも、決定的に相手の機嫌を損《そこ》ねるわけにはいかず、微妙に気をつかいあっての旅となり、帰ってきたときには、どちらともなく、

「ふう、疲れた」という結果になるのが、目に見えているような気がする。

むろん世の中には、いくつになろうと、どれほど長い時間を共に過そうと、相手の存在が常に嬉しく、何をするのもいっしょが楽しいというカップルもいらっしゃるだろう。そういう方がたは、

どうぞご勝手に。

予想をつづけると、夫婦ふたり旅は、夕方まではまだ良い。見るあて、歩くあて、食べるあてが、行動の結束を固めてくれるからだ。

問題は、夕食後から就寝にいたるまでの時間。食べ、軽い晩酌後は、すぐ眠ってしまうという方はいい。もちろんそのまま朝まで眠りつづけられれば、だが。

私などは、家族と慣れない旅をして、日本酒を飲むと、すぐに眠くなってしまう。これはすることがないのも起因している。自宅とちがって、テレビゲームもなく、もとよりテレビドラマを見る習慣もない。そこがたまたま歓楽街を擁する温泉地なら、散策の楽しみもあるが、そうでなければお手挙げなのだ。そこで九時過ぎには布団にもぐりこむ。

ふだん、午前三時、四時まで起きている人間が、朝まで眠れるわけがない。

夜中にはぱっちり目が覚める。枕元の時計を見ると、午前一時か二時。眠ってしまった私を起こして相手になるのを強《し》いるほど乱暴ではないテキは、その頃には、カタギの生活者らしく寝息をたてている。さて困った。することがない。

原則として私は、家族と行動を共にするとき、本をもち歩かない。読み書きすべてを、家族と過す時間には、これをしないと妻と申しあわせているからだ。

つまり読む本もなく、朝までの六、七時間をひとりで潰す羽目になる。

もう、何十回、こんな夜を旅館で過したことだろう。

やむなく布団を抜けでて、備えつけの冷蔵庫から、ウイスキーの小壜《こびん》なりワンカップをとりだして、暗がりに腰をすえる。「無聊《ぶりょう》」などという言葉が胸に浮かんでいる。

十回に一回くらい、テキが気配に目を覚ます。

「また目が覚めちゃったのね」

「うん」

寝返りを打って眠ってしまうこともある。

「仕方ないわね」

起きだしてきて、私の向かいにすわりこむ。

「ちょっとだけ相手してあげるわよ」

十回に一回の、三回に一回ぐらいの幸運だ。こんなときは、妙に互いに饒舌《じょうぜつ》になり、互いに優しくもなっている。一年にせいぜい一度の、そんな夜に、ふたり旅の幸せがあるのかもしれない。


『文藝春秋』臨時増刊二〇〇二年七月一五日号

夏の夢

自分が子をもつ世代になったとき、実家が田舎にあればよかったのに、と思った。両親にとっては孫となる子供を連れて帰省する。子供、即ち私には厳しかった思い出しかない親が、まるで別人のようにやさしく出迎えてくれる。

大好物の枝豆やとうもろこしの、それも採れたてのものをたっぷりとゆがいて待っているのだ。もちろん、庭に面して縁側があり、そこで子供は冷やした麦茶を、私は冷えた麦酒を飲む。

夕刻になると日暮らしが鳴きだす。カナカナという、その声に泣きたくなるほどの幸せと平和をかみしめる。

晩ご飯のあとは、もちろん縁側で西瓜を食べ、種の飛ばしっこをする。花火で遊んで、蚊帳《かや》の下で眠る。

実際はちがった。私が育ったのは名古屋の住宅街だし、日暮らしは鳴かず、父親は私が成人してすぐに亡くなった。

だから自分で田舎を見つけた。千葉県の勝浦に別荘を得て、夏休みは必ずそこで過している。多いときは三十人近い人々がやってきて、まるで民宿である。

勝浦の朝市で枝豆やとうもろこしを求め、たっぷりとゆがく。二十畳あるリビングからは海が見える。そこには飲みもの専用の冷蔵庫があり、ビールが冷えている。いただきものの缶ビールを冷蔵庫で冷やすのは、昔からの娘の〝仕事〟だ
別荘では家族の仕事が決まっている。私は朝晩の食事の支度、家内は水着からゴルフウェアに至るまで来客の服の洗濯。娘は飲みものの補充とリビングの掃除。

成人した娘と、私たち夫婦は海を眺めながらビールを飲む。東京出身の家内にも田舎はなく、娘は勝浦が田舎だという。

ひと夏に一度は娘を連れて堤防から釣り糸をたれる。小アジが釣れれば幸運で、それはなめろうや南蛮漬けに化ける。

八月生まれの娘は、誕生日を勝浦以外で迎えたことがないのが自慢だ。

やがてこの子が孫を作り、ここに連れてくるとしたら、私はどんな気持でそれを迎えるのだろう。

家内は早く孫を見たがり、私はそれが少し恐い。

ただひとついえるのは、その場には必ず、よく冷えたビールと枝豆がなくてはならない。
あ、あと、カナカナという日暮らしの鳴き声も。

二〇一五年八月一日　中日新聞

著者

大沢在昌（おおさわ・ありまさ）

1956年　愛知県名古屋市出身。

1978年　『感傷の街角』で第1回小説推理新人賞を受賞し、デビュー。
　　　　代表作『新宿鮫』シリーズをはじめ、著作多数。

2006年～2009年、日本推理作家協会理事長を務める。

＜主な受賞歴＞

1986年　『深夜曲馬団』―― 第4回日本冒険小説協会大賞最優秀短編賞。

1991年　『新宿鮫』―― 第12回吉川英治文学新人賞、
　　　　第44回日本推理作家協会賞長編部門。

1994年　『無間人形　新宿鮫IV』―― 第110回直木賞。

2001年　『心では重すぎる』―― 第19回日本冒険小説協会大賞。

2002年　『闇先案内人』―― 第20回日本冒険小説協会大賞。

2004年　『パンドラ・アイランド』―― 第17回柴田錬三郎賞。

2006年　『狼花　新宿鮫IX』―― 第25回日本冒険小説協会大賞。

2010年　第14回日本ミステリー文学大賞。

2012年　『絆回廊　新宿鮫X』―― 第30回日本冒険小説協会大賞。

2014年　『海と月の迷路』―― 第48回吉川英治文学賞。

公式ホームページ［大極宮］

http://www.osawa-office.co.jp/index.html

装幀　多田和博

本文デザイン　テラエンジン

編集協力　薩田博之　長澤国雄

鮫言 さめごと

2015年9月30日 第1刷発行

著者 大沢在昌

発行者 加藤潤

発行所 株式会社 集英社
〒101-8050
東京都千代田区一ツ橋 2-5-10
［編集部］03-3230-6068
［販売部］03-3230-6393
［読者係］03-3230-6080
印刷所 凸版印刷株式会社

製本所 加藤製本株式会社

 ISBN978-4-08-781578-8 C0095
定価はカバーに表示してあります。

集英社文庫

大沢在昌の本

＜小説＞

『パンドラ・アイランド　上』
ISBN978-4-08-746822-9

『パンドラ・アイランド　下』
ISBN978-4-08-746823-6

『欧亜純白　ユーラシアホワイト　上』
ISBN978-4-08-745042-2

『欧亜純白　ユーラシアホワイト　下』
ISBN978-4-08-745043-9

『無病息災エージェント』
ISBN978-4-08-749616-1

『絶対安全エージェント』
ISBN978-4-08-748121-1

『影絵の騎士』
ISBN978-4-08-746599-0

『野獣駆けろ』
ISBN978-4-08-746232-6

『黄龍の耳』
ISBN978-4-08-748709-1

『死角形の遺産』
ISBN978-4-08-749824-0

『ダブル・トラップ』
ISBN978-4-08-749764-9

『悪人海岸探偵局』
ISBN978-4-08-749604-8

＜エッセイ＞

『陽のあたるオヤジ』 ISBN978-4-08-748671-1

＜アンソロジー＞

『小説　こちら葛飾区亀有公園前派出所』
（原作：秋本治　監修：日本推理作家協会） ISBN978-4-08-746689-8
※ j-BOOKS（ISBN978-4-08-703209-3）もあり。